Martha Grimes

Inspektor Jury spielt Katz und Maus

Roman

Deutsch von
Susanne Baum

WUNDERLICH

1. Auflage August 1993
Copyright © 1993 by Rowohlt Verlag GmbH,
Reinbek bei Hamburg
«The Deer Leap»
Copyright © 1985 by Martha Grimes
Die Originalausgabe erschien 1985 unter dem Titel
«The Deer Leap»
bei Little, Brown and Company, Boston/Toronto
Alle deutschen Rechte vorbehalten
Umschlagillustration Bruce Meek
Umschlagtypographie Büro Hamburg/Peter Wippermann
Satz Garamond (Linotronic 500)
Gesamtherstellung Clausen & Bosse, Leck
ISBN 3 8052 0519 8

Zum Gedenken an meinen Vater

War es ein schöner Tag zum Sterben –
Und schien die Sonne auch auf ihn –

Der wunde Hirsch – am höchsten springt –
Hör ich den Jäger sagen –
Es ist die Todeseuphorie –
Im Dickicht ist es still

Erster Teil

Gute Nacht!
Wer hat die Kerze
ausgemacht?

1

Seit zwei Tagen suchte Una Quick ihren Hund Pepper.

Immer, wenn jemand den Laden mit der Poststelle in Ashdown Dean betrat (wo Una seit fünfundvierzig Jahren Briefmarken und Waren aller Art feilhielt), stellte sie dieselben Fragen und zögerte die Ausgabe von Briefen, Konserven und halben Broten so lange hinaus, wie sie seine Aufmerksamkeit fesseln konnte. Mittlerweile kannten die Leute in Ashdown Peppers Gewohnheiten in- und auswendig. «Ist wahrscheinlich nur weggelaufen, oder jemand hat ihn mitgenommen. Und vergessen Sie das Labor nicht», fügte Sebastian Grimsdale hinzu, wie üblich äußerst zartfühlend. Während dieser zwei quälenden Tage würzte Sebastian das Thema mit Anspielungen auf Hunde- und Katzenfänger und versäumte nie, hier und da das Labor in Rumford zu erwähnen, wo sie, laut Mr. Grimsdale, alle möglichen gräßlichen Experimente machten. Wenn er Una Quick dann zum Weinen gebracht hatte, sagte er, sie solle sich keine Sorgen machen, und zog mit seiner Post und seiner Büchse Tomatensuppe von dannen. Letztere verlängerte er später für die Gäste im «Haus Diana» zu etwas, das kaum dicker als Wasser, aber beträchtlich dünner als Blut war. Blut war sein Metier: Sebastian Grimsdale war passionierter Jäger, als Master hatte er sogar seine eigene Meute. Nur ein einziges Mädchen für alles und den Aufseher für die Jagdhunde, Donaldson, hatte er in Lohn und Brot. Ein großartiger, typisch schottischer Pirschjäger. Grimsdale jagte lieber in Exmoor, dort war das Wild größer. Damit war's aber erst mal bis zum Frühjahr vorbei, verflucht. Das versetzte ihn in noch schlechtere Laune, als er sie eh hatte. Nur der Gedanke an die Jagd in fünf Tagen heiterte ihn auf – auch wenn es natürlich etwas völlig anderes war, den Zwölfender zu stellen, statt den Fuchs zu jagen. Na ja, in der Zwischenzeit nahm er sein Gewehr mit zum Teich, mal sehn, was da vorüberflog...

Wenn die arme Una Quick sich ans Herz griff – sie «hatte es am Herzen», wie sie ihren Zustand beschrieb –, stellten die meisten Bewohner Ashdowns weniger harsche, optimistischere Prognosen. «Pepper kommt zurück, Sie werden schon sehen, meine Liebe», sagte ihre Nachbarin Ida Dotrice. «Sie wissen doch, wie die sind. Eines Tages stehn sie einfach wieder vor der Tür, als ob nichts gewesen wäre...»

Una war sich da nicht so sicher. Immerhin war Pepper schon zwei Tage weg.

Die kleine Mrs. Ashley – ihr Baby saß in einer weißen Wolke aus Decken, in der das kleine Mondgesicht fast verschwand – tröstete Una und erzählte ihr die Geschichte von «den Hunden und der Katze, die Hunderte von Kilometern gelaufen sind und nach Hause gefunden haben». Mrs. Ashley keuchte leise, als hätte sie gerade selbst diese lange Reise hinter sich, und stopfte ein Glas Marmite und Brot in ihre Einkaufstasche. Und redete weiter über die Tiere: «...den ganzen Weg von Schottland bis hierher. Haben Sie das Buch nicht gelesen? Hätten Sie lesen müssen, eine Siamkatze war dabei, Sie wissen ja, wie klug die sind... Wieviel kriegen Sie? Es wird aber auch alles jeden Tag teurer. Und was allein schon *Hunde*futter kostet... Oh, Verzeihung, Miss Quick. Aber den Roman müssen Sie sich besorgen.» An den Titel konnte sie sich nicht mehr erinnern. «Jetzt regen Sie sich mal nicht so auf! Tschüs.»

Durch Schottland pilgernde Siamkatzen konnten Una Quick herzlich wenig trösten. Mit jedem Schlag der Kirchturmglocke, die sie daran gemahnte, daß jeder, auch Pepper, vor seinen Schöpfer treten muß, wurde sie blasser. Der Pfarrer, ein winziger Mann, der herumzuhüpfen pflegte, als ob seine Schuhe gefedert waren, hatte Una mit seinen Ausführungen über das Jüngste Gericht auch nicht geholfen.

Am dritten Tag fand sie Pepper. Der braungefleckte Hund lag steif wie ein Brett in dem kleinen Schuppen hinter ihrem Cottage, wo sie ihre Gartengeräte aufbewahrte, unter anderem auch das Unkrautvertilgungsmittel. Die Tür war, das wußte sie ganz genau, mit einem Riegel versperrt gewesen.

Una brach zusammen. Ida Dotrice, die eigentlich nur zum Telefonieren gekommen war, fand sie und erweckte sie aus ihrer Ohnmacht. Am Tag von Peppers Beerdigung im Hinterhof von Arbor Cottage war die Post zum allerersten Mal nachmittags geschlossen. Una, ganz in Schwarz, wurde von Ida und ihrer anderen Nachbarin, Mrs. Thring, gestützt. Der Pfarrer hatte sich überreden lassen, an dem kleinen Grab zu predigen.

Paul Fleming, Dorftierarzt und Mitarbeiter im Rumforder Labor, behauptete, es sei zweifelsfrei das Unkrautvertilgungsmittel gewesen. Una fragte ihn, wie Pepper es denn geschafft haben solle, den Riegel aufzuschieben. Aber alle wußten ja, daß Una manchmal mit den Gedanken ganz woanders war und die Tür auch selber offengelassen haben konnte. Paul Fleming zuckte die Achseln und sagte nichts.

Muriel und Sissy, die Potter-Schwestern, waren in Ashdown Dean vor allem deshalb in aller Munde, weil sie kaum jemand wirklich kannte. Sie hielten Jalousien und Türen geschlossen und verschanzten sich dahinter. Lebensmittel ließen sie sich von einem Jungen aus dem Dorf bringen, Post bekamen sie nicht. Wenn sie doch einmal auftauchten, war die eine schwarz und die andere malvenfarben gekleidet, als seien sie im ersten und zweiten Stadium der Trauer in viktorianischen Zeiten. Es war ein richtiges Ereignis, als sie einmal das Café «Dornenrose» in der High Street beehrten und das berühmte Gebäck des Inhabers kosteten.

Jahrelang hatten sie sich so abgeschottet, und jetzt, einen Tag nach Peppers Tod, verließen sie mit ihrer Katze, die in eine Decke gehüllt war, das Haus und stiegen in ihren uralten Morris.

Wie der heilige Gottseibeiuns fuhr Sissy die Straße zum Dorf hinaus, zu Dr. Flemings Praxis.

Ohne Katze kamen sie zurück und schlossen sich wieder ein.

Gerald Jenks, ein sauertöpfischer Mensch, hatte den Fahrradladen am Dorfrand und besaß einen Spitz, der genauso mürrisch war wie er selbst. Wie ein Wachhund war er vor dem verlotterten Laden an einem Pfosten angebunden. Was es zu bewachen gab, wußte keiner so recht. Nur Gerald hätte in den unübersichtlichen Haufen von Rädern, Ersatzteilen und -stücken noch etwas halbwegs Verwertbares gefunden.

Einen Tag nachdem die Katze der Potter-Schwestern an einer Überdosis Aspirin gestorben war, fand Jenks seinen Hund, der sich in einer rostigen Fahrradkette verfangen und bei seinen Befreiungsversuchen stranguliert hatte.

Es war, als bringe sich die Tierpopulation von Ashdown Dean systematisch selbst um. Oder aber sie wurde umgebracht.

Drei Tage später lag Una Quick immer noch im Bett. Seit der Beerdigung war sie nicht mehr aufgestanden. Starr und steif lag sie da, die Hände auf der Brust gefaltet, eine Votivkerze brannte neben ihr.

Der Pfarrer hatte eigentlich nicht für Pepper predigen wollen, das wußte sie genau. Das war unter seiner Würde. Dieser Angsthase! Manche Leute kapierten einfach nicht, wie sehr man an einem Tier hängen konnte.

Hier in dem winzigen Cottage – drei kleine Zimmer und Küche – hatte sie zwanzig Jahre lang eine quengelige alte Mutter gepflegt. Und fünfundvierzig Jahre den Laden und die Poststelle betrieben. Von den Dorfbewohnern hatte sie dafür keinen Dank geerntet. Sie hatte Suppe verkauft und Post sortiert. Warum sollte sie sich dann nicht auch ab und zu mal einen Spaß damit erlauben? Ein Hauch Parfüm auf den Briefen an Paul Fleming... Er sah gut aus, hielt sich für Gott weiß was für einen Frauenhelden. Die Kerze flackerte in einem Windhauch. Eine hatte sie bei der Beerdigung getragen, und als die ausging, hatte sie eine neue angezündet und dann noch eine. Hatte Wache gehalten. Sie witterte den Sturm, der mit der Brise kam. Una hatte das Gefühl, er lauerte da draußen wie der Tod.

Sie zuckte zusammen, wieder war ihr, als umschließe sie unter der Brust ein stählernes Band. Ihr Herz flatterte unregelmäßig wie ihr Atem. Direkt nach der Beerdigung war Dr. Farnsworth kurz dagewesen, um sie noch einmal zu untersuchen. Ob er ärgerlich wurde, wenn sie ihn am Montag anrief? Heute abend? Anstatt Dienstag, wie sie es vereinbart hatten?

Das Band lockerte sich, und das beklemmende Gefühl ließ nach. Nein, sie durfte sich nicht die schlechten Manieren anderer Patienten angewöhnen. Er hatte den Arm um ihre Schulter gelegt, freundlich gelacht und gesagt, sie solle nicht dauernd über ihr Herz reden, davon würde alles nur noch schlimmer. Pepper war tot. Arsen. Es war bestimmt grauenhaft gewesen...

Hinten im Zimmer klingelte das Telefon, und sie überlegte, ob sie sich hinschleppen sollte. Es klingelte immer weiter. Sie schlüpfte in die Hausschuhe und nahm ab.

Die Stimme war merkwürdig, wie erstickt.

Was sie sagte, war noch merkwürdiger.

Sie wischte sich Schweißtropfen von der Stirn, die so kalt waren wie Perlen.

2

Gemeinhin war Polly Praed in der Öffentlichkeit völlig verschüchtert, aber diese Frau in der Telefonzelle hätte sie erwürgen können. Zumindest glaubte sie, daß es sich um eine Frau handelte. Es war schwer zu erkennen; der Regen floß in Strömen an dem Telefonhäuschen herunter. Pollys gelber Regenmantel war durchweicht, das Wasser sprühte ihr wie Gischt in die Augen. Ein Zickzackblitz färbte das blutrote Häuschen einen Moment lang knallgelb, aber diese dämliche Kuh quasselte einfach weiter.

Wenn Polly nicht sowieso schon völlig fertig gewesen wäre, hätte sie nicht daran gedacht, gegen die Glastür zu hämmern, ebensowenig, wie sie auf die Idee verfallen wäre, bei der alljährlichen Verleihung des Booker-Preises eine Rede zu halten. Aber die Gelegenheit würde sie eh nie kriegen. Die Bäume zu beiden Seiten der High Street würden den Preis gewandter entgegennehmen als Polly Praed. Jetzt schon zehn Minuten. Zehn Minuten. Am liebsten hätte sie geschrien.

Leider war Schreien auch nicht drin. Bei ihrem Urschreikurs in London hatte sie kläglich versagt. Man hatte ihr befohlen, zu Boden zu fallen und zu schreien, und sie hatte dagesessen wie ein Fels in der Brandung.

Den Selbstbehauptungskurs in Hertford hatte sie ebenfalls geschmissen.

Bei jedem Anruf ihres Verlegers bekam sie Angstkrämpfe; er rief immer an, um zu «hören, wie sie vorankam». In seiner hinterhältig-freundlichen Art.

Die einzigen Menschen, mit denen sie einigermaßen

zurechtkam, waren ein paar Freunde in Littlebourne, und jetzt verfluchte sie sich selbst, weil sie so idiotisch gewesen war, nicht von vornherein dort zu bleiben.

Es schüttete, der Blitz zerriß den Himmel, und dieser Widerling vom «Haus Diana» hatte die Unverschämtheit besessen, zu behaupten, das Telefon dort sei nur zum privaten Gebrauch, und sie zu diesem Telefonhäuschen auf dem Hügel geschickt.

Am liebsten hätte sie sich dagegengeworfen und das verdammte Ding samt der Frau umgekippt, die wahrscheinlich nacheinander sämtliche Einwohner von Ashdown Dean anrief. Zum Glück war es ein winziges Dorf. Noch zwanzig Gespräche oder so. Wenn ihr Verleger sie nicht angerufen hätte, um «zu hören, wie sie vorankam», wäre sie nie im Leben zu dieser hirnrissigen literarischen Exkursion aufgebrochen. Zuerst Canterbury, dann Rye, als ob sie dort wie von selbst auf das Niveau von Chaucer und James gelangen würde. Dann nach Chawton, Jane Austen. Nicht mal Jane brachte die Dinge ins Rollen.

Wäre es ihr gelungen, sich bei dem Selbstbehauptungstraining zu behaupten, hätte sie von diesem Grimsdale einfach verlangt, sein Telefon benutzen zu dürfen. Aber da hatte der Sturm auch noch nicht mit Hurrikanstärke getobt. Also war sie hier hochgetigert.

Es goß wie aus Kübeln.

Wenn doch wenigstens ihr Kater Barney wieder da wäre. Dieser grauenhafte Mensch hatte gesagt, Tiere seien nicht zugelassen. Barney war ans Auto gewöhnt, er hatte ja die literarische Pilgerfahrt mit ihr zusammen gemacht. Trotzdem hatte sie sich in der Dunkelheit nach draußen geschlichen und ihn eingemummelt hineingetragen. Aber jetzt war Barney verschwunden.

Wenn sie nicht aus dem Urschreikurs geflogen wäre, hätte sie es geschafft, zur Polizei zu gehen und da jemanden rauszubrüllen, ganz egal, wen. Sie wußte aber, wen sie anrufen konnte und wer ihr Rat geben würde, denn seit zwei Jahren erteilte er ihr bereitwillig Ratschläge, ob sie sie wollte oder nicht.

Außer sich vor Wut zog Polly endlich an dem Metallgriff und riß die Tür auf. «Verzeihung! Es ist ein *Notfall*!»

Die Frau reagierte schneller als erwartet. Sie fiel rücklings auf Polly Praeds Füße. Der Hörer glitt ihr aus der Hand und baumelte herab. Ein Blitz zuckte, und Polly sah ein wächsernes Gesicht.

Es war wie in ihren eigenen Geschichten und deshalb um so unfaßbarer.

Hier hockte sie nun auf einem harten Stuhl auf der Polizeiwache und wartete darauf, daß Constable Pasco zurückkam. Sie hatte für ihre Krimis einiges recherchiert und vermutete, daß die Leichenstarre bei der Toten, deren Kopf auf ihren Füßen gelandet war, noch nicht eingesetzt hatte. Nachdem sie die Füße vorsichtig weggeschoben hatte, blieb ihr gar keine andere Wahl, als über die alte Frau hinwegzuschreiten und die Polizei anzurufen. Und dann war an der gottverlassenen Telefonzelle im Nu ein Volksfest mit wirbelnden blauen Lichtern und Dorfbewohnern im Gange. In Windeseile war man aus den Cottages und engen Straßen Ashdown Deans zusammengeströmt. Polly wurde von Menschen umzingelt, befragt und schließlich hier abgeladen.

Seit gut zwanzig Minuten saß sie auf dem Stuhl und wartete. Da Constable Pasco der einzige Polizist im Ort war, hatte er aus einer acht Kilometer entfernten Stadt auf der anderen Seite des New Forest nach Verstärkung geschickt.

Und für Barney interessierte sich kein Schwein. Sie redete sich ein, daß sie sich keine Sorgen machen mußte. Barney war vermutlich nur aus dem Fenster geklettert. Barney trug ein rotes Halstuch und hätte bei dem Selbstbehauptungstraining die Goldmedaille errungen...

Literarische Inspiration. Gütiger Gott.

Es wollte ihr einfach keine Story einfallen, aber dieser Vertrag saß ihr im Genick. Im Januar sollte sie ein Buch abgeben, das sie noch nicht einmal angefangen hatte. Und heute war der zweiundzwanzigste Oktober. Auf der Fahrt von Canterbury nach Battle hatte sie einen Krimi konzipiert, in dem sechs Leute in einem Erster-Klasse-Abteil Wetten darüber abschließen, wer von ihnen bis zur Ankunft die interessanteste Geschichte zu erzählen weiß. Nacheinander sollten sie dann alle abgemurkst werden. Aber sie hatte weder einen Täter noch ein Motiv.

Also hatte sie alles wieder verworfen. In der Abtei von Battle hatte sie dann nämlich überlegt, ob nicht ein Mordfall, in dem Wilhelm der Eroberer eine entscheidende Rolle spielte, lehrreich sein könnte. Aber die ganze Recherche, die da nötig sein würde...

Dann Rye. Henry James. In Lamb House dachte sie über einen Krimi nach, in dem ein paar Leute bei Tee und Keksen endlose, verzwickte Gespräche führen – wohl wissend, daß in der Liegehalle eine Leiche ist – und mit ihrer jamesianischen Feinfühligkeit so verschlüsselte Andeutungen machen, daß keiner weiß, ob jemand weiß, daß er oder sie es weiß. Auch der Leser nicht. Diese Idee faszinierte Polly immer mehr. In der Krimiwelt wäre diese endlose Kette von Verwirrungen bahnbrechend. Ein Krimi im Krimi. Eine spinnwebüberzogene Fensterscheibe. Ihr Verleger würde nicht wissen, was Sache war, aber natürlich so tun müssen, als ob, da er ja selbst ein Mann von jamesianischer Feinfühligkeit war.

Ihre Hoffnungen wurden jäh zerstört, als sie Henry James' Werk *The Awkward Age* zur Hand nahm, versuchte, es bei Tee und Kuchen zu lesen, und einsah, daß sie zwar nicht schlau daraus wurde, Henry James aber vermutlich genau wußte, was er tat. Zum Teufel mit dem Mann!

Warum hatte sie nicht doch in der «Meerjungfrau» in Rye zu Abend gegessen? Warum war sie nicht einen Tag länger in Canterbury geblieben? Warum hatte sie Littlebourne überhaupt verlassen? Dort hätte sie es sich jetzt im Bett mit einem Krimi von jemand anderem bequem machen und vielleicht was daraus klauen können.

So verfolgte Polly Praed wie in einem rückwärts laufenden Film ihr Tun und Lassen der letzten drei Tage. Eigentlich hatte sie Jane Austen und Hampshire (wo sie sich immer noch befand) hinter sich lassen wollen, um weiterzuzockeln und einen unverbindlichen Halt in Long Piddleton, Northamptonshire, einzulegen, obwohl sie nicht so recht sah, wie man plausibel machen sollte, daß man sich zum Familiensitz der Earls of Caverness einfach mal so verirrt hatte. Na ja, er fragte sie doch *dauernd*, ob sie ihn nicht mal besuchen wollte!

Eine halbe Stunde. Kein Polizeibeamter in Sicht. Constable Pasco hatte sie sehr gründlich und, wie sie fand, mit einem gewissen Argwohn befragt. Warum hatte sie das Telefon im «Haus Diana» nicht benutzt? Weil dieser Grimsdale sie nicht *ließ*!

Endlich kam er herein, und sie kratzte genügend Mut zusammen, um zu sagen: «Es steht mir rechtlich zu, einen Anruf zu machen.»

Weil sie das so oft in amerikanischen Fernsehkrimis gehört hatte, kam sie sich albern vor und wurde rot. Pasco, ein großer, wortkarger Polizist, knallte ihr das Telefon auf den Tresen und sagte: «Nur zu, Miss.»

Froh über das *Miss* – Polly hatte ihre Mädchenjahre lange hinter sich –, nahm sie den Hörer. Er quoll doch von Rat und Tat immer nur so über, da sollte er mal sehen, wie er sie aus *diesem* Schlamassel rauspaukte.

Und so geschah es, daß Polly Praed die ganze Chose auf dem früheren Lord Ardry, dem achten Earl of Caverness, ablud. Ungefähr so, wie sie ihre hastig geschriebenen Bücher auf einer ahnungslosen Leserschaft ablud.

Zweiter Teil

Was für ein Gasthaus ist's wo für die Nacht ein seltsam Reisender einkehrt?

3

«Feierabend!» rief Dick Scroggs.

Schon um zehn rief der Wirt der «Hammerschmiede» zu letzten Bestellungen auf. Seinen gelegentlichen Übernachtungsgästen brachte er ja noch einen gewissen Respekt entgegen, aber wenn er seinen Stammkunden die Sperrstunde ansagte, hielt er sich nicht lange mit Höflichkeiten wie «bitte» oder «meine Damen und Herren» auf.

Angesichts des Mangels an Damen und Herren – alle außer Mrs. Withersby saßen um den Tisch in der Fensternische – war seine Forschheit vielleicht verzeihlich.

Marshall Trueblood warf einen Blick auf die Uhr und rief Dick zu: «Ist es nicht ein bißchen früh, alter Schwede? Es ist gerade erst zehn vorbei. Seit wann machen Sie vor halb elf dicht? Auf jeden Fall noch eine Runde.» Marshall nickte in Richtung von Mrs. Withersby, die am Feuer schlief. Ein Pistolenschuß hätte sie nicht schneller aufgescheucht als ein Schuß Gin.

«*Du* mußt dir natürlich keine Sorgen machen», sagte Lady Ardry zu ihrem Neffen Melrose Plant.

Der ließ sein Kreuzworträtsel sinken und zog die Brauen in die Höhe. Die Bemerkung war ohne jeden Zusammenhang zu dem vorher Gesagten dahergekommen, wie ein Schwanz ohne Hund. Sie hatte den *Telegraph* weggelegt und dann den Wirtschaftsteil der *Times* durchgeblättert. Lady Ardrys Anwesenheit zu dieser eher späten Stunde war für alle der Beweis, daß das Bier, der Tag und höchstwahrscheinlich auch der Herbst zur Neige gingen. Im allgemeinen mußte man zu jeder Tageszeit damit rechnen, daß sie hier oder in Ardry End aufkreuzte – wenn sie auch eisern verkündete, daß für sie der Morgen um sieben begann. Sie war keine Tagediebin wie andere. Immer um zehn im Bett.

«Worüber brauche ich mir keine Sorgen zu machen, liebe Tante?» Mit einer Antwort rechnete er nicht: Es war eh eine Fangfrage gewesen, da war er sicher.

«Über Kapital, Plant, über Kapital. Investitionen. Geld. Darüber brauchst du dir keine Sorgen zu machen, mit *deinem* Erbe.»

Er sparte sich die Mühe zu antworten. Daß der siebte Earl of Caverness, sein Vater, seiner Schwägerin Agatha nicht zumindest einen Flügel von Ardry End vererbt hatte, machte Melrose Plant in ihren Augen für immer und ewig zu einem Spitzbuben und Schurken. Sie schien sich auch nicht zu entsinnen, daß Melroses Vater in Form eines Cottages in der Plague Alley und einer jährlichen Unterhaltszahlung für sie Vorsorge getroffen hatte. Wahrscheinlich hatte sie ihren Besitz wie ein Eichhörnchen irgendwo verscharrt, den Eindruck hatte man zumindest, wenn man sich ansah, was sie in Ardry End, dem Familiensitz der Caverness-Linie, so zum Abendessen verspeiste.

«Einmal möchte ich doch was Sicheres. Etwas, das mir einen ordentlichen Batzen Gewinn einbringt, sollte ich mich entscheiden, es zu verkaufen. Etwas Marktunabhängiges. Etwas absolut Stabiles.» Sie leerte ihr Sherryglas in einem Zug. «Ich erwäge Edelmetalle. Was würdest du vorschlagen?»

«Den Heiligen Gral», sagte Melrose.

«Antiquitäten, altes Mädchen», schlug Marshall Trueblood vor, der als einziger in Long Piddleton damit handelte. «Ich habe da einen feinen Jadedrachen, Ming-Dynastie, denke ich – ein paar hundert Jährchen hat er jedenfalls auf dem Buckel –, ich würde ihn billig abgeben, an Sie.» Er schenkte ihr ein blitzartiges Lächeln und zündete sich eine rosafarbene Sobranie an. Wie üblich paßte die Zigarette zu seinem Outfit. Trueblood trug eine Safarijacke, ein flamingorotes Halstuch und ein hellgrünes Hemd. Auf dem Tisch lag ein Panamahut. Im Oktober. Melrose dachte oft, daß Trueblood die Papageien im Dschungel blaß aussehen lassen würde.

«Wie wär's mit meinem Haus?» sagte Vivian Rivington zu Agatha.

«*Die* alte Bruchbude? Sie haben zu lange nichts mehr daran gemacht, Vivian.»

Trueblood schnaubte: «Bruchbude? Es ist das schönste Cottage in Long Pidd, und das wissen Sie ganz genau.» Er wandte sich an Vivian. «Aber wirklich, Viv-viv, dauernd wollen Sie es an den Meistbietenden verkaufen, und dann ziehen Sie es wieder vom Markt zurück.»

Melrose konnte das absurde Geschwätz über das «Investitionspotential» seiner Tante keine Sekunde länger ertragen. Das einzige, was Agatha je investieren würde, war Zeit – einen Großteil davon verbrachte sie vor dem Kamin ihres Neffen und konsumierte Tee und Kuchen. Er schlug sein Scheckheft auf und drehte die Kappe von einem dünnen goldenen Stift. «Was wollen Sie dafür, Vivian?»

Vivian Rivington sagte mit dünner Stimme:

«Was reden Sie da, Melrose? *Sie* wollen doch mein Haus nicht.»

«Stimmt. Aber wenigstens hätten Sie es dann verkauft und müßten nicht immer zwischen Northants und Venedig hin- und herflitzen.» Er lächelte verbindlich. «Sechzigtausend? Siebzig...? Wir könnten den ganzen Heckmeck mit den Maklern und so weiter umgehen.» Der Stift schwebte einsatzbereit über dem Scheckheft, jetzt kam die Stunde der Wahrheit.

Sie räusperte sich. «Na ja... *so* fest steht es ja gar nicht, daß ich verkaufen will... Ich meine, Franco hat schon mal darüber geredet, daß wir's behalten sollten. Vielleicht als Ferienhaus...»

Stift und Scheckheft wanderten wieder in die Tasche. «Graf Franco Dracula wird feststellen, daß Piddleton bar jeglicher geschlechtsreifen Jungfrauen oder günstig gelegener Grüfte ist, in denen er sie verstauen kann –»

Die sonst so ruhige Vivian brauste auf. «Ich *hab* Ihnen gesagt, Sie sollen aufhören, ihn so zu nennen.»

«Ja, wirklich, Melrose», sagte Trueblood. «Seit sie wieder hier ist, sieht Vivian einfach phantastisch aus. Überhaupt nicht blaß.»

Ihre haselnußbraunen Augen blitzten auch Trueblood warnend an. «Bei Ihnen beiden wird mir speiübel.» Sie legte sich das schalähnliche Gebilde um (schrecklich de la Renta) und wollte aufstehen.

Trueblood hatte recht. Immer wenn sie aus Italien zurückkam, sah sie ganz anders aus – aber auch darauf hätte Melrose liebend gern verzichtet. Er hegte den Verdacht, daß ihr Verlobter (der sich jetzt schon seit geraumer Zeit in Geduld übte) nicht unwesentlich mit den hellen Strähnchen in ihrem hochgebauschten Haar, den lackierten Nägeln, den Kleidern, die aussahen wie aus einer Modezeitschrift, zu tun hatte. Warum schlackerte da zum Beispiel dieser Knautschledergürtel um ihre Hüften herum? Melrose seufzte. Ein paar Wochen würde es dauern, bis sie wieder, ganz die alte Vivian, mit Twinsets und hübschem, glänzendem, schulterlangem Haar herumlaufen würde.

«Jetzt setzen Sie sich doch um Himmels willen hin», sagte er ärgerlich.

Sie setzte sich. «Dick macht eh Feierabend.»

«Na ja, er muß sich ja zuerst mal um seinen treuesten Gast kümmern.»

Mrs. Withersby lagerte, alle viere von sich gestreckt, vor dem Kamin, völlig hinüber. Scroggs hatte seinen Ruf zum letzten Gefecht vor fast einer halben Stunde vergessen und hielt den Telefonhörer in der ausgestreckten Hand. «Für Sie, Mylord», rief er Melrose Plant zu.

Plant runzelte die Stirn. «Für mich? Um diese Zeit...» Bestimmt Ruthven, dachte er. Wahrscheinlich stand Ardry End in Flammen – wie Manderley.

Die Verbindung war fürchterlich. Es knackte und knisterte in der Leitung, als ob man wirklich die Feuerwehr holen müßte.

Zu seiner großen Überraschung war es ein Ferngespräch.

Zu seiner noch größeren Überraschung war es *Polly Praed*. Er konnte es nicht fassen, daß *sie ihn* anrief. «Was reden Sie da, Polly? Sie sind aus einem Telefonhäuschen gefallen?»

Polly hätte ihn am liebsten erdrosselt. «*Nein! Ich* bin nicht rausgefallen, *sie* ist... nein, nein, nein!» Als könne Melrose sie über die vielen Kilometer sowohl sehen als auch hören, schüttelte sie ihre dunklen Locken wie wahnsinnig. «Ich war nicht mit ihr *in* der Telefonzelle, Sie Idiot!»

Melrose lächelte. «Idiot» war ein Kompliment. Melrose schien der einzige erwachsene Mensch zu sein, gegen den diese krankhaft schüchterne Frau aggressiv werden konnte. Bei Kindern und Tieren konnte sie es ganz gut. Er hatte sie in ihrem Dorf Littlebourne beim Zwiegespräch mit einem Baum kennengelernt. «Hallo, die Verbindung ist ja schrecklich. Hören Sie mich?»

«Zur Genüge.»

Er fragte sich, was das nun wieder bedeutete.

Sie ließ einen gehörigen Abstand zwischen den einzelnen Worten, als spräche sie mit einem geistig Minderbemittelten. «Die Frau fiel einfach *auf* mich.»

«Wo sind Sie?»

Bis aufs Blut gereizt, kniff sie die Augen zu. Sie hatte es ihm schon zweimal gesagt. Mit zusammengebissenen Zähnen buchstabierte sie: «A-S-H-D-O-W-N D-E-A-N. Liegt direkt am New Forest. Sie lassen mich nicht gehen –»

Als Constable Pasco ihr einen fragenden Blick zuwarf, glitt sie am Tresen herunter, legte sich das Telefon in den Schoß und flüsterte nur noch.

«Hat die Polizei Ihnen *gesagt*, daß sie ermordet worden ist?»

«Du meine Güte, was denn sonst?»

«Versuchen Sie, sich zu beruhigen, Polly. Wenn ich Sie recht verstehe, wollen Sie, daß ich stante pede komme.»

«Wenn Sie wollen.»

Wenn er wollte. Wie gnädig. Der New Forest war über einhundertfünfzig Kilometer entfernt.

«Ich habe gerade überlegt...» Polly saß auf dem Fußboden der Polizeiwache und wand sich die Telefonschnur um den Finger.

Schweigen.

«Sie haben gerade überlegt», sagte Melrose, «ob ich versuchen sollte, Superintendent Jury dort hinzukriegen.» Selbst unter Todesqualen hätte Polly Richard Jury niemals angerufen, obwohl sie ihn sehr gut kannte. «Nein!!!» Melrose mußte den Hörer vom Ohr weghalten.

Als sie sich ausgekreischt hatte, hielt er ihn wieder dran. «Jury hat vermutlich das übliche Einerlei auf dem Tisch – Vergewaltigungen, Morde, Diebstähle – und könnte sowieso nicht nach Hampshire kommen, ohne daß ihn das Revier dort über den Dienstweg anfordert, und ich bezweifle, daß das der Fall sein wird.»

Wieder Schweigen an ihrem Ende. Er seufzte. «Polly. Haben Sie irgendeine Idee, was passiert sein könnte?»

«Ja», keifte sie. «Die Dame hat ihre Telefonrechnung nicht bezahlt, und die Telefongesellschaft hat sie abgemurkst!»

Rums wurde in Ashdown Dean der Hörer aufgeknallt.

4

DETECTIVE SUPERINTENDENT RICHARD JURY arbeitete an diesem Abend nicht an einem Fall und hätte wahrscheinlich eine Unterbrechung der kleinen Verführungsszene begrüßt, die in der Einzimmerwohnung direkt über seiner stattfand.

Carole-anne Palutski (alias Foxy, so der Künstlername), die er kennengelernt hatte, als sie vor einem Monat einen Sessel die engen Stufen in dem Islingtoner Reihenhaus hochwuchtete, beugte sich über den Couchtisch, um nach ein paar Flaschen Carlsberg zu greifen, und vollführte in ihren hautengen Sassoon-Jeans ein paar für die zu erledigende Aufgabe nicht unbedingt erforderliche Hüftschwünge. Auf eine der hinteren Taschen war das Wort *Smartass* appliziert, und als sie sich wieder umdrehte – Operation Carlsberg erfolgreich beendet –, pochte das kleine, in den Schritt genähte Herz. Carole-anne stand auf Werbung, backbord und steuerbord.

«Noch mehr, Süßer?»

Sie hielt das Carlsberg hoch, also meinte sie Bier. Jury fragte sich, wie ein Mann reagiert hätte, der nicht so zurückhaltend war wie er, einer, der nicht ihr Vater sein könnte. Was für Jury sehr wohl galt. Zweiundzwanzig war sie, hatte sie gesagt. Er hielt sie eher für neunzehn.

«Noch eins, und Sie können mich runterrollen», sagte er. «Sie sind auch ein bißchen wackelig auf den Beinen, Carole-anne.»

Eins davon hob sie hoch. «Das liegt an den Schuhen, Süßer. Die sind bestimmt zwölf Zentimeter hoch. Und nennen Sie mich ‹Foxy›», sagte sie zum x-tenmal an diesem Abend.

«Nein, das paßt nicht zu Ihnen.»

Carole-anne schmollte und öffnete die Flasche so, daß das Bier überschäumte und über ihr ärmelloses Top lief.

«Jetzt sehn Sie doch, was ich angerichtet habe», sagte sie, als hätte sie es nicht darauf angelegt. Das Bier floß in Schlangenlinien über nackte Haut bis zu den Jeans. Wo die «Taille» sein sollte, wußte nur Sassoon; im Moment saß sie auf der Hüfte, die Gürtelschlaufen waren mit irgendwelchem Seidenzeugs durchsetzt, das in kleinen Pompons auslief, die wiederum mit dem roten Herzen um die Wette tollten.

«Kommen Sie mal her», sagte Jury, der auf dem unbequemen Sofa saß.

Falsche Wimpern senkten sich über tiefblaue Augen, ihre Miene sagte nur: *Endlich*. Sie schwankte zu ihm hin, die Bierflasche immer noch in der Hand, und plazierte ihre klebrigen Körperpartien direkt vor sein Gesicht.

Jury zog sein Taschentuch heraus und wischte ihr den Bauch ab.

Der Kiefer klappte ihr runter, die Arme auch, sie umklammerte die Flaschen, als ob sie ihnen die Hälse umdrehen wollte. Er nahm ihr eine ab und nahm einen kräftigen Schluck.

Ihre freie Hand legte sich auf ihre Hüfte. «Sie sind mir ja zum Brüllen komisch. Schwul sind Sie nicht, warum dann so ein Gedöns? Ich meine, ganz so eine alte Sabbertante bin ich nicht.»

«Nein, das Bier habe ich ja jetzt weggewischt», lächelte Jury.

Sie wurde knallrot, und er dachte, sie würde wirklich losbrüllen. Statt dessen fiel sie kichernd aufs Sofa. «Jedem Tierchen sein Pläsierchen.» Sie seufzte und legte den Kopf auf seine Schulter. «Sie sind meine erste Niederlage.»

«Vielleicht Ihr erster Erfolg.»

Sie verzog nur das Gesicht und sah ihn an, als sei er nicht recht bei Trost.

«Männer gibt's wie Sand am Meer, Carole-anne. Wissen Sie, was ich tun würde, wenn Sie meine Tochter wären?»

«Nein. Was?»

«Ihnen einmal gehörig in Ihren kleinen klugscheißerischen Arsch treten. Ihnen vielleicht ein Paar Vanderbilt-Jeans – der Schwan ist wenigstens harmlos – und einen Kaschmirpullover kaufen. Einen locker geschnittenen.»

«Sie mögen's bizarr? Darauf wollen Sie hinaus?»

Jury hielt sich die Flasche an die Stirn und lachte. Sie dachte immer nur an das eine.

«Ich wollte mich doch nur revanchieren», sagte sie. «Dafür, daß Sie mir mit den Möbeln und dem ganzen Kram geholfen haben, wissen Sie.»

«Herrgott noch mal, Carole-anne, kann Ihnen ein Mann nicht mal helfen, ohne daß Sie dafür gleich mit ihm ins Bett gehen müssen?»

Darüber sann sie nach, während sie an dem Etikett auf der Flasche zuppelte. Dann zuckte sie mit den Schultern. «Ich dachte – wenn Sie mir beim Einziehen geholfen haben, helfe ich Ihnen beim Ausziehen.»

Um das Sammelsurium an Möbeln herzutransportieren, war kein Möbelwagen nötig gewesen, sondern nur ein Typ mit einem alten Pritschenwagen. Ihre irdischen Güter hatte sie immer bei sich. Sie war hinreißend.

Blitzblaue Augen, taillenlanges Haar, eine Figur, die sich auch noch in einem Kartoffelsack sehen lassen konnte. Er hatte ihr geholfen, sich einzurichten, die winzige Wohnung in so was wie ein Heim zu verwandeln, und sie dann zu einem Happen in eine der umliegenden Kneipen eingeladen.

An dem für September warmen Umzugstag hatte sie

leuchtendblaue Satinshorts getragen, die oberhalb der Linie, wo sich Beine und Po treffen, abgeschnitten waren, und darüber, wie aus Bescheidenheit, einen kurzen Rock aus dem gleichen Material. Die Bescheidenheit hielt sich allerdings in Grenzen, denn der Rock hatte an beiden Seiten großzügige Schlitze, was die Bewegungen ihrer Beine eher unterstrich als verbarg. *So* warm war es nun auch wieder nicht gewesen, aber Jury zweifelte, ob Carole-anne mit Mänteln viel im Sinn hatte.

Ob man nun bei den sexy Sandalen anfing und sich mit den Augen einen Weg nach oben bahnte oder sich von den Spaghettiträgern des knappen Tops herunterarbeitete, die Männer am Tresen reagierten unisono. Die Köpfe drehten sich vollkommen synchron, wie in einer perfekten Revue.

Carole-anne studierte an der Theke die Tafel mit den Tagesgerichten und beobachtete die Blicke der Möchtegern-Grapscher nicht weiter. «Cottage Pie, schottische Eier, Fritten, Salat.» Als Jury Würstchen bestellte, fügte sie hinzu: «Von denen auch noch 'n Paar.» Sie überließ es Jury, dafür zu sorgen, daß ihre Teller gefüllt wurden, und schlenderte geräuschvoll zu einem kleinen Tisch, der vor eine Polsterbank gequetscht war. Als Moses das Rote Meer teilte, hatte er sich wahrscheinlich nicht so viel Raum verschafft wie dieses Wunderwesen in blauem Satin.

«*Was* sind Sie?» sagte Jury, der gerade an einem Würstchen kaute und zusah, wie Carole-anne sich ihren Cottage Pie reinstopfte.

«Sie brauchen sich nicht gleich so aufzuspulen. Obenohne-Tänzerin.» Sie deutete mit einer Schulter irgendwo hin. «Drüben im ‹König Arthur›. Nie dagewesen?»

«In der Klitsche? Nur, als ich mir mal einen Langfinger

geschnappt habe, der in der Camden Passage sein Unwesen trieb.»

«Sie? Als Superintendent? Sie lassen sich ganz schön weit herab, stimmt's?»

«Es ging um eine persönliche Angelegenheit. Hören Sie, so was sollten Sie nicht machen. Was zum Teufel sagen Ihre Eltern dazu? Die wissen wahrscheinlich gar nichts davon.»

«Hör sich das nun einer an!» Sie schien mit dem Ei auf ihrem Teller zu sprechen. «Meine Mutter ist tot. Und mein Va –» Sie zuckte mit den Schultern. «Wer weiß? Ich kann mich ja nicht mal an ihn erinnern», sagte sie beiläufig.

«Tut mir leid. Aber Sie müssen doch *irgend*welche Verwandten haben.»

Ihre tiefblauen Augen sahen auf, etwas verwirrt. «Warum? Viele Leute haben keine Verwandten. Haben Sie welche?»

«Eigentlich auch nicht. Einen Cousin. Wohnt in Newcastle. Wie haben Sie sich denn bisher durchgeschlagen, Carole-anne?»

Carole-anne blitzte ihn an: «Was wollen Sie damit sagen?»

Jury sagte nichts.

Sie seufzte. «Schon gut. So eine bin ich nicht. Ich will Tänzerin oder Schauspielerin werden.»

«Ich dachte, das wären Sie schon», sagte er.

«O Gott, Sie sind schlimmer als tausend Mütter zusammen. Ich meine, eine *echte* Schauspielerin. Hab mich bei *Chorus Line* vorgestellt. Fast 'ne Rolle gekriegt.»

«Also, wenn Sie da keine gekriegt haben, sollte sich der Regisseur mal einen Blindenhund anschaffen.»

Sie zögerte und lachte dann. «Besten Dank.»

«Dahin geht also Ihr Streben. West-End-Musicals.»

«Diese blöden West-End-Musicals? Na ja, für den Anfang nicht schlecht. Aber wissen Sie, richtig gut bin ich in ernsten Rollen. Vielleicht wie Judith Anderson oder Shirley MacLaine.»

«Sie würden garantiert alle an die Wand spielen. Haben Sie Unterricht genommen?»

«Ein bißchen. Brauche ein bißchen Übung.» Sie inspizierte ihr hartgekochtes Ei.

«Ein bißchen ist gut. Ich muß los, arbeiten. Ich bring Sie nach Haus. Ich werde Sie ein wenig im Auge behalten, Carole-anne.»

Sie zuckte eine samtene Schulter in Richtung Tresen und sagte: «Was gibt's denn sonst so Neues?»

«Polly? Polly *Praed*? In einer Telefonzelle –?» Nachdem Jury Carole-annes Türverriegelung überprüft und die lose Kette festgeschraubt hatte, hatte er die Wohnung verlassen. *«Wollen Sie mich hinter Schloß und Riegel bringen, Super?»*

Als er seine eigene Wohnung betrat, klingelte das Telefon. Er war nicht in Bereitschaft, New Scotland Yard durfte es also eigentlich nicht sein, aber er kannte die Neigung seines Chief Superintendent, den ersten, zweiten und dritten auf der Liste einfach zu ignorieren, und rechnete mit einem von Racers mitternächtlichen Schlachtrufen. Oft bedeuteten Racers Anrufe nicht einmal, daß in London ein Verbrechen passiert war, von dem Jury erfahren mußte, sondern lediglich, daß Racers Club und die Kneipen geschlossen waren.

Darum war Jury angenehm überrascht, am anderen

Ende die Stimme seines alten Freundes Melrose Plant zu hören.

«Klar bin ich gerade an einem Fall. Racer sorgt schon dafür, daß ich alle Hände voll zu tun habe – oder aber, daß sie mir auf den Rücken gebunden sind. Wo ist das?»

Jury schrieb es auf. «Gut. Was hat sie Ihnen noch erzählt? Hm... Sie bringen sie aber auch immer in Höchstform.» Jury lächelte. «Dann sehen wir uns morgen dort. Das heißt inoffiziell. Die Polizei in Hampshire würde es wohl nicht gerade begrüßen, wenn ich ungebeten meine Nase in die Sache hineinstecke.»

Sie hatte also einfach aufgelegt? Jury schüttelte den Kopf und warf den langweiligen Papierkram, den er in der Hand hielt, wieder auf den Schreibtisch. Soweit er sich erinnerte, redete man gegen Wände, wenn man Polly Praed in ein Gespräch verwickeln wollte. Sie war doch eigentlich extrem schüchtern – es sei denn, das Thema war Mord.

5

LAUT DR. FARNSWORTH war Una Quick an Herzstillstand gestorben.

Der Sturm und Ida Dotrices Aussage über Unas Angewohnheit, ständig ihren Arzt anzurufen (der übrigens auch den Totenschein unterschrieben hatte) – das genügte der Polizei in Hampshire, um sich der Unfallursache sicher zu sein. Dr. Farnsworth, dessen Praxis im nahegelegenen Selby lag, hatte Una Quick regelmäßig einmal im Monat untersucht. Bedauerlich (sagte Farnsworth der Polizei), Miss Quick hatte Herzrhythmusstörungen und war immer kurz vor dem Herzversagen gewesen.

Una hatte Ida Dotrice erzählt, Dr. Farnsworth bestehe darauf, daß sie ihn einmal die Woche – jeden Dienstag abend nach Praxisschluß – anrief, um über ihren Zustand zu berichten. Wie das letzte Medikament anschlug oder wie's der alten Pumpe ging oder ob sie gegen seine Anordnungen verstoßen und mehr als die genehmigten zwei Tassen Tee getrunken hatte und so weiter.

Aber der Sturm am Dienstag abend hatte ein Telefonkabel heruntergerissen, und sie konnte den Arzt nicht von ihrem Cottage aus anrufen. Törichterweise war sie deshalb die hügelige High Street zum Telefonhäuschen hochgelaufen, um den Doktor pflichtgemäß zu informieren.

Der Anruf war nie erfolgt; Una war in der Zelle umgekippt, und anstatt, wie man hätte annehmen können, auf dem Boden aufzuschlagen, hatte sie sich am Telefon festgehalten. Die Polizei rekonstruierte, daß sie sich, um nicht zu fallen, mit dem Arm in der Zelle abgestützt haben mußte.

Dr. Farnsworth hatte keinen Sinn für die Ironie, daß seine Patientin gestorben war, weil sie ihm über ihren Gesundheitszustand berichten wollte.

Es war Morgen, und Barney war immer noch weg.

Jeden Moment würde Melrose Plant hier sein. Jetzt war es ihr natürlich furchtbar peinlich, daß sie ihn unter einem Vorwand hierher nach Hampshire zitiert hatte. Vielleicht konnte sie eine nette Fahrt durch den New Forest oder ein gemeinsames Mittagessen vorschlagen.

Oder was anderes. Polly versank immer tiefer in dem knarrenden Eßzimmerstuhl im «Haus Diana».

Warum sie überhaupt keine Probleme hatte, mit *ihm* zu reden – ihm, der immerhin Earl of Caverness, Viscount Soundso, Baron und weiß der Geier was noch war, beziehungsweise gewesen war, bevor er seinen Status aufgegeben hatte... Polly spießte das Tischset auf, als sei es einer seiner abgelegten Adelstitel. Nicht, daß ihr Titel besonders wichtig waren. Aber Polly hatte einfach etwas gegen Leute, die das genaue Gegenteil von dem taten, was sie ihnen in ihren Büchern gestattete. Grafen, Herzöge und Marquis sollten gefälligst Grafen, Herzöge und Marquis bleiben.

«Ma'am», sagte ein spindeldürres Mädchen, das offenbar genauso schüchtern war wie Polly. Am Abend hatte das Mädchen bei Tisch serviert und ihr am Morgen den Tee ans Bett gebracht. Allem Anschein nach war sie die einzige Angestellte im «Haus Diana». Sie stellte eine Schüssel auf den Tisch.

«Was ist das?» fragte Polly und schielte in die Schüssel.

«Porridge, Ma'am», sagte das wirklich beängstigend schmale Ding und huschte davon.

Polly hatte keinen Appetit. Denn Barney war verschwunden.

Da war das Mädchen wieder. *Geh weg,* dachte Polly, es war ihr peinlich, sie wollte nicht beim Weinen ertappt werden. «Ein Herr wünscht Sie zu sehen, Ma'am.»

Sie senkte den Blick, hörte die sich nähernden Schritte, und dann sagte Melrose Plant: «Guten Morgen, Polly.» Kurz (und ziemlich säuerlich) antwortete sie ihm mit einem *guten Morgen* und erzählte los: «Koronarverschluß, hat dieser idiotische Arzt gesagt. Na ja, kann ja sein, aber warum war sie überhaupt in der Telefonzelle?»

Melrose legte seinen Stock mit dem silbernen Knauf auf den Tisch, setzte sich und sagte einfach: «Ich habe keine Ahnung. Warum weinen Sie denn?»

«Ich weine ja gar nicht», sagte Polly. Sein Mitgefühl löste eine Flut von Tränen aus, jetzt flossen sie in Strömen. «Mein Kater ist weg.»

«Barney?»

Das war das Problem mit ihm. Er erinnerte sich sogar an den Namen ihres Katers. Aber er schien sich mehr für ihren Kater zu interessieren als dafür, daß sie ihn für nichts und wieder nichts hierhergelockt hatte. Sie putzte sich das Gesicht mit der Serviette ab. Daß er sie sogar zu *verehren* schien, war jenseits ihrer Vorstellungskraft. Sie war impulsiv, unhöflich, anspruchsvoll und launisch. «Sie sind ein Masochist», sagte sie und schniefte.

«Offensichtlich», sagte Melrose und sah in die Schüssel. «Sie wohl auch, wenn Sie das essen.» Er nahm einen Löffel und steckte ihn in das Porridge. Er blieb drin stehen.

«Rühren Sie es nicht an. Sonst kommen Sie vielleicht nie wieder nach Ardry End zurück. Ein schrecklicher Mann mit grauem Schnurrbart hat mir hier die Tür aufgemacht und meinen Lebenslauf verlangt, bevor er mir ein Zimmer vermietete.»

«Warum sind Sie denn dann geblieben? Nicht weit von hier ist ein Pub mit ordentlichen Gästezimmern.»

Polly sah ihn wutentbrannt an. «Er hat mir erzählt, es *gäbe* weit und breit nichts.»

Melrose betrachtete die gefängnisgrauen Wände, die Plastiktischsets, das Porridge und sagte: «Wie sonst sollte er Kundschaft bekommen? Was soll's? Sie können mein Zimmer im Pub haben, und ich bleibe hier.»

«Geht nicht. Barney könnte doch kommen und mich suchen.»

Wenn er an Barneys Narben aus früheren Schlachten dachte, war der viel eher auf der Suche nach einem Leoparden, gegen den er kämpfen konnte.

«Keine Sorge. Wir werden Barney finden.»

Polly belohnte ihn mit einem tiefen Blick. Angesichts dieser Amethystaugen bereute man es nicht, den langen Weg von Northamptonshire nach Hampshire gezerrt worden zu sein. Obwohl alles übrige an ihr sehr gewöhnlich war. «Versteh ich Sie richtig, Sie bedanken sich bei mir?»

Sie rührte in dem ekeligen Haferschleim, zuckte vage mit den Schultern und ließ ihre Brille wieder vom Kopf auf die Nase gleiten. «Danke», sagte sie.

«Na bitte! Ewige Dankbarkeit! Immerhin waren es hundertfünfzig Kilometer!»

«Machen Sie nicht so ein Theater. Sie haben doch sowieso nicht viel zu tun.»

«Außer Ihren Kater zu finden.» Diesen kleinen Dämpfer hatte sie verdient. «Nur keine Panik. Ich habe Superintendent Jury angerufen. Er müßte bald hier aufkreuzen, so in» – Melrose unterbrach sich, um seine goldene Uhr zur Schau zu stellen – «in ein, zwei Stunden.»

Polly Praed starrte in die grünen Augen von Melrose Plant. Mit diesem Blick hätte sie jeden in Stein verwandeln können, und zwar besser als Medusa.

«Warum sehen Sie mich an, als sei ich der Übeltäter? *Sie* haben mittendrin aufgelegt und waren fuchsteufelswild, weil ich ihn nicht anrufen wollte. Also hab ich ihn angerufen.» Melrose schenkte sich eine Tasse lauwarmen Tee ein. «Ich habe einfach nur getan, was Sie wollten.»

«Na, prima. Die arme Frau ist wegen Herzstillstand zusammengeklappt. Aber sie stand aufrecht da, das ist das Problem. Und ich dachte, da telefoniert ein lebendiger Mensch –»

«Das war ja wohl auch eher wahrscheinlich. Aber meinen Sie, deshalb bin ich hier?» Er konnte sehen, daß sie mit den Gedanken irgendwo auf der A 204 war, auf der Suche nach Jurys Auto. Melrose hätte man vom Sterbebett zerren können – ihr wäre es schnurzegal gewesen.

«Wie soll ich Superintendent Jury erklären, daß ich nicht unter Mordverdacht stehe –»

«So wie Sie das Messer halten, ändert sich das vielleicht bald.» Er schob die Klinge beiseite. «Weiß ich auch nicht», sagte er mit einem wunderbaren Lächeln. «Der arme Jury. Man schleift ihn wegen eines vermißten Katers von London bis hierher –»

Und dann fragte Polly Praed plötzlich: «Warum hatte sie eigentlich keinen Schirm dabei?»

Dritter Teil

Kinder – am Anfang schon betrogen, Betrüger werden sie –

6

Sie trug einen weissen Pullover, darüber ein verwaschenes Trägerkleid aus Jeansstoff, ausgebleichte Turnschuhe, keine Socken. Das Sonnenlicht brach durch den Nieselregen und die Bäume um die Ashdown Heath und färbte ihr Haar fast platinblond. Ihr Gesicht war oval, bleich, unscheinbar und vom Regen klitschnaß. Sie hatte blaßblaue Augen und sah im Grunde aus wie eine x-beliebige Fünfzehnjährige – abgesehen von dem 412-kalibrigen Gewehr, das sie sich an die Schulter drückte. Sie nahm die zehn Meter entfernten Jungen mit zusammengekniffenen Augen ins Visier.

«Laßt die Katze los», sagte sie.

Billy und Batty Crowley setzten den Kanister ab. Gerade hatten sie den orangefarbenen Kater mit Benzin übergossen. Das Tier sah fast aus wie aus einem Comic: Es hatte ein rotes Tuch um den Hals, die Augen weiß und vor Entsetzen weit aufgerissen, das Fell stand ab wie Kiefernnadeln. Batty Crowley wollte gerade ein Streichholz anzünden.

Sie war ihnen leise ein Viertel des Wegs über die Heide gefolgt.

Jetzt starrten sie sie fassungslos an. Als die beiden Brüder nicht so schnell reagierten, wie sie wollte, spannte sie das Gewehr und entsicherte es.

Dann sagte sie: «Zieht Hemd und Pullover aus.»

«Was meinst du, verdammt noch mal?» fragten sie, als sei sie die Wahnsinnige, die die Idee zu diesem brutalen Vergnügen gehabt hatte.

«Zieht Hemd und Pullover aus. Sofort! Putzt das Benzin mit euren Hemden ab.»

Sie hielten jeweils ein Bein des sich windenden Tieres und brüllten vor Lachen.

Bis sie feuerte. Sie schoß in den Boden, dorthin, wo sie schon eine Stelle freigeräumt hatten, um den Kater zu rösten. Sie rissen sich Hemd und Pullover herunter und fingen an, das Tier abzuwischen. Sie schwitzten, halbnackt in der Kälte des Oktobermorgens.

«Du bist –» schrie Billy Crowley. Als er aber sah, daß das Gewehr direkt auf seine Stirngegend gerichtet war, verkniff er sich das Fluchen.

«Kriegt ihr das Benzin ab?»

Sie nickten, hockten sich hin und putzten aus Leibeskräften. Der Kater schrie und kratzte Billy.

«Wickelt ihn in die Pullover, damit er sich nicht ablecken kann, und tut ihn in die Kiste, in der ihr ihn hierhergebracht habt.» Sie fuchtelte mit dem Gewehr herum, und sie duckten sich. «Bringt die Kiste hierher.»

Billy wickelte die Pullover um den Kater, der schrie und kratzte, und setzte ihn in die Kiste.

«Hierher.»

Sie gehorchten und setzten die Kiste ungefähr zwei Meter vor ihr ab. Es scharrte und rumpelte in der Kiste, es sah aus, als bewegte sie sich wie durch Zauberei von allein.

«Jetzt zischt ab, aber ein bißchen plötzlich, ich bleibe hier stehen, bis ich euch nicht mehr sehen kann.»

Sie blickten sich nicht um.

Sie kippte den Lauf, nahm die verbliebene Patrone heraus und verstaute sie mit der Schachtel in der Tasche. Dann hob sie die Kiste mit dem Kater auf, versteckte das Gewehr im Farn und rannte durch den Wald, bis sie die Ausfallstraße aus Ashdown Dean erreichte.

7

EINE DREIVIERTELSTUNDE SPÄTER hatte Melrose Plant Polly Praed aus dem Eßzimmer im «Haus Diana» in die weitaus anregendere Atmosphäre des «Hirschsprung» gebracht. Melrose hatte hier ein Zimmer gemietet, und deshalb war der Wirt John MacBride nur zu gern bereit, die Bar schon um zehn zu öffnen.

«Da ist was dran. Bei so einem Sturm geht an sich niemand ohne Schirm.» Sein Blick schweifte über die Kaminecke, die Zinn- und Messingbecher, die über dem Tresen hingen, die Reproduktion eines Landseer-Gemäldes, das einen Hirsch darstellte, über die chintzbezogenen Stuhlkissen und die Fenstersitze. Der Regen prasselte gegen die Scheiben. «Aber was es zu bedeuten hat, weiß ich nicht.»

Polly ebensowenig, also wechselte sie das Thema. «Dieser Grimsdale hat mir fast die Tür ins Gesicht geschlagen, als ich bloß vage andeutete, daß ‹Haus Diana› nicht das Ritz ist.»

«Hm. Jetzt grämen Sie sich mal nicht so über Ihre mißliche Lage. Wenn der Superintendent hier ist, haut er Sie bestimmt raus.»

«Zum Piepen, daß Sie so reden, ich kann kaum an mich halten. Ich hätte gern noch ein Guinness.» Sie schob ihm das Bierglas zu, ihm, ehedem Graf, nunmehr Lakai.

Melrose tat, als habe er nichts gehört, und sah auf die Uhr. «Er müßte jeden Moment hier sein.»

Polly ließ Bier Bier sein und schnappte sich ihren Schirm. Sie hatte immer noch den gelben Regenmantel an und den Hut auf. «Grüßen Sie ihn schön von mir.»

«Wenn Sie sich einbilden, daß Sie nach dem ganzen Chaos, das Sie angerichtet haben, gehen können, irren Sie sich aber gewaltig. Außerdem ist es eh schon zu spät, meine liebe Polly.»

Melrose sah sie tausend Tode sterben und wußte genau, was sie jetzt dachte – da saß sie in ihrem lächerlichen Mantel und dem ebenso lächerlichen Hut, beides viel zu groß, dazu die Gummistiefel, und sah aus, als bräuchte sie nur noch ein kleines Boot und ein großes Netz und ginge Fische fangen.

Er genoß ihr Dilemma ein wenig, wenn er auch nicht behaupten konnte, daß er den Grund dafür genoß. Polly war völlig verrückt nach Jury, doch Melrose war intelligent genug, um zu wissen, daß das noch lange nicht mit Liebe gleichzusetzen war.

Er beugte sich über den Tisch und flüsterte: «Sie wissen doch, Liebe ist, wenn man nicht um Verzeihung bitten muß.»

«Probleme, Polly?» fragte Jury, nachdem er Melrose Plant begrüßt hatte. Er und Detective Sergeant Alfred Wiggins zogen sich Stühle heran und setzten sich. Wiggins lächelte und schneuzte sich erst einmal die Nase.

Polly drehte ihr Glas in den Händen und würgte ein ersticktes «Ja» heraus. Melrose beobachtete, wie sie verzweifelt nach einem Gesprächsthema suchte. Ihm hatte sie ihre Irrfahrt an der Küste von Kent und dann hoch über Chawton geschildert, als sei sie Odysseus persönlich. Jetzt brachte sie natürlich kein Sterbenswörtchen heraus. Jury wartete. Nichts zu machen. Ein Geist in einem gelben Regenmantel.

Er gab ihr ein Stichwort: «Sie haben also die Leiche in einer öffentlichen Telefonzelle gefunden. Mehr habe ich zumindest aus Mr. Plant nicht herausgekriegt.»

Melrose seufzte und sah zum Hirschen hoch. Immer auf die Unschuldigen. Er wandte sich an Wiggins. «Wie geht es Ihnen, Sergeant?»

Wiggins schüttelte den Kopf. «Hab mir 'ne Erkältung eingefangen. Lungenentzündungswetter. Mal heiß, mal kalt. Und der Regen ist auch nicht gerade gut für die Gesundheit.»

«Wohl wahr», sagte Melrose. «Die reinste Hölle.»

«Eine nasse Hölle, Sir», sagte Wiggins, als er zum Tresen ging, um sich Grog mit heißer Butter zu holen. Wollte der Superintendent was trinken?

«Ja gern, ein Bitter. Miss Praed – Polly?» Sie hatte sich in sich zurückgezogen wie eine Schnecke in ihr Häuschen. «Erzählen Sie mir genau, was passiert ist.»

«Was passiert ist? Ja – hat *er* Ihnen das denn nicht erzählt?»

Jury lächelte, was Plant als höchst ungeschickt empfand. Denn jetzt verkroch sie sich noch tiefer in ihren Mantel.

«Barney ist weg», sagte sie und schaute in ihr leeres Glas.

«Ihr Kater.»

Sie wagte einen raschen, verstohlenen Blick unter dem Hutrand hervor. «Sie erinnern sich an ihn?»

«Ihren Kater? Wie könnte man den vergessen? Ich glaube, mir ist um jeden bange, der seinen Weg kreuzt. Weiter.»

«Nein, Sie.»

Gute Güte, dachte Melrose und stieß einen riesigen Seufzer aus, das war ja, als ob sie Patience spielten. Warum langte Jury nicht einfach über den Tisch und schüttelte sie, bis ihr die Zähne klapperten – wo sie ihn von London hierhergelockt hatte. Aber nein, er würde nie Hand an eine Frau legen; er saß immer nur da, mit diesem verfluchten Lächeln... kein Wunder, daß sie ihm zu Füßen lag und dahinschmolz.

«Gut. Sie haben die Tür der Telefonzelle aufgemacht, und eine alte Frau fiel Ihnen vor die Füße. War es so?»

Sie strahlte. «Genau. Aber sie hatte keinen Schirm.»

Jury war verwirrt. «Ist das von Bedeutung?»

«Es hat ge*regnet*.»

«Himmelherrgott, Polly», sagte Melrose. «Achten Sie auf Ihren Ton! Vor Ihnen sitzt ein Superintendent!»

Sie senkte den Blick. Wiggins brachte Jury sein Bier und holte sich dann sein eigenes Getränk, auf das er warten mußte, weil er es wegen seiner Erkältung besonders heiß haben wollte.

«Das ist in der Tat merkwürdig. Sehr gut, Polly...»

Jury schnurrte. Es klang, als streichelte er ihren verdammten mottenzerfressenen Kater. Es war wirklich ungerecht, fand Melrose; da hatte *er* die ganze Mühe auf sich genommen –

«Oh, Verzeihung, Sir», sagte Sergeant Wiggins und

brach den Bann der violetten Augen, die in Jurys graue starrten.

«Hm –?»

«Ihr Glas, Mr. Plant. Ich hole Ihnen noch was zu trinken.» Sein gequältes Husten war um ein Erkleckliches überzeugender als Pollys wiederholtes kleines Räuspern. Aber Wiggins hatte auch jahrelange Übung. Er sah auf Plants leere Flasche Old Peculier und schüttelte stirnrunzelnd den Kopf. «Ich rate Ihnen zu einem hübschen heißen Grog, Sir. Noch nie so 'n Wetter erlebt. Auf der Herfahrt sind wir mitten in einen Sturm geraten.»

Er würde ihn noch zum Monsun erklären. «Nur noch ein Old Peculier, bitte.»

Als Wiggins losschlurfte (immer noch mit Jacke und dickem Schal), wurde Polly Praed ein bißchen gesprächiger. Aber sie mußte wohl reden, um ihre Haut zu retten.

Plant saß da und rollte seine kleine Zigarre im Mund. Sie war noch nicht bei dem Bericht des Arztes angelangt. Bisher war die Entführung Barneys das einzige Verbrechen, von dem sie erzählt hatte.

Unter anderen Umständen hätte Jury Pollys epische Breite goutiert, er liebte Vergil, aber selbst die Geduld des Superintendent hatte ihre Grenzen. Er war schon beim zweiten Bier, als er endlich die schicksalsschwere Frage stellte: «Wie ist sie denn ermordet worden?» Als Polly bloß ihre Hände studierte, fragte Jury: «Was hat der Arzt gesagt?»

Ein tiefes Atemholen. «Na ja, die Frau *ist* eigentlich nicht ermordet worden.»

Jury sah sie an. Wiggins sah sie an. Melrose studierte das Gemälde. Wiggins sagte schließlich: «Könnten Sie das erklären, Miss?»

Polly prustete heraus: «Ja. Es sieht mehr oder weniger so aus, als sei sie an irgendeiner Herzsache gestorben.»

Melrose kam ihr zu Hilfe. «Aber sie hatte weder ein Messer noch eine Kugel im Herzen.»

Da trat ihm Polly mit ihrem Gummistiefel gegen das Schienbein.

«Herzversagen?» fragte Jury mit ausdruckslos-höflicher Miene.

Polly nickte und nickte, wobei ihre dunklen Locken auf und nieder hüpften. Wenigstens hatte sie jetzt diesen albernen Hut abgesetzt.

Eine lange Pause entstand, Polly kratzte bedächtig an einem vertrockneten Essensrest auf der Tischplatte.

Melrose beobachtete mit zusammengekniffenen Augen Jury, der Polly ansah. Schon wieder dieses verfluchte, langgezogene Lächeln. Anstatt sie ordentlich zu versohlen, weil sie ihn von Scotland Yard hierhergezerrt und, schlimmer noch, Melrose Plant dazu gebracht hatte, die Drecksarbeit für sie zu machen!

«Macht nichts», sagte Superintendent Jury. «Man weiß nie. Es klingt ganz schön merkwürdig; vielleicht zieht die Polizei voreilige Schlüsse...»

Sie nickte eifrig. «Genau das habe ich auch gesagt.»

Nichts dergleichen hatte sie gesagt.

«Und Barney ist weg.» Wieder war sie den Tränen nahe.

«Den finden wir schon.» Und dann sagte Jury ernst zu Plant: «Sie hätten aber wirklich noch ein paar Fakten zusammensuchen sollen, bevor Sie anriefen...»

Melrose schloß die Augen. Warum stopften sie ihn nicht gleich aus wie einen Hirsch und hängten ihn an die Wand?

8

Paul Flemings Praxis lag fast einen Kilometer außerhalb von Ashdown Dean an der Straße, über die Carrie gerade rannte. Der schwere Kater rutschte in dem Pappkarton hin und her wie ein Stein.

Sie beobachtete Dr. Fleming, der als «bester Fang» des Dorfes galt. Er hatte Mühe, den Kater aus der Kiste zu zerren, und setzte das Tier grob auf den Untersuchungstisch. Carrie überlegte, ob Tiere sich wie Menschen an ihre Folterer erinnern und sich später an ihnen rächen können. Diesen Kater hätte sie liebend gern auf Batty und Billy Crowley angesetzt.

«Wo hast du den denn gefunden? Der riecht ja, als hätte man ihn in ein Benzinfaß getaucht», sagte Paul Fleming.

Carrie kratzte sich am Ellenbogen. Sie wollte nicht mehr sagen als unbedingt nötig. Sie würde sich schon mit Constable Pasco auseinandersetzen müssen, den sie erwischen wollte, bevor er mit der Tante der Crowley-Jungen sprach: dann würde sie mit der üblichen Standpauke davonkommen, anstatt eingesperrt zu werden.

«Ist er praktisch auch. Er wurde mit Benzin übergossen. Ich habe abgeputzt, soviel ich konnte, aber ich wußte nicht –» Sie zuckte mit den Achseln.

Sie hielt den Kater fest, während Fleming Wasser und Seife holte. «Wie lange ist das her? Ich meine, wann hast du ihn gefunden?»

«Vor einer Viertelstunde vielleicht. Einfach nur Seife?» Sie nickte in Richtung der Wasserschüssel.

«Olivenölseife. Dann Rinderfett. Benzin trocknet die Haut aus. Hast du ihn in die Pullover gehüllt?»
Sie beruhigte den Kater und nickte.
«Damit er sich nicht ableckt.»
«Sehr gut. Hat er offensichtlich auch nicht getan, denn daß er lethargisch wäre, kann man ja nicht behaupten.» Der Kater schlug nach dem Handtuch. «Ganz ruhig, alter Junge. Zwei Pullover. Da ist dir dann wohl ganz schön kalt geworden.» Er sah sie von der Seite an.
Keine Antwort.
«Wo hast du ihn gefunden?»
«Auf der Heide.»
«Was hatte er denn da draußen zu suchen?»
«Woher soll *ich* das wissen?»
Sie verschwieg die Einzelheiten nicht, weil sie die Crowley-Jungs decken wollte. Die sollten ruhig in der Hölle schmoren. Mit Benzin übergossen, im Fegefeuer. Sie war einfach vorsichtig und wollte deswegen auch Dr. Fleming nichts erzählen. Obwohl er einer der wenigen Menschen war, deren Nähe sie länger als zehn Minuten ertragen konnte. Seine Arbeit im Rumforder Labor mißbilligte sie allerdings und verpaßte keine Gelegenheit, ihn daran zu erinnern.
«Heute müssen Sie wohl nicht arbeiten?»
«Ist das etwa keine Arbeit, was ich hier mache?»
«Ich meine im Labor.»
Fleming konnte sich nur schwer beherrschen. «Das wollen wir doch wohl nicht schon wieder durchkauen.»
«Der Verband der Tierärzte tut auch nichts, um die Situation zu verbessern. Ich meine, sie drücken es nur immer wieder anders aus. ‹Hoffnungsloser Fall›. Nicht übel. Warum sagen Sie nicht, was Sie meinen?»

Paul Fleming sah sie böse an. «Hör mal, wenn es keine Tierversuche gäbe, was wär dann mit dem Kater hier? Schon mal dran gedacht?»

Sie sah den großen Kater an. «Da ist was dran.»

«Besten Dank!»

«Fünfzig Katzen umbringen, um eine zu retten.» Sie nickte bedächtig. «Da ist was dran.»

«Du weißt ja gar nicht, wovon du *redest*! Du lieber Himmel! Warum gehst du nicht auf Demonstrationen und Fackelzüge?»

«Das ist gegen meine Prinzipien.»

Kopfschüttelnd schaute er sie an.

Carrie wußte, er regte sich schon auf, wenn sie nur hier hereinmarschierte. Schade. Im Grunde war er ganz nett. Und Gillian Kendall war vermutlich verliebt in ihn.

Die arme Gillian. Carrie beobachtete ihn. Er sah blendend aus und konnte gut mit Tieren umgehen. Er war ledig und täte besser daran, es auch weiterhin zu bleiben. Das gleiche galt für Gillian. Carrie las viel und wunderte sich immer wieder, daß in kaum einem Buch große Liebesszenen fehlten. Die Liebesszenen waren ihr weder peinlich noch zuwider, sie interessierte sich nur nicht für diese ewigen Küsse und Umarmungen. Selber schuld, wenn man sich in einem Schicksal verfing, das schlimmer war als der Tod.

«Anstatt da rumzustehen und vor dich hin zu träumen, hilf mir lieber», sagte er und reichte ihr ein Handtuch.

«Ich träume nie vor mich hin.» Sie wischte den Kater ab.

«Beim nächsten Mal bringst du aber einen Jaguar mit!»

Carrie gefiel es, wie die Pupillen des Katers wegen des roten Tuchs wie glühende Kohlen funkelten.

«O Gott, hab ich da ein Lächeln gesehen?» fragte er und striegelte dem Kater das Fell.

Ihre Gefühle gingen keinen etwas an. Sie hatte gar nicht gemerkt, daß er sie beobachtete.

«Fertig», sagte er mit einem Seufzer. «So. Jetzt bist du wieder unter den Lebenden, Tiger.»

Der Kater lieferte Fleming einen olympiareifen Ringkampf und sprang dann auf den Boden.

«Na, nun komm schon», sagte Carrie, hob ihn hoch und ließ ihn wieder in die Kiste plumpsen. «Haben Sie noch so eine Tragebox aus Pappe?»

Er stöhnte: «Du hast mich schon um drei erleichtert. Ein Pfund das Stück.»

Sie zog ein paar Pfundnoten aus ihrem Kleid und klatschte sie auf den Tisch.

Paul Fleming wurde rot. «Schon gut –»

«Ich hab eine Bank überfallen.»

«Okay, ist ja gut, guck mich nicht so böse an.» Er zog die Tragebox aus einem Regal und faltete sie auseinander, die Henkel nach oben. Er lächelte wieder. «Die Gebühren betragen normalerweise zehn Pfund. Aber bei dir ist das was anderes.»

«Sie denken auch immer nur an Geld! Sie wissen, daß ich bezahle.»

Wieder lächelte er. «Jetzt würde ich gerne wissen, was du denkst. Woran denkst du bloß immer, Carrie?»

Sie hob die Tragebox hoch. «An Schicksale, die schlimmer sind als der Tod. Danke schön.» Sie ging.

Zu spät.

Als Constable Pasco den Hörer aufknallte und sie wütend ansah, war ihr klar, daß es Amanda Crowley gewesen war. Amanda hatte vermutlich deshalb so lange mit Pasco telefoniert, weil sie wußte, daß Billy und Batty die Schuldigen waren. «Ich will Anzeige erstatten», sagte Carrie.

«So?» Pasco verschränkte die Arme und legte die Füße auf den Schreibtisch.

«Batty und Billy Crowley haben einen Kater gefangen und wollten ihn anzünden.» Sie stellte die Tragebox auf ein Ablagebrett zwischen seinem Schreibtisch und dem schmalen Eingang. «Hier ist er.»

Pasco deutete aufs Telefon. «Amanda Crowley hat gerade angerufen. Sie behauptet, du hättest die Jungs mit einer Knarre bedroht.»

«Was hätte ich denn tun sollen? Zugucken, wie sie den Kater verbrennen?»

«Das ist das achte Mal –» Er schaute auf einen riesigen Kalender mit einer Abbildung von grasenden Schafen. Carrie fragte sich, wieso er sich für einen Kalender mit Vierbeinern entschieden hatte, denn eigentlich machte er sich nichts aus Tieren. «Nein, das zehnte – das *zehnte* Mal – hörst du?»

«Ja.» Verschämt schlug sie die Augen nieder und entdeckte auf seinem Schreibtisch ein vom Tierschutzverein herausgegebenes Handbuch, offensichtlich machte der Constable seine Hausaufgaben. Auf dem Kalender hatte er akribisch vermerkt, wie oft sie hier gewesen war, wenn sich wieder ein Dorfbewohner über sie beschwert hatte.

«Und ich sag's zum letztenmal, Carrie. Nur weil die Baronin hinter dir steht –»

Das, dachte Carrie, *war ein Lacher.*

«– heißt das nicht, daß du einfach so Hunde losbinden und Katzen stehlen kannst –»

«Mr. Geesons Beagle war Tag und Nacht angekettet, und das ist gesetzwidrig.» Sie schlug mit dem Handbuch auf den Tisch.

«*Es ist gesetzwidrig, das Leben von Leuten zu bedrohen!* Zum allerletztenmal –»

«Wollen Sie, daß es im Dorf nach Katzenbraten stinkt?»

Er kniff wütend die Augen zusammen. «Glaub bloß nicht, daß ich dir nicht auf die Schliche komme. Ich weiß genau, wer die Fuchsbaue aufmacht, wenn die jungen Füchse gejagt werden. Wenn sich Grimsdale noch einmal beschwert –»

Sie hörte einfach nicht mehr hin. Sebastian Grimsdale war eben Master und eine Säule der hohen Gesellschaft von Ashdown Dean.

Empört nahm Pasco seinen Schreibblock vor. «Wie heißt der Kater?»

Carrie runzelte die Stirn. «Batty hat uns nicht miteinander bekannt gemacht –»

«Sehr witzig.» Er richtete den Stift auf sie wie einen Pfeil. «Gerade mal fünfzehn, aber immer mußt du das letzte Wort haben. Wie sieht er denn aus?»

«Gucken Sie doch selbst. Er hat ein rotes Halstuch um. Er ist nicht aus Ashdown Dean.»

Er befahl ihr, das Vieh in der Box zu lassen, drehte sich um und griff zum Telefon. Beim Wählen sagte er: «Du kennst hier aber auch jede Katze und jeden Hund und jedes Schwein und jeden Fuchs – *Hallo*?» Er fragte nach jemandem, der Prad hieß oder so ähnlich. Er hinterließ die Nachricht, daß man den Kater gefunden habe.

«Der Kater gehört einem Gast im ‹Haus Diana›. Carrie, mit dir wird es noch böse enden.»

Wieder schlug sie die Augen nieder. «Ja.» Sie nahm die Tragebox.

«Laß ihn hier», befahl Pasco.

«*Ich* hab ihn gefunden», sagte sie und rannte gerade noch rechtzeitig mit der Box aus der Tür.

Als Carrie an dem blauen Schild vorbeilief, das zur Polizeiwache von Ashdown Dean wies, überlegte sie, daß ihre Beziehung zu Constable Pasco alles in allem nicht schlecht war. Sie hatte sich seiner Gesellschaft jedenfalls oft genug erfreut, um das beurteilen zu können.

Auf dem Weg kam ihr Donaldson entgegen, Sebastian Grimsdales Meutenführer und angeblich ein glänzender Pirschjäger und Treiber. Sie verabscheute den Schotten zutiefst. Warum er sich dazu herabgelassen hatte, hierherzukommen und mit Grimsdale Füchse zu fangen und in Zwingern zu halten, war Carrie schleierhaft. Noch ein Schönling mit kupferfarbenem Haar und kantigem Gesicht. Carrie hatte gehört, daß er eine Affäre mit Sally MacBride hatte, die erst seit einem Jahr mit dem Gastwirt verheiratet war.

«Ei, wenn das nicht unsere kleine Carrie ist.»

Reizend, unsere kleine Carrie. Am liebsten hätte sie ihm ins Gesicht geschlagen.

Er stellte sich ihr mitten in den Weg, und als sie versuchte, an ihm vorbeizugehen, machte er einen Schritt zur einen und dann zur anderen Seite. Sie blieb einfach stehen und starrte geradewegs durch ihn hindurch. Eigentlich müßte man einen Schleimer wie Donaldson mit der Hand durchstechen können. Wenn er keine Seele hatte, warum sollte er dann einen Körper haben?

Noch nie hatte sie jemanden so unnatürlich und verzerrt lächeln sehen. Er griff nach der Tragetasche, die sie schnell hinter ihrem Rücken versteckte.

Lüstern musterte er sie von Kopf bis Fuß und sagte: «Wenn du dich ein bißchen zurechtmachtest, Mädchen, wärst du eine wahre Augenweide.»

Sie schwieg und rührte sich nicht.

«Hast du nichts anderes zum Anziehn als dieses beschissene verschossene Kleid? Man sieht ja gar nichts.»

Er wollte sie um jeden Preis provozieren. Aber sie blieb einfach stehen und starrte ihn an.

«Mir macht es nichts aus, den ganzen Tag hier zu stehen.»

So wie sie ihn kannte, hatte er nicht die Geduld, auch nur eine Minute länger hierzubleiben.

Und tatsächlich. Haßerfüllt sagte er: «Du hältst dich wohl für eine richtige Prinzessin, was? Nur weil du bei der bekloppten Alten, der Baronin, wohnst.» Dann schubste er Carrie mit der Schulter aus dem Weg, als sei der Bürgersteig nicht groß genug für sie beide.

Sie dachte daran, wie anders Donaldson in Gegenwart von Sebastian Grimsdale war: klebrig-süß wie ein Karamelbonbon.

Sebastian Grimsdale gehörte zu den Lieblingsgästen der Baronin. Nicht, daß sie ihn besonders mochte, aber es gefiel ihr, wie er sich immer in Pose warf. Stets fühlte er sich in ihren albernen *Salons* als prominentester Gast.

Sie ging den Fluß am Dorfrand entlang und gelangte zum alten Spielhaus hinter dem «Hirschsprung». Das Gebäude war aus zwei unterschiedlichen Steinarten erbaut worden. Inzwischen hatte John MacBrides junge Frau ein Gästezimmer eingerichtet, wodurch die Kneipe zum Gasthof avanciert war. Sally MacBride war auch so eine, mit der Carrie sich eigentlich nicht abgab, denn sie verbot ihrer Nichte, Haustiere zu halten. Aber Carrie hatte eine Idee.

Das Spielhaus für die Kinder wurde kaum noch benutzt. Es war klein und hatte keine Fenster, doch als Carrie jünger war, hatte sie immer gern darin gespielt. Hinter dem Gasthaus war ein großer Garten, sogar ein Kräutergarten mit Pfefferminze und Flohkraut. Und Lupinen, fast so groß wie Carrie, Rosen, Tausendschön und alles, was dazugehört, «kunterbunt durcheinandergepflanzt» (sagte die Baronin), «ohne auf Stil und Harmonie zu achten, und man kann sich nicht einmal darin ergehen».

Carrie begriff nicht recht, warum ein Garten nur gut war, wenn man sich «darin ergehen» konnte, aber weiter reichte die Phantasie der Baronin wahrscheinlich nicht. Sie sah sich immer nur mit Sonnenschirm am Ufer eines spiegelglatten Teiches flanieren, unter einem weißen Rosenbusch wandeln oder anmutig auf einer der vielen weißen Eisenbänke ruhen. Einmal hatte Carrie sie ausgestreckt neben einer Ligusterhecke gefunden, voll wie eine Haubitze.

Der Kater war so ruhig, daß Carrie in die Tragebox schaute, um zu sehen, ob alles in Ordnung war. Er döste friedlich vor sich hin. Trotz Dr. Flemings Bemühungen, man wußte ja nie. Der Tod lauerte schließlich überall.

Carrie begriff einfach nicht, wie ein Tierarzt, dessen Aufgabe es doch war, sich um Tiere zu kümmern und ihnen das Leben zu retten, im Rumforder Labor arbeiten konnte.

Das Labor lag fast zwei Kilometer von Ashdown Dean

entfernt, eine lange, flache, graue Festung, die von einem niedrigen Zaun umgeben war. In Carries Augen ein richtiger Schandfleck.

Einmal war sie zu einer Demonstration gegangen, aber sie hatte nur zugeschaut. Tierschützer hatten das Labor in Brand gesteckt, was Carrie widersinnig fand. Ein paar Kaninchen waren an Rauchvergiftung gestorben. Und ganz davon abgesehen: Sachen einfach abzufackeln, wenn sie einem nicht passen, war gegen ihre Prinzipien.

Sie marschierte weiter auf das «Haus Diana» zu, trat abgefallene Blätter hoch und wünschte, sie könnte sie zu einem großen Haufen zusammenschieben und kopfüber hineintauchen. Sich ganz zudecken und eine Weile dort verstecken. Ihr Arm schmerzte von dem Gewicht des Katers. Am Fluß stand eine alte Eiche, die aussah, als sei sie vom Blitz gespalten worden. Dabei war der Baum so gewachsen. Carrie hatte ein kleines Sitzbrett zwischen die sich gabelnden Stämme gelegt. Sie saß gern in dem Baum.

Eigentlich sollte sie den Kater zu dem Gast zurückbringen, aber nach all der Aufregung war sie fürchterlich müde. Sie stellte die Tragebox auf den Boden, setzte sich, zog die Beine an und lehnte sich mit dem Rücken an einen der Stämme. Das Sonnenlicht, das noch im September durch die Zweige geströmt war, schien zu dieser Jahreszeit nur noch sehr schwach. *Und schien die Sonne auch auf ihn?* Carrie verzog das Gesicht und preßte es an die Baumrinde, um nicht zu weinen. Sie hatte eine ganze Phase ihrer Kindheit verdrängt. Ihr Vater und ihre Mutter waren wahrscheinlich tot, aber das würde sie nie erfahren.

Es war ein Vers aus irgendeinem Gedicht. Sie war einmal im East End von London zur Schule gegangen, das heißt, eigentlich hatte sie oft geschwänzt, denn es war grauenhaft gewesen. Was sie wußte, hatte sie sich selbst beigebracht. Jetzt ging sie nicht mehr zur Schule. Als die Dame von der Behörde vorbeigekommen war, um sich zu erkundigen, warum, hatte die Baronin behauptet, Gillian Kendall sei ihre Hauslehrerin (sie war die Sekretärin); und auf Drohungen hatte die Baronin mit einer Vehemenz gekontert, die nur auf das vierte Glas an dem Nachmittag zurückzuführen war. Die Beamtin hatte sich nie wieder blicken lassen.

Natürlich war die Baronin ein bißchen ausgeflippt. Carrie war's recht, denn die normalen Leute, die sie bisher kennengelernt hatte, waren auch nicht das Gelbe vom Ei.

Sie stieg von ihrem Sitz, nahm die Box und sah noch einmal in das diesige Sonnenlicht; der Himmel war grauweiß. *War es ein schöner Tag zum Sterben – Und schien die Sonne auch auf ihn?*

Sie preßte die Augen zusammen. In Sekundenschnelle hatte sie sich sogar einmal selbst einen Namen geben müssen. Wie sie auf Carrie Fleet gekommen war, wußte sie nicht.

9

SEBASTIAN GRIMSDALE STAND im «Haus Diana» am Fenster, die Hände auf dem Rücken verschränkt oder eher: verrenkt, und beobachtete, wie sie um die Ställe herumging und näher kam. Heute morgen um sechs war alles mit Rauhreif bedeckt gewesen, auf jedem sterbenden Grashalm lag gefrorener Tau, und einen Moment lang hatte er jenes Hochgefühl empfunden, das ihn sonst nur auf der Jagd übermannte. Bei Mädchen kaum. Und schon gar nicht bei dieser Proud. Nein, Prad. Oder so ähnlich. Und hier kam diese Fleet und schleppte den bescheuerten Kater an. Die Polizei! Wußten die mit ihrer Zeit nichts Besseres anzufangen, als in der Landschaft rumzugurken und vermißte Kater zu suchen?

«Ich bin davon ausgegangen, daß Barney mit in mein Zimmer kann –» hatte diese Prad in aller Dreistigkeit gesagt.

Na ja, *das* Vorhaben hatte er flugs zunichte gemacht und ihr gesagt, sie müsse den Kater im Auto lassen. Als sie sich woanders eine Unterkunft suchen wollte – den Stift knallte sie hin, diese ungehobelte Person –, hatte er an die acht Pfund gedacht und ihr gesagt, sie könne den Kater beim Tierarzt unterbringen. Mit der Frau wurde man ja spielend leicht fertig.

Mr. Grimsdale hörte ein Husten, drehte sich um und sah zwei seiner Gäste. Archway oder so. Samt seiner wasserstoffblonden Gattin, die wie ein Flittchen aus einem West-End-Musical aussah. Jetzt schminkte sie sich gerade die Lippen. Er fragte sich, wo der Gatte, ein Mondgesicht mit randloser Brille, die wohl aufgegabelt hatte.

Er riß den Blick von ihrer üppigen Vorderfront los und sagte: «Ja, Mr. Archway? Was gibt's?»

«Archer. Wir wollten nur unsere Rechnung bezahlen.»

Sie sollten eigentlich noch eine Nacht bleiben. War es nicht schon schrecklich genug, daß widrige Umstände ihn zwangen, das «Haus Diana» in ein Gästehaus zu verwandeln (er weigerte sich, es als *Bed & Breakfast* zu bezeichnen)? Und jetzt stürzten die Gäste auch noch sämtliche Abmachungen über den Haufen. «Meines Wissens wollten Sie zwei Nächte bleiben. *Zwei.*» So zurechtgewiesen, errötete der Ehemann, aber die Frau ließ die Rougedose zuschnappen und sagte mit ihrem schauderhaften East-End-Akzent: «Das Zimmer ist kalt wie eine Klosterzelle –»

Ihr Mann stieß sie mit dem Ellenbogen an und brachte sie zum Schweigen. Gut, wenn sie unbedingt Schwierigkeiten machen wollten... «Sie hätten das Zimmer um zwölf Uhr verlassen müssen. Jetzt ist es dreizehn Uhr.» Eine hohe Standuhr im Eingang schlug dumpf die fatale Stunde.

Und gleichzeitig ertönte der riesige eiserne Türklopfer. Diese Fleet. Hatte vor nichts Respekt. «Ich denke doch, daß Sie nicht gern für eine Übernachtung zahlen, die Sie nicht in Anspruch nehmen. Bisher hat sich noch niemand wegen der Heizung beschwert.» (Eine glatte Lüge.) Er seufzte müde: «Ich werde jedoch dafür sorgen, daß Midge Ihnen ein zusätzliches Heizgerät ins Zimmer stellt. Wenn Sie mich jetzt bitte entschuldigen wollen.»

Carrie Fleet stand auf der breiten Schwelle und sagte zu Sebastian Grimsdale: «Ich bringe den Kater der Dame.»

In der Tragetasche bewegte sich etwas.

Grimsdale bedachte beide mit einem verächtlichen Blick. «Stell ihn dahin.»

«Hier auf die Schwelle?»

«*Ich* sorge dafür, daß sie ihn bekommt.»

Carrie zeigte selten Gefühle, aber jetzt gestattete sie sich den Luxus, Sebastian Grimsdale zu hassen. Sie haßte ihn nicht nur als Menschen, sondern vor allem, weil er Master war und, sofern es gesetzlich erlaubt war, mit dem größten Vergnügen alles jagte, was da kreuchte und fleuchte: Fasane, Kaninchen, Hirsche, Rehe, Moorhühner. Dann und nur dann sah sie ihn lächeln, wenn er nämlich mit dem Gewehr in den Händen durchs Gelände stapfte.

«Nein», sagte Carrie.

«Nein? Nein, was?»

«*Ich* sorge dafür, daß sie ihn bekommt.» Ihr Ton war entschieden, geradezu aufsässig und respektlos, fand Grimsdale, der vor Zorn puterrot wurde. «Kann ich nicht reinkommen und warten? Ich setze mich in die Küche.» Woanders hätte sie eh nicht sitzen dürfen, wie sie sehr wohl wußte.

Er sah sie böse an, nickte barsch und sagte ihr, sie solle hintenherum gehen, die Köchin werde sie hineinlassen.

Carrie hatte nichts gegen den Dienstboteneingang. Sie nahm den Kater und ging um das Haus, einen großen altersschwachen Ziegelsteinbau, den eine Steinmauer umschloß wie ein eiserner Vorhang.

Als Polly Praed und Melrose Plant in die große Küche von «Haus Diana» kamen, schlummerte Barney friedlich vor dem Kamin, und Carrie Fleet trank Tee. Die Köchin, Mrs. Linley, befolgte nämlich Sebastian Grimsdales Regeln genausowenig wie der Lebensmittelhändler, der Fleischer und der Bibliothekar.

Polly rannte zum Kamin und hob den widerspenstigen Barney hoch, der offentsichtlich lieber schlief als gefunden wurde. Barney war nie besonders zahm gewesen. Es war etwas peinlich, wie er sich aus ihren Händen wand, um sich wieder auf den zerzausten kleinen Vorleger zu legen, auf dem er, zu Carries Füßen, geschmort hatte.

Polly setzte ihn sofort wieder hin und sagte zu Carrie: «Wo hast du ihn bloß gefunden?»

«Auf der Heide.» Sie zuckte mit den Schultern. «Nicht weit von da, wo ich wohne. Wahrscheinlich ist er einfach aus Ihrem Auto gehopst und herumgewandert.»

«Wie kann ich dir danken –?» Mit Melroses Taschentuch wischte sich Polly über die Augen und putzte sich die Nase. Sie kramte in ihrer Handtasche, holte ihr Portemonnaie heraus und hielt Carrie ein paar gefaltete Scheine entgegen.

Carrie runzelte die Stirn. «Für so was nehm ich keine Belohnung. Das ist gegen meine Prinzipien.» Sie stellte ihren Becher ab und erhob sich.

Auch Melrose Plant hatte schon seine Brieftasche gezückt. Aber Carrie winkte ab. Sichtlich beeindruckt sagte Melrose Plant: «Das ist aber sehr freundlich von dir.»

Barney wand sich in Pollys Armen schon wieder, als kämpfte er um sein Leben, unbeeindruckt von den Geschehnissen um ihn herum. «Er riecht komisch – hm, nach Seife oder so was.» Polly beschnüffelte das Fell des Katers.

«Das ist die Seife vom Tierarzt. Dr. Fleming. Wenn Sie wollen, können Sie ihn bezahlen.»

«Ein Tierarzt? Ist Barney verletzt?» Polly fing an, ihren Kater zu untersuchen. Der fauchte und schaffte es, sich zurück auf den Kaminvorleger zu kämpfen.

Carrie Fleet schien nachzudenken. «Nein. Aber ich wußte nicht, wem das Tier gehörte! Wenn nicht das Halstuch gewesen wäre, hätte man ihn für einen streunenden Kater halten können. Ein Namensschild trägt er ja nicht», sagte sie vorwurfsvoll. «Da dachte ich, es wäre am besten, ihn zu Dr. Fleming zu bringen.»

Das Mädchen kaute auf den Lippen. Melrose war sicher, daß mehr hinter ihrer Geschichte steckte, als sie sagte. Doch er fragte nicht nach.

«Aber – also, das war *sehr* nett von dir. Wie heißt du denn?»

«Carrie Fleet.» Sie schob sich das helle Haar hinter die Schulter und ging zur Tür.

Polly Praed war ratlos. «Wo wohnst du denn? In Ashdown?»

Carrie drehte sich um. «Ja. Bei der Baronin.»

Und ohne eine weitere Erklärung ging sie zur Tür hinaus.

Als Carrie über die High Street in Ashdown zurücklief, fiel ihr auf, wie dumm ihre Story war. Die Dame würde nun zu Dr. Fleming gehen und das mit dem Benzin herausfinden.

Wenn eine Fremde mal zu Constable Pasco ging und sich beschwerte, würde ihn das vielleicht endlich davon überzeugen, daß Batty und Billy Tiere quälten. Batty konnte ja vielleicht nichts dafür, aber Billy gehörte in Jugendarrest.

Eine Entenfamilie entdeckte sie und paddelte in freudiger Erwartung eines Mittagmahls zum Ufer des Teichs. Aber heute hatte Carrie kein Brot. Sie stülpte ihre leeren Taschen um, doch die Enten verstanden die stumme Geste nicht, watschelten herbei und schubsten sich gegenseitig, weil jede die erste sein wollte.

«Heute gibt's kein Brot», sagte Carrie. «Ich kann ja nun nicht *immer* welches dabeihaben, oder?»

Sie erinnerte sich daran, wie Batty einmal Brotstücke in den Teich geworfen und versucht hatte, die Enten mit einem Stock zu schlagen, wenn sie nah genug am Ufer waren. Als er Carrie sah, hatte er sich verdrücken wollen, aber sie hatte den Stock genommen und ihm das Hinterteil vertrimmt. Genau das hätte seine Tante mal tun sollen. Obwohl Carrie ihn gar nicht fest geschlagen hatte, hatte diese Tracht Prügel sie wieder einmal vor Constable Pasco gebracht, und sie hatte sich von Amanda Crowley Lektionen erteilen lassen müssen. *«Der arme Batty versucht nur, mit den Enten zu spielen, und du kommst einfach an –»*

«Billy hat ihn wahrscheinlich dazu angestiftet», hatte Carrie erwidert.

Was die Tante, die sich immer als Märtyrerin erster Klasse betrachtete, überhaupt nicht gern geschluckt hatte.

Carrie haßte diese große, schlanke, überspannte Frau. Sie trug immer Reitkleidung: enge Hosen, enge Stiefel. An dem Tag hatte sie ein Jackett mit Metallknöpfen an. Sie bekam kaum die Lippen auseinander, wenn sie etwas hervorstotterte. Ihr Haar war stahlgrau, aber modisch frisiert, aus dem runden Gesicht zurückgekämmt und im Nacken zu einem albernen Knoten zusammengefaßt. Und weil sie bestimmt immer zu tief in den Jagdpokal guckte, war ihr Gesicht etwas gelbstichig. Es erinnerte Carrie an Rührei. Amanda Crowley betrachtete sich selbst als sehr vornehm, sie ging gern auf die Jagd, und Gerüchten zufolge hatte sie ein Auge auf Sebastian Grimsdale geworfen.

Ein wunderbares Paar, hatte Carrie gedacht, als sie damals dem Gestammel von Miss Crowley lauschte. Vielleicht würden die beiden sich ja mal im Wald versehentlich gegenseitig erschießen.

«Die Baronin muß in Kenntnis gesetzt werden.» Manche Dorfbewohner brachten für Carrie Fleets Sendungsbewußtsein als Tierschützerin kein Verständnis auf und wurden öfter bei der Baronin vorstellig. Immer wollten sie sie über etwas *in Kenntnis setzen*, das Carrie ausgefressen hatte, aber niemand kam je auf die Idee, daß Amanda Crowley über ihre beiden *in Kenntnis gesetzt* werden müßte.

Carrie mußte über diese Besuche bei der Baronin immer innerlich lachen. Manchmal bat die Baronin die Beschwerdeführer hinein, oft aber auch nicht. Wenn sie ihnen eine Audienz gewährte, dann in ihrem sogenannten Rückzugszimmer, wo sie dann auch prompt ihre Aufmerksamkeit zurückzog.

Und wenn Amanda oder Mr. Geeson oder wer auch immer der Besucher des Tages war, ein Ultimatum stellte, war die Baronin mit den Gedanken ganz woanders. Im Geiste schlenderte sie über mit Linden und Pflaumenbäumen gesäumte Alleen, die reifen Früchte fielen ihr zu Füßen, sie drehte ihren Sonnenschirm, die andere Hand ruhte auf dem Arm des Barons. Ihre Phantasien hatten wohl mit dem Gin in ihrer Teetasse zu tun...

Carrie spann die Geschichten der Baronin immer gern noch aus, sie wußte nicht, warum. Sie hatte viele alte Fotografien vom Anwesen «La Notre» gesehen – von der Gartenlaube, den griechischen Säulen, den Anlagen und Gärten, die in Ashdown so völlig fehl am Platze waren.

Wie oft ersetzte Carries Arm den des Barons, wenn sie die Baronin auf ihren Spaziergängen durch längst verwilderte, rankenüberwucherte Gärten, wo die Bäume unter Flechten erstickten, oder über vermooste Wiesen begleitete. Die Baronin bemerkte immer nur, daß der Gärtner sich mal um ein paar Dinge «kümmern mußte». Sie zeigte mit dem Spazierstock auf tote Dahlienstrünke und bat Carrie, Randolph Bescheid zu sagen. Randolph war senil und «kümmerte» sich um gar nichts. Gelegentlich sah Carrie, wie er sich auf einen Rechen oder eine Hacke stützte und ungefähr so effizient arbeitete wie die zerbröckelnde Statue hinter ihm. Randolph dachte offenbar nur an das Wettbüro in Selby. Manchmal karrte er sein klappriges Fahrrad hervor und radelte die lange Auffahrt hinunter nach Selby.

Da die Baronin sich über alles Irdische erhaben wähnte, war es Carrie überlassen, sich die Beschwerden anzuhören. Sie war immer wieder erstaunt, daß die Herrschaften aus Ashdown Dean es einfach nicht begriffen: Die Baronin Regina de la Notre war entweder in einen Tagtraum versunken oder sternhagelvoll.

Wenn Regina allerdings ihre Salons abhielt, begab sie sich aus der Vergangenheit zurück in die Gegenwart, wie um frische Luft zu schnappen.

Das ging Carrie durch den Kopf, als sie, geblendet vom glänzenden Wasser, zur Kirche sah. Den Enten, die immer noch auf Brotkrumen hofften, hatten sich zwei Schwäne hinzugesellt. Carrie hatte Geld für Gin im Schuh, damit wollte sie nun doch ein halbes Brot kaufen und es an sie verfüttern.

Sie ging in Richtung Poststelle, in Gedanken bei der Dame und dem Herrn von «Haus Diana».

Sie gestattete sich die eitle Überlegung, ob sie lieber die

tief violetten oder die glitzernd grünen Augen hätte. Sie hatte ihre eigenen Augen immer gehaßt, die so blaß waren wie alles an ihr. Vielleicht sollte sie sich schämen, weil sie in einer Welt voller Leid wünschte, hübsch zu sein. Schlimmer noch, Carrie wollte absolut und umwerfend schön sein.

Wie auch immer, jetzt wollte sie Brot kaufen.

10

SOSEHR CARRIE FLEET sich auf dem weitläufigen Anwesen von «La Notre» auch bemühte, der Baronin Regina aus dem Weg zu gehen, es war schier unmöglich. Um halb zwölf hätte die Baronin eigentlich ihren späten Kaffee und das Brioche auf der rankenüberwucherten Terrasse mit Blick auf den Ententeich einnehmen müssen.

Aber sie war so unberechenbar wie der Verlauf ihrer Geschichte. Sie war eine geborene Scroop und kam aus Liverpool. Baron Reginald de la Notre, der mit feinen Lederhandschuhen ein Vermögen verdient hatte, hatte Gigi Scroop dort hinter einem Ladentisch entdeckt und sich (nach Aussagen der Baronin) unsterblich in ihre Hände verliebt. Carrie hatte ihre grazilen, beringten Finger oft beobachtet, wenn sie sich noch ein Gläschen Gin einschenkte oder noch eine Zigarette anzündete.

Es hätte Carrie gar nicht überrascht, wenn die beiden wegen ihrer Namen – Regina und Reginald – geheiratet und sich gegenseitig Reggie genannt hätten. «Gigi» war bei den Scroops Reginas Kosename gewesen. Carrie fragte sich, wie sie den Liverpooler Akzent losgeworden war. Sie konnte sogar Französisch, jedenfalls gerade genug, um die Leute glauben zu machen, sie könnte es.

«La Notre». Was für ein dämlicher Name in einem englischen Dorf, dachte Carrie, als sie durch das Wildgehege lief und sich darauf konzentrierte, Spuren von Wilddieben zu entdecken. (Carrie war die einzige, die auf dem Anwesen ein Gewehr tragen durfte. Die Erlaubnis hatte sie sich natürlich selbst erteilt.) Bevor der (vor fünfzehn Jahren verstorbene) Baron die alte Villa in seine knubbeligen Finger bekommen hatte, war sie ein schlichtes Gebäude gewesen. Er hatte (nach Aussagen der Baronin) das unglaubliche Potential des Hauses und der Gartenanlagen erkannt – des «Anwesens», dessen Geschichte sie unermüdlich wiederkäute. Der Baron war ein Nachfahre des berühmten Gärtners von Versailles. Aber Carrie war mit so vielen Bildern berühmter Gärten verwöhnt worden, daß sie die Lobelien am liebsten sofort zertrampelt hätte.

Trotzdem tat es ihr manchmal leid, daß der Baron sich zu seinen blumigen Ahnen davongemacht hatte, denn es hätte sie amüsiert, diese Witzfigur Arm in Arm mit der Baronin die Pfade hinauf und hinunter flanieren zu sehen, an den römischen Statuen, den Tümpeln und Teichen vorbei. Was für ein Pärchen mußten sie abgegeben haben! Sie begriff nicht, wie jemand das schöne alte Haus in diesen häßlichen Klotz aus dunkelgrauem Stein verwandeln konnte: Unter den Zinnen waren nun zum Beispiel Erkerfenster, die überhaupt nicht zum ursprünglichen Stil paßten. Das Gebäude – mit Ausblick auf den hübschen Dorfanger von Ashdown Dean –

hockte auf der Anhöhe wie eine fette Kröte auf einem Lilienblatt.

Carrie lief, von der Terrasse aus nicht zu sehen, durch den schützenden Schatten der Weiden, durch riesige Dahlien hindurch. Plötzlich tauchte zwischen Begonien und Rittersporn ein Sonnenhut auf, und die Baronin fragte sie, wo sie gewesen sei.

Carrie antwortete mit einer Gegenfrage. «*Gärtnern* Sie etwa hier draußen?» Und stellte unmißverständlich klar, daß sie niemals mit beringten Fingern eine Gartenschere anrühren würde.

«Ab und zu hat man einen Anfall und muß sich körperlich ertüchtigen.» Es klang, als redete sie über eine Grippe. «Gillian hat sich schon *wieder* nicht um die Blumen gekümmert.» Schnips. «Du hast mir keine Antwort gegeben. Was hast du angestellt? Nimm die mal bitte, ja?» Sie übergab Carrie einen Strauß grob abgeschnittener welker Lupinen.

«Sie denken immer, ich stelle was an.»

«Tust du ja auch immer. Was ist in der Kiste? O Gott, sag's mir lieber nicht.» Der Sonnenhut verschwand, tauchte wieder auf, samt ein paar Rosen mit braungeränderten Blütenblättern.

«Eine verwilderte Katze. Ich hab sie im Wald gefunden.»

Regina schielte unter dem Rand ihres gigantischen Hutes hervor. «Ich glaube, du rufst sie wie die Geister aus den unendlichen Tiefen des Tartarus.» Sie hielt die Gartenschere in die Luft. «Das klingt ja richtig poetisch. Ist das wirklich von mir? Einfach herrlich.»

Carrie setzte das Kätzchen schnell ab, damit die Baronin es nicht mehr sah, aber es maunzte. Um sie abzulenken, sagte Carrie: «Soll ich Ihnen ein paar Kippen aus dem Dorf holen?»

«Du sollst keine Gossenausdrücke benutzen. Es bewegt sich.»

«Was bewegt sich?»

«Du weißt schon, was. Ach, was soll's.» Eine Zigarette hing ihr, zur Abwechslung einmal ohne Elfenbeinspitze, aus dem grell geschminkten Mund. Sie zog ein paar Geldscheine aus ihrer Overalltasche. Wenn sie sich für etwas anzog, dann richtig, und aus unerfindlichen Gründen hatte sie immer Geld dabei. Die Diamantohrringe wirkten allerdings leicht deplaziert. «Hast du den Tanqueray mitgebracht?»

Carrie nickte. «Aber ich habe mich mit Ida gestritten. Weil ich zu jung bin, um welchen zu kaufen.»

«Na und? Das ist doch für dich kein Problem.»

Als Carrie Fleet die Baronin Regina de la Notre zum erstenmal gesehen hatte, trug sie Schuhe mit einer silbernen Schnalle, glänzende weiße Strümpfe, ein graublau-malvenfarben gemustertes Kleid und einen dazu passenden Hut. Die aufgedonnerte Gestalt entstieg vor dem Silbermarkt in der Chaucery Lane in London einem Taxi. Ihr Gesicht war zu alt für die Schuhe, das Kleid und den Hut. Es war bemalt und bepudert, damit es zwanzig Jahre jünger wirkte. Die Baronin «achtete auf sich» (wie sie seit zwei Jahren auch Carrie anriet). Man mußte das Sonnenlicht meiden, sagte sie immer. Es hätte ihr bestimmt nicht geschadet, auch Gin und Zigaretten zu meiden – dann hätte das sechzig Jahre alte Gesicht sich mit dem vierzig Jahre alt wirkenden Körper vielleicht messen können.

Als die Dame vor dem Taxi stand, wurde Carrie neugierig, denn sie führte einen Bedlington-Terrier an einer mit Bergkristallen besetzten Leine, die malvenfarben war wie ihr Kleid. Und da der Terrier graublau war, paßte alles einfach perfekt zusammen; der Hund war wie ein krönendes Accessoire.

Carrie saß auf einem Campingstühlchen und paßte auf einen Windhund und einen Pudel auf. Um den Hals trug sie ein mit Folie bezogenes Pappschild. «Sie können den Hund nicht mit hineinnehmen, Madam.»

Die stattliche Frau starrte sie an. «Wer bist du denn?»

«Ich passe auf Tiere auf. Für ein Pfund die Stunde.»

Die Baronin schaute genauer hin. Der Schäferhund hielt in der Sonne ein Schläfchen, und der Pudel döste unter dem Stuhl, auf dem das Mädchen saß. Beide schienen sich nicht darum zu scheren, daß ihre Herrchen weg waren, und der Terrier zerrte auch an der Leine, als das Mädchen die Hand nach ihm ausstreckte.

Wahrscheinlich eine Hexe, dachte die Baronin. England wimmelt ja von Hexen. «Das ist doch bestimmt verboten.»

«Da kommt ein Polizist. Fragen Sie den doch.»

Der Polizist, Hände auf dem Rücken, kam gemächlich angeschlendert und genoß den herrlichen Frühlingssonnenschein. Am liebsten hätte er sich wohl auch noch auf dem Bürgersteig zusammengerollt und ein Nickerchen gemacht. «Kleine Nebeneinnahme vermutlich. Du willst dein Geld ja sicher im voraus. Oder nimmst du einfach nur die Tiere als Geisel?»

«Nein, Madam», sagte das unerschütterliche Mädchen. «Wie ich gesagt habe, ein Pfund die Stunde.»

Ein elegantes Paar erschien, um den Windhund abzuholen. Der Mann zog zwei Pfundnoten aus der Brieftasche. Das Mädchen nahm sie, öffnete eine kleine Börse und gab ihm fünfzig Pence zurück.

Das schien ihm peinlich zu sein. «Meine Güte, liebes Kind –»

Der Blick des lieben Kindes gefiel der Baronin nicht schlecht. Er erinnerte sie an das Blumenmädchen in *My fair Lady*, dem man beibrachte, richtig zu sprechen.

«Sie sind ja nur knapp über eine Stunde weggewesen.» Sie reichte ihm die Leine. Der Hund wirkte nervös und desorientiert; er war im Schlaf gestört worden und mußte jetzt zurück in dieselbe alte Routine, zu denselben alten Leuten, kurz, er mußte sich wieder wie ein Hund behandeln lassen.

Der Terrier übernahm das sonnige Plätzchen des Windhundes nur zu gern.

Regina schaute mit ihren tabakbraunen Augen dem Paar und dem Hund nach. «Gehört das zum Trick?»

Carrie Fleet lächelte sie an. «Wenn ich etwas sagen darf, Madam –»

«Darfst du nicht. Na gut. Hier ist Tabitha, und du brauchst gar nicht das Gesicht zu verziehen. An dem Namen gibt's nichts auszusetzen.»

Tabitha ließ sich zu Carries Füßen nieder, und die Baronin ging. Auf der Treppe drehte sie sich um, neugierig. «Was wolltest du denn sagen?»

«Sie scheinen Menschen nicht sonderlich zu vertrauen.»

«Schlauköpfchen. Stimmt.»

«Ich auch nicht», sagte Carrie Fleet trotzig.

Erste Bande gegenseitiger Neugier und gegenseitigen Mißtrauens waren geknüpft.

Carrie war für die Baronin das erste interessante Ereignis, seit der Baron tot war.

11

Die Verhandlungen über das Leben von Carrie Fleet wurden in der Nähe der Ostindiendocks geführt, allerdings nicht in der neuerdings schicken Gegend, wo Leute, die in den Mews in Kensington oder Chelsea wohnen und begriffen haben, daß die Nähe zu Harrods nichts Besonderes mehr ist, Lagerhäuser und baufällige Immobilien am Wasser aufkaufen. Erst Innenarchitekten, dann Maler, Schauspieler und pensionierte Brigadegeneräle.

Das Haus von Joe und Flossie Brindle in der Crutchley Street hatte durchaus Charme, aber er reichte nicht aus, um die Betuchten zu interessieren. Das Gebäude befand sich in einer schäbigen kleinen Straße, wo Pakistani und Inder die Türen und Fenster in Marineblau und Rostrot verschönert hatten – nur die Brindles schienen entschlossen, allem seinen natürlichen Lauf zu lassen, was sowohl ihr Eigentum als auch sie selbst betraf.

Die Baronin saß auf einer mit einem indischen Tuch drapierten Apfelsinenkiste vor einem Apfelsinenkistentisch und trank aus einem chronisch schmutzigen Becher kaffeefarbenen Tee.

Mehrere Augenpaare hatten das Taxi, dem sie und Carrie entstiegen waren, durchs Fenster beobachtet. Das letzte Taxi in dieser Straße war vermutlich ein Einspänner gewesen.

«Also», sagte Joe Brindle, sein Unterhemd wellte sich über dem offenen Gürtel, «Sie sagen, Sie haben für unsere Carrie ein bißchen was zu tun.» Er gab Carrie einen freundschaftlichen Klaps auf den Po, bei dem der Baronin, die weitgereist und mit den Erziehungsmethoden unterschiedlichster Länder vertraut war, leicht unwohl wurde.

Flossie trank eine Flasche Bass Ale, die dünnen Beine auf der Polstercouch übereinandergeschlagen, und sagte (zum dutzendsten Mal): «Nein, so was aber auch...» Die ganze Zeit spielte sie mit einer ihrer Locken. «Warum machen Sie das eigentlich?»

Seit die Baronin ihren Silberschnallenschuh aus dem Taxi gesetzt hatte, wollte sie selbst die Frage stellen: Was ging denn in *Ihnen* vor, als Sie das Mädchen zu sich nahmen? Denn die Brindles strotzten nicht gerade vor Barmherzigkeit und Hilfsbereitschaft. Schon eher vor Sex und Geldgier.

Es gab jede Menge Kinder, außerdem Hunde und Katzen. Die Vierbeiner wurden offenbar von Carrie versorgt, und die Baronin hoffte, die Brindles wußten, was für ein Glück sie da hatten. Der Rattenterrier Bingo, dem ein halbes Bein fehlte, jaulte und kläffte und vollführte wie ein Zirkustier einen grotesken Freudentanz, als Carrie das Haus betrat. Derlei Kreaturen waren der Baronin ein Graus – aber sie interessierte sich im Grunde nicht für Tiere. Selbst der Bedlington-Terrier gehörte nicht ihr, sondern einem Freund vom Eaton Place. Sie fand es schick, einen Hund herumzuführen. Ob die Hunde und Katzen hier zu Hause waren oder zu Gast – schwer zu sagen. Ein paar balgten sich knurrend um einen schmuddeligen Knochen, worauf Brindle ihnen einen Tritt versetzte. Einer einäugigen Katze, die zu nah an sein Whiskyglas kam, widerfuhr dasselbe Schicksal.

Ein junges Mädchen döste unter einem Haufen alter Decken auf einem Sofa, das genauso vergammelt war wie das, auf dem Flossie Brindle saß. Das Mädchen war vielleicht drei oder vier Jahre älter als Carrie und hatte sich überhaupt nur bewegt, um eine summende Fliege zu verscheuchen und sich die Nase zu putzen.

«Also, Joe, ich glaub, mich laust der Affe.» Flossie nahm noch ein Schlückchen Bass Ale und wickelte sich wieder ihre Locke um den Zeigefinger. «Ich wußte ja, wir haben richtig entschieden, als wir sie gefunden haben.»

Als handelte es sich um eine einträgliche Investition.

«Wo, hatten Sie gesagt, wohnen Sie?»

«In Hampshire», sagte die Baronin kurz und knapp. Sie wollte sie nur ausbezahlen und dann verschwinden.

Joe kratzte sich den glattgeschorenen Kopf und zog sich am Ohr. «In Hampshire. In der Nähe von – wie heißt es noch mal, Floss? Stonehenge, ja genau.»

«Stonehenge ist in Wiltshire. Auf der Ebene von Salisbury. Ich wohne in einem Dorf in der Nähe des New Forest.»

«Im New Forest, da wohnen Sie?»

«Nein, nicht im Wald drin. Das wäre mir doch etwas zu ungemütlich. Soviel Platz brauche ich nicht.» Sie nippte an der dubiosen Flüssigkeit und sah über ihren Becherrand, daß Carries Mund sich kurz zu einem winzigen Lächeln verzog. Die Baronin mußte an einen Schmetterling mit gebrochenen Flügeln denken.

Brindle zwinkerte mit den Augen und lachte fröhlich. «Haste gehört, Floss?» dröhnte er, als ob Floss stocktaub wäre. «Zuviel Platz im New Forest – echt gut, der Witz. Okay. Sie wollen also, daß die Carrie für Sie arbeitet. In einem Wort: darum geht's?»

«In einem Wort: ja, Mr. Brindle.»

«Na, mich laust der Affe», sagte Flossie. «Stell sich das einer vor. Wir finden sie, wie sie da in dem Wäldchen in der Hampstead Heath rumgeistert, und Sie ham sie die ganze Zeit gesucht.»

Die Baronin hatte eine Story aufgetischt, nach der Carrie ihre Cousine dritten Grades war. «Die Welt ist klein», sagte sie und nahm ihr silbernes Zigarettenetui heraus, das den Brindles ziemlich gut gefiel. Carrie schwieg.

Als ob sie das alles, dachte Regina de la Notre, rein gar nichts anginge. Regina hätte den Brindles erzählen können, daß Carrie die Schwester des Prinzen Rudolf von Ruritanien war.

Natürlich, je üppiger der Vogel, desto lohnender, ihn abzuschießen, dachten die Brindles.

«Dadurch werden wir so was wie angeheiratete Verwandte», sagte Joe augenzwinkernd.

«Nein, das glaube ich weniger.»

Er lümmelte sich tiefer in seinen Sessel, schielte zur Decke, als sei zwischen den Rissen der Preis für eine Carrie Fleet zu lesen, und sagte: «Gut und schön, aber Carrie verdient hier was zu den Brötchen dazu. Ein braves Mädchen, die Carrie. Wieviel haste heut gemacht?»

«Sechs. Sechs Pfund», fügte sie hinzu. Der Baronin war aufgefallen, daß Carrie Fleet in einem anderen Akzent als die Brindles sprach. Letztere hatten einen East-End- beziehungsweise eher nördlichen Akzent.

«Meine Güte, du verdienst mehr als die unten im ‹Matrosen›», sagte Flossie und kippte ihr Bier runter.

Die Baronin ließ ihre Gedanken nicht zum «Matrosen» abschweifen, wo Flossie sicher oft genug hinschweifte.

«Dann brauchen Sie aber auch ein Brötchen weniger», erinnerte sie Joe und Flossie.

Joe war verwirrt. «Was?»

«Ein hungriges Maul weniger zu stopfen, Mr. Brindle.»

Flossie hörte auf, mit ihren hennaroten Locken herumzuspielen, und nahm die Baronin ein wenig schärfer ins Visier. «Sie wollen das Mädchen doch nicht etwa ohne jeden Schadensersatz mitnehmen?» Sie beugte sich vor. «Hören Sie, wir ham uns fünf Jahre um die Carrie hier gekümmert, *fünf* Jahre.»

Das Vereinigte Königreich hatte sich um Carrie Fleet gekümmert. Sie lebten eindeutig von Sozialhilfe. Der riesige Farbfernseher und das Videogerät waren garantiert vom Kostgeld für das arme kleine Waisenmädchen bezahlt.

«Entschädigung wäre wohl das richtige Wort. Nein, natürlich nicht. Mir würde im Traum nicht einfallen, Ihnen Ihre wichtigste Geldquelle wegzunehmen.»

Brindle war so sehr auf sein Ziel konzentriert, daß er die Spitze nicht einmal mitkriegte. «An wieviel hatten Sie denn gedacht? Nicht, daß wir unsere Carrie verlieren wollen. Bedeutet uns wirklich eine Menge, die Carrie.»

«Vielleicht tausend Pfund?»

Er tat so, als überdenke er es, sah Flossie an, die erstarrte, schlug mit der Hand auf den Polstersessel und sagte: «Abgemacht!» Und fast erstickt vor Rührung, fügte er fix hinzu: «Das heißt, wenn das für dich in Ordnung geht, Carrie. Sie kann dir weit mehr bieten als wir.»

Carrie sah sie alle der Reihe nach an und sagte kühl: «Kann schon sein.»

Die Baronin wußte nicht, was sie von dieser Antwort halten sollte.

Am nächsten Morgen hatten die Brindles es mit der Übergabe Carrie Fleets sehr eilig. Flossie fuhr sich mit einem zerknüllten Taschentuch fleißig über die Augen, aber da sie dazu nur eine Hand benötigte, hatte sie die andere für ihre Dose Bass Ale frei.

Joleen, die tags zuvor auf der Couch geschlafen hatte, war entweder traurig oder nur böse, daß Carrie ging. Die anderen Kinder – sie waren wohl zwei, drei und vier Jahre alt und standen da wie die Orgelpfeifen – schienen den Ernst der Angelegenheit nicht zu begreifen und malten mit Kreide auf dem Bürgersteig herum.

Nur die Tiere waren durcheinander. Carrie verabschiedete sich von jedem einzeln.

Auf der Waterloo Bridge auf dem Weg zum Bahnhof brach Carrie ihr Schweigen und sagte: «Sie hätten mich für weniger kriegen können.» Völlig emotionslos. Nicht einmal ironisch. Einfach nur sachlich.

Die Baronin steckte eine Zigarette in ihr Mundstück aus geschnitztem Elfenbein. «Kann sein. Eine Kiste Whisky und ein paar Kästen Bass Ale hätten's vermutlich auch getan.» Sie warf einen Blick auf die abgeschabte, zerbeulte Hutschachtel in Carries Schoß. Luftlöcher waren darin. «Ein dreibeiniger Köter gehörte aber nicht zu dem Handel.»

«Sie wollten doch nicht, daß ich Bingo dalasse?»

«Doch.»

«Falls es Sie interessiert...» Hier hörte Carrie auf zu reden, als beende sie eine längere Ausführung.

Die Baronin wartete. Weiter kam nichts. «Und? Mich *was* interessiert, mein liebes Kind?»

«Warum Bingo nur drei Beine hat. So ist er nicht von Geburt.»

«Das habe ich schon vermutet. Ist er von einem Auto angefahren worden?» Sie schnippte Asche aus dem Fenster. Wenn es nach ihr gegangen wäre, hätte das Schicksal ruhig gleich den ganzen Hund hinwegraffen können.

Als sie so über die Brücke fuhren, dachte die Baronin mit Wehmut an die alte Brücke mit Vivian Leigh, im Nebel. Oder war es der arme Robert Taylor?

Auf der anderen Seite der Themse, in Southwark, machte Carrie ihre Begleiterin auf eine Rauferei vor einem verfallenen Gebäude aufmerksam, wo mehrere Jungen Steine auf ein paar Promenadenmischungen warfen, die sich in einer umgekippten Mülltonne ihr Frühstück suchten. «Ich hab Bingo in einer Gasse gefunden, irgendwo hinter den Docks. Ein Bein war praktisch abgenagt. So sah es jedenfalls aus.»

«Wie ekelhaft. Bitte erspar mir die Einzelheiten.»

«Es war nicht abgekaut. Jemand hatte ihn mit einem Schraubenschlüssel geschlagen. Oder so was Ähnlichem.» Carrie blickte hinter sich, als das Taxi an einer Ampel halten mußte. Dann schaute sie die Baronin an. «Ich geh mal davon aus, daß Sie nicht zurückfahren wollen.»

«Zurückfahren?»

Carrie zeigte mit dem Daumen über die Schulter. Ihr Ausdruck war so hart wie der Stein, der den Hund traf. «Dahin.»

«Unter Garantie *nicht*.»

Das Mädchen war ganz schön irritierend. Sie schwieg und starrte geradeaus. Die Baronin betrachtete ihr Profil. Es war ein gutes Profil. Gerade Nase, hohe Wangenknochen. Wunderbares hellblondes Haar. «Wenn wir dich erst mal in ein paar vernünftige Klamotten gesteckt haben», sagte sie, während sie ihre Morgenzigarette genoß und hoffte, daß der Zug einen richtigen Speisewagen hatte, «und ordentlich abgeschrubbt, kann man sich mit dir durchaus sehen lassen.»

«Ich bin keine Kartoffel», sagte Carrie Fleet.

Das ignorierte die Baronin lieber. «Das Tier kriegst du nicht in einen Erster-Klasse-Wagen, daß dir das klar ist. Er muß dritter fahren.»

«Sie könnten doch einfach alle Sitzplätze in dem Wagen aufkaufen. Dann hätten wir keine Probleme.»

«Gütiger Himmel! So etwas Stures ist mir noch nie begegnet.»

12

DIE WEISSGEKÄLKTEN COTTAGES von Ashdown Dean zogen sich an der High Street den Hügel hoch und auf der anderen Seite wieder hinunter, schmale Seitenstraßen gingen von ihr ab. Eine davon war die Nancy Lane, wo Una Quick bis zuletzt gelebt hatte.

Nachdem der bizarre Telefonzellentod einmal aufgeklärt war, fiel Ashdown in seinen Alltagstrott zurück: Ida Dotrice sprang in Unas Lädchen ein. Jury wußte, daß

Constable Pasco ihm nur einen Gefallen tat. Pasco war es einerlei, wenn der Superintendent seine Zeit im vollgestopften Cottage einer alten Dame vergeuden wollte.

Er lehnte an dem vollgestopften Kaminsims und kaute Kaugummi, während Jury mit den Händen in der Tasche dastand, sich umschaute und sagte: «Auf jeden Fall hatte sie ein Faible für Nippes, stimmt's?» Angesichts der Muscheln, der ausgestopften kleinen Vögel und mundgeblasenen Glastierchen hielt Pasco eine Antwort für überflüssig. Souvenirs aus Brighton, Torquay, von der Insel Man, Rasierschalen mit Grüßen in abblätternder Goldinschrift, goldgeränderte Tassen und Untertassen...

«Keine Angehörigen?»

«Nicht, daß ich wüßte», sagte Pasco und kaute träge.

Jury lächelte. Die üblichen Pflichten des Constable beschränkten sich vermutlich darauf, Autofahrer anzuhalten, die die Geschwindigkeitsbegrenzung von dreißig Meilen pro Stunde überschritten, und nachts Schlösser zu überprüfen.

«Sie fragen sich vielleicht, warum ich mich hier einmische.» Jury betrachtete eine silbergerahmte Fotografie. Lachende Menschen in Badeanzügen am Meeresstrand, Arm in Arm.

Pasco lächelte schläfrig. «Stimmt. Aber Sie werden schon Ihre Gründe haben.»

Jury stellte das Foto wieder an seinen Platz und steckte sich eine Zigarette an. Er warf Pasco die Schachtel zu, der sie wieder zurückwarf, nachdem er sich auch eine herausgenommen hatte. Er mag lethargisch sein, aber er läßt sich von niemandem was vormachen, dachte Jury. Er mag faul oder einfach gelangweilt sein, aber auf jeden Fall hat er einen scharfen Blick.

«Fanden Sie an Una Quicks Tod etwas merkwürdig?»
Pasco wollte gerade an der Zigarette ziehen, hielt aber inne. «Merkwürdig inwiefern?»
«Der Sturm gestern abend. Er hat ein paar Stromleitungen heruntergerissen und offenbar auch Miss Quicks Telefonanschluß. Hat keiner in der Nähe Telefon? Ida Dotrice zum Beispiel?»
Pasco verneinte. «Una konnte sich eigentlich auch keins leisten –»
«Wer kann das schon? Aber erzählen Sie weiter.»
«Sie machte sich wegen ihres Herzens so verrückt, daß sie sich eins legen ließ. Falls was passierte. Und um Farnsworth anzurufen.»
«Sie haben gesagt, daß sie ihm immer ausführlichst über ihren Gesundheitszustand Bericht erstattete, wozu er ihr ja wohl auch geraten hatte, und jeden Dienstag in seiner Praxis anrief. Dr. Farnsworth muß ein außergewöhnlich engagierter Arzt sein.»
Pasco grinste. «Wenn Farnsworth sich bei seinen Kassenpatienten engagiert, bin ich Chief Constable. Bei seinen Privatpatienten ist das was anderes. Trotzdem, Una behauptete, er habe angeordnet, daß sie ihn jeden Dienstag anrief.»
«Aber sie *hatte* ein schwaches Herz.»
«Wohl wahr. Als ihr Hund starb... Pepper hieß er. Ist mit irgendeinem Unkrautvertilgungsmittel vergiftet worden.» Pasco schmiß seine Kippe in den kalten Kamin. «Das brachte sie beinahe um.»
«Wo wurde er gefunden?»
Pasco nickte in Richtung Hintertür. «Im Gartenschuppen. Una behauptete, er sei immer verriegelt, aber sie war ganz schön zerstreut.»

Einen Moment lang dachte Jury nach. «Ashdown Dean zieht sich den Hügel hoch, und die einzige Telefonzelle ist oben auf der Spitze. Vielleicht kein sehr steiles Gefälle. Aber wenn eine Frau es mit dem Herzen hat und ihr Haustier gerade gestorben ist –? Wären Sie gegangen, Constable? Ganz schön paradox. Zu sterben beim Versuch, seinen Arzt anzurufen. Und dann noch, was Miss Praed über den Schirm gesagt hat. Warum wurde in der Telefonzelle keiner gefunden?»

«Der Sturm ist ganz plötzlich aufgekommen. Sie muß vorher losgegangen sein.»

«Das ist dann aber noch merkwürdiger.»

Pasco zog die Augenbrauen hoch.

«Es bedeutet nämlich, wenn man glaubt, was Dr. Farnsworth als Zeitpunkt des Todes angegeben hat, daß Una Quick mindestens eine halbe Stunde in der Telefonzelle gewesen sein muß.»

Der Constable sah sich in dem Cottage um. «Der Sturm hat das Telefon im Pfarrhaus und in der Post unterbrochen. Jetzt funktionieren beide wieder.» Pasco ging durchs Zimmer und hob Una Quicks Hörer ab.

«Ihres aber nicht», sagte Jury.

13

«ICH HABE NICHT DARAUF BESTANDEN, daß sie mich anruft, Superintendent», sagte Dr. Farnsworth in seiner Praxis in Selby zu Jury. «Wenn überhaupt, war es umgekehrt.» Er drehte die Asche von einer Havanna, die er aus irgendeiner geheimen Quelle beziehen mußte; der Tabakhändler im Dorf führte sie jedenfalls nicht. Auch seine Praxis war keine übliche Feld-, Wald- und Wiesenpraxis. An der Wand hing ein Matisse, und auf dem glänzend polierten Schreibtisch thronte die Marmorskulptur eines Fisches.

«Sie wissen ja», fuhr Farnsworth fort, «wie manche Herzpatienten sind. Besessen von ihrem Herzen. Phobisch. Was die Sache schlimmer macht. Sie rief mich immer dienstags an, das stimmt, aber nicht, weil ich darauf bestand. Und gestern abend hat sie gar nicht angerufen.»

«Dann hat Una Quick gelogen?»

Dr. Farnsworth lehnte sich in seinem Lederdrehstuhl zurück, auch dieses Möbel wohl ein kleines Nebenprodukt seiner Privatpatientenliste, die sich Jury ziemlich lang vorstellte.

Jury hatte der Sprechstundenhilfe mit dem fliehenden Schildkrötenkinn seinen Ausweis gezeigt und gesagt, er warte gern, bis die beiden noch anwesenden Patientinnen fertig seien. Eine war gerade gegangen, sie hatte einen Silberfuchs getragen. Die beiden anderen trugen modische Kostüme, nicht von der Stange. Drei Frauen. Jetzt saß Jury dem stattlichen, etwas über Sechzigjährigen gegenüber und konnte es sich gut vorstellen, daß ihn hauptsächlich Patient*innen*en aufsuchten, die vermutlich alle in ihn verliebt waren. Dr. Farnsworth hatte die mittelalte Patientin zur Tür begleitet (mit schnöden automatischen Türöffnern gab man sich hier nicht ab), ihr freundlich den Arm auf die Schulter gelegt und ihr einen beruhigenden Klaps gegeben.

Seine Umgehensweise mit Männern – mit Jury allemal – war knapper, nüchterner, der Blickkontakt weniger direkt. Jury glaubte nicht, daß es daran lag, daß er Polizist war. Er wäre jede Wette eingegangen, daß Farnsworth allen Männern so reserviert gegenübertrat.

«Viele Patienten sind ganz besessen von ihren Krankheiten und wünschen sich ständig besondere Aufmerksamkeit. Warum ist das alles so wichtig, Superintendent? Und warum interessiert sich Scotland Yard dafür? Ziehen Sie meine Diagnose in Zweifel?»

Farnsworth verzog keine Miene. Falls der Besuch Jurys ihn nervös machte, gelang es ihm vorzüglich, es zu verbergen.

«Eine Freundin von mir hat sie gefunden», sagte Jury.

«Aha. Die Dame vor der Telefonzelle.» Er schüttelte den Kopf. «Verteufelt unangenehm, wenn einem so was als Tourist passiert.»

Jury lächelte. «Es wäre wohl ebenso entsetzlich, wenn es jemandem von hier passierte. Waren Sie überrascht, Doktor? Herzstillstand, offenbar von der körperlichen Anstrengung, den Hügel hochzuklettern?»

Farnsworth rollte die Zigarre im Mund und ließ seinen Blick stolz durch den Raum schweifen. «Una hätte auch vor dieser Anstrengung jederzeit sterben können.»

Er gab sich keine sonderliche Mühe, Jurys Fragen zu beantworten. Jury versuchte es trotzdem noch einmal. «Miss Quick hat Ihre Geduld sicher sehr strapaziert, wenn sie Sie jede Woche pünktlich wie ein Uhrwerk angerufen hat. Und zwar nach der Sprechstunde.»

«Einen Telefonanruf zu beantworten macht nicht viel Arbeit, Superintendent», sagte der Doktor ein wenig verbindlicher. «Würden Sie in Ihrem Beruf nicht dasselbe für jemanden tun, der dauernd Angst um sein Leben hat?»

«Ja. Vielleicht würde ich sogar darauf bestehen, daß dieser Jemand anriefe.»

«Ich habe das Gefühl, Sie glauben mir nicht», sagte Farnsworth.

«Tut mir leid. Der einzige Mensch, der die Wahrheit kennt, ist tot.»

Der Arzt zog die Stirn in Falten. «Herrgott, Mr. Jury. Warum sollte ich bei harmlosen Patientenanrufen lügen?»

Kommt drauf an, wie harmlos sie sind, mein Freund, dachte Jury. Er sagte aber nur: «Stimmt, wahrscheinlicher ist, daß Una Quick es übertrieben hat – vielleicht, um sich wichtig zu machen. Was war sie eigentlich für ein Mensch?»

Dr. Farnsworth zuckte die Schultern und stellte den Aschenbecher parallel zu seinem goldenen Stiftetset. «Sie betrieb die kleine Poststelle und den Laden, lebte allein. Keine Verwandten außer ein, zwei Cousinen in Essex oder Sussex. Eine vollkommen normale alte Frau mit den typischen Zipperlein. Eigentlich war sie kaum ein Mensch.»

Dieser Kommentar brachte doch haarscharf auf den Punkt, warum Dr. Farnsworth Jury mißfiel.

Dr. Paul Fleming, den Jury als nächstes aufsuchte, war völlig anders.

Seine Praxis war spartanisch eingerichtet, und seine Patienten waren nicht aus den oberen Schichten. Außerdem trugen sie keine fremden, sondern ihre eigenen Pelze.

Paul Fleming kratzte gerade einem großen schwarzen Kater den Zahnstein ab. «Ich kannte Una nur als Frauchen ihres Hundes. Die meisten Dorfbewohner kenne ich sozusagen nur über ihre Tiere. Ich bin auch noch nicht so lange hier. Das war ja schrecklich, das – mit dem Hund, meine ich. Sie haben bestimmt von den Vergiftungen gehört.» Der Kater lag ganz ruhig da, in Narkose. Fleming sagte, das Tier sei vor seiner Tür aufgetaucht wie ein Patient, der genau wußte, daß er ärztlicher Hilfe bedurfte.

Jury nestelte eine Schachtel Zigaretten hervor, dann fiel ihm ein, wo er war, und er steckte sie wieder weg.

«Nachher», sagte Dr. Fleming. «Wenn ich fertig bin, können wir eine rauchen und was trinken. Menschenskinder, ich glaube, ich könnte die ganze Flasche leeren.» Er hob den Kater von dem Porzellantisch und legte ihn in einen Käfig. «Das hätten wir, alter Junge, wenn du aus der Narkose aufwachst, kannst du wieder futtern.»

Jetzt saßen sie in Flemings kleinem, mit Büchern und veterinärmedizinischen Zeitschriften vollgestopftem Wartezimmer. Sie ließen die Flasche kreisen und schenkten sich ein Glas nach dem anderen ein.

«Sie arbeiten hart, Dr. Fleming.»

«Nennen Sie mich doch Paul. Ja. Ich arbeite auch im Labor in Rumford, ungefähr eineinhalb Kilometer außerhalb der Stadt.»

«Sie machen Tierversuche?»

«Reizend, wie Sie es ausdrücken. Sie reden wie diese verdammten Tierschützer. Nicht alle Tierversuche sind gleich. Das verstehen viele Leute nicht.»

Jury war nicht sicher, ob er selbst es verstand.

Fleming redete weiter. «Als würden die Medikamente vom Himmel fallen. Gegen Krebs. Gegen alles. Und was wiegt das Leben von zehn Katzen schon gegen das Leben eines einzigen Babys.»

Jury lächelte. «Ein paar hundert Katzen entsprechen da wohl eher den Tatsachen.» Dann wechselte er das Thema. «Also: Unas Hund, eine Katze, soweit ich weiß, und der Hund des Fahrradhändlers. Wie erklären Sie sich das?»

«Unfälle, nichts weiter. Die Potter-Schwestern, das weiß jeder, sind ein bißchen verschroben, gelinde gesagt. Ihre Katze ist an einer Dosis Aspirin gestorben.»

«Aspirin?»

Fleming nickte. «Ich hatte ihnen für die Katze ein paar flache, weiße antiallergische Pillen gegeben. Sie beschuldigten sich gegenseitig lautstark – Sissy ist halb blind –, der Katze die falsche Pille gegeben zu haben.» Er zuckte die Achseln. «Aber diesen Fehler müßte man mehrmals machen, um eine Katze zu töten.»

«Nehmen wir mal an, es handelt sich *nicht* um Unfälle.»

«Schwer vorstellbar. Aber dann würde ich auf die Crowley-Jungs tippen – obwohl das selbst für sie ein bißchen weit ginge. Und sie hätten sich Zugang zum Futter verschaffen müssen. Die Damen sagen, daß die Katze immer auf der hinteren Veranda gefressen hat. Da konnte schon jemand rankommen. Ein Tierfeind. Vielleicht Grimsdale.»

«Der Eigentümer von ‹Haus Diana›?»

Fleming nickte. «Jägersmann. Ein echter Snob. Dabei hätte er ohne den Bed & Breakfast-Betrieb nicht einmal das Geld, den Laden zu halten. Er ist fast ausgerastet, als er den Hund vom alten Saul Brown dabei erwischt hat, wie er seine Rosenbüsche ausbuddelte. Hat sogar die

Knarre gezogen.» Paul Fleming lehnte sich in dem abgewetzten Ledersessel zurück und dachte nach. «So viele Möglichkeiten gibt es wirklich nicht. Amanda Crowley, die Tante von Billy und Batty vielleicht. Sie liebt Pferde, und damit basta. Und bei Katzen gerät sie in Angstzustände. Aber das spräche zu ihren Gunsten, was? Sie hätte zuviel Angst, sich einer zu nähern. Ashdown muß die reinste Hölle für sie sein, weil es hier so viele Katzen gibt. Mir fällt gerade ein, daß Regina – die Baronin –» Er drehte sich zu Jury um. «Haben Sie die schon kennengelernt?»

Jury verneinte. «Hab noch nicht viel Gelegenheit gehabt, überhaupt jemanden kennenzulernen.»

Paul Fleming lachte. «Da haben Sie ja noch was vor sich, wenn Sie die Leute hier alle befragen wollen. Na ja, egal, die Baronin de la Notre, wie sie sich nennt, wußte nichts von Amandas Phobie und ließ bei einem ihrer Salons ein paar Katzen rumspazieren. Amanda fing an zu kreischen und fiel in Grimsdales Arme. Vielleicht war es aber auch bloß Theater. Wie man den anziehend finden kann, ist mir ja auch völlig unverständlich.» Fleming wollte gerade ihre Gläser ein weiteres Mal auffüllen, hielt aber inne. «Das gilt natürlich auch für Amanda. Wenn Sie Regina noch nicht kennen, haben Sie bestimmt auch Carrie Fleet noch nicht getroffen?»

«Ich hatte noch nicht das Vergnügen, nein.»

Paul Fleming brach in Gelächter aus.

14

Neahle Meara lag starr da, sie hatte sich die Bettdecke übers Gesicht gezogen und spielte Dracula. Es war nicht sehr überzeugend, denn das Kätzchen lag mit ihr unter der Bettdecke und hob und senkte sich mit jedem ihrer Atemzüge. Wie gern würde sie lange Reißzähne in Sally MacBrides Hals schlagen. Es war dunkel und kalt. Vor dem halb zugewachsenen Mansardenfenster begann der Morgen zu dämmern, aber durch die Bettdecke drang kein Licht. Neahle glaubte allmählich, daß der Tod wirklich als riesige Fledermaus daherkam und einen mit seinen Krallen griff und durch die Lüfte davontrug. (Sallys Krallen waren lang und lackiert.)

Aber in Wirklichkeit legte einen der Tod in eine Holzkiste. Ihr Vater war so beerdigt worden. Sie überlegte, wie es sich wohl anfühlen mochte – aber er konnte ja nichts mehr fühlen, oder etwa doch? Wenn er tot war? Es war vier Jahre her, aber sie erinnerte sich genau an die Totenwache, das Aufbleiben, das Singen und Trinken, und sie hatte es sehr merkwürdig gefunden, daß sie eine Party feierten, obwohl ihr Dad tot war. Es ist keine Party, hatte ihr Opa ihr erklärt, wir sorgen nur dafür, daß dein lieber Vater in den Himmel kommt. Ihre Mutter war bei ihrer Geburt gestorben. Ihren Dad hatte sie geliebt, weil er immer gute Laune hatte und ihr sagte, wie hübsch sie sei und daß ihre Augen ihn an die Seen von Killarney erinnerten.

Angeblich hatte sie riesiges Glück mit diesem englischen Onkel, der einen Gasthof in Hampshire besaß und sie so gern zu sich nahm. Weil er ihr viel mehr bieten konnte und sie aus Belfast herausgeholt hatte. Neahle erinnerte sich verschwommen an Belfast, eine Stadt mit hellen Läden auf der einen Seite und zerbrochenem Glas und mit Brettern vernagelten Häusern auf der anderen.

Ein paar Jahre lang war alles gutgegangen im «Hirschsprung», bis er einmal nach London gefahren und mit einer Frau zurückgekommen war, die Neahle Meara überhaupt nicht leiden konnte. Neahle war vor Sally dagewesen und lebte bei John MacBride. Wieso war diese Sally sich so sicher, daß Neahle nicht auch die Dame seines Herzens war?

Neahle seufzte. Onkel John hatte sich sehr verändert, seit Sally auf der Bildfläche erschienen war. Sie seufzte noch einmal. Ihr Kätzchen war winzig und interessierte sich wohl kaum für Särge. Carrie hatte es erst gestern gefunden und gesagt, sie würde es bei den anderen Tieren unterbringen, wenn es nicht bei Neahle sein konnte. Sie hatte eine alte Schultasche mit Luftlöchern versehen, damit Neahle es in ihr Zimmer schmuggeln konnte, und sogar einen Vorrat an Kitekat mitgebracht und im Spielhaus verstaut. Außer Neahle ging niemand dorthin. Das Häuschen war vom Gasthof aus nicht zu sehen, und sie konnte dort mit dem Kätzchen spielen, ohne entdeckt zu werden.

Neahle durfte keine Haustiere halten. Nur die Hühner und Küken im Hühnerstall.

«Küken sind aber doch keine Haustiere», hatte Neahle argumentiert. «Man kann sie nicht mit ins Bett nehmen und nicht mit ihnen spielen, gar nichts.»

Sally hatte das Verbot ausgesprochen. Immer hieß es: *Jetzt reicht's aber, mein Fräulein.* Und an John MacBride gewandt: *So eine Frechheit.*

«Dann könnte ich doch vielleicht einen Fisch oder so was haben.»

«Hm, also, Liebling», sagte Onkel John. «Ich weiß nicht, was dagegen spräche, du, Liebling?»

Das Wort *Liebling* war an eines der am wenigsten liebenswerten Geschöpfe gerichtet, die Neahle kannte.

Sie hatten am Eßtisch gesessen, Neahle hatte gekocht und dabei eine Schürze getragen, die fast bis zum Boden reichte. Obwohl sie erst neun war, steckte sie Sally MacBride (geborene Britt) beim Kochen allemal in die Tasche, denn ihr Großvater hatte angefangen, es ihr beizubringen, als sie fünf war. Es gab Fisch, deshalb war Neahle auf einen Fisch gekommen.

Sally stocherte wenig damenhaft in ihren langen Pferdezähnen herum. «So, ein Fisch darf's sein? Einen Goldfisch im Glas, der die ganze Bude vollstänkert. Nein danke, mein Fräulein.»

Neahle ging um den Tisch und räumte die Teller zusammen. Der Abwasch war auch ihr Job. «Eigentlich wollte ich lieber einen Hai», sagte sie und rannte aus dem Zimmer. «Dummes Gör», kreischte ihr Sally MacBride hinterher.

Heute morgen stand sie vor dem Problem, daß sie die Katze füttern mußte. Deshalb erhob sie sich aus dem Sarg und traute sich ans Tageslicht, bevor Sally die Fledermaus an ihre Tür geflattert kam und ihr sagte, sie solle aufstehen und Frühstück machen.

Danach ging Sally immer zurück ins Bett und überließ es Neahle, Porridge und Eier zu kochen. Gegen acht kam dann Maxine Torres, das mürrische Hausmädchen, das aussah wie eine Zigeunerin, und meckerte lauthals, wenn sie Neahle bei irgend etwas erwischte. Maxine arbeitete auch manchmal für die Baronin. Neahle mochte die Baronin, weil sie irgendwie verrückt war und Carrie alles durfte, was Sally MacBride Neahle nie im Leben erlauben würde. Neahle durfte fast nirgendwohin, aber über diese Verbote setzte sie sich stets hinweg – denn wenn sie nur dahin gegangen wäre, wo sie hingehen durfte, hätte sie den ganzen Tag nur zu Hause gehockt oder am Herd gestanden. Mit Neahles Besuchen auf «La Notre» verhielt es sich anders. Sally legte Wert darauf, sich bei denen lieb Kind zu machen, die einem mal nützlich sein konnten oder Ashdown das verliehen, was sie «Stil» nannte.

Neahle schüttelte das Federbett auf, deckte das Kätzchen wieder zu und schlüpfte in ihre Filzpantoffeln. Das Licht zauberte Streifen auf die kleinen Fensterscheiben, skelettartige Schatten zogen sich über den Fußboden. In der Schranktür war ein Spiegel, Neahle konnte sich in ihrem weißen Nachthemd darin sehen. Sie kniff die Augen zusammen und stellte sich vor, daß sie wie ein Gespenst durch den grabesstillen Flur glitt.

Melrose erwachte in dem kühlen Morgenlicht und zog sich das Plumeau unters Kinn. Es war zu kurz, seine Füße guckten heraus, und das Zimmer war kalt und kahl, aber sein kurzes Zusammentreffen mit dem Besitzer vom «Haus Diana» hatte genügt, um ihn davon zu überzeugen, daß jede andere Übernachtungsmöglichkeit vorzuziehen war, um Grimsdales stählernem Blick über dem morgendlichen Haferschleim zu entkommen.

Kaltes Porridge und steinharter Toast waren Sebastian Grimsdales Variante des typisch englischen Frühstücks.

Melrose überlegte, ob er hier im «Hirschsprung» wohl besser fuhr. Er starrte auf seine Füße, die er ziemlich häßlich fand, und versank in Träumereien von Speck, frischen Eiern und Toast. Das Dinner gestern abend war sehr anständig gewesen. Gute englische Hausmannskost. Als er zu den MacBrides sagte, sie sollten der Köchin ein Lob ausrichten, hatte die Frau gekichert. Sie kicherte über alles und jedes und schwenkte dabei den Kognak in ihrem Glas.

Von Minute zu Minute wurde er hungriger und wünschte, er könnte sich Frühstück ans Bett bestellen. Großmütig hatte er Jury sein Zimmer angeboten, aber Jury hatte keine Bedenken, es mit Mr. Grimsdales Porridge aufzunehmen – zu Polly Praeds sprachlosem Entzücken. Aber Jury und Wiggins brauchten ohnehin zwei Zimmer, und im «Hirschsprung» gab es nur eins. Melrose hatte starke Zweifel, ob Sergeant Wiggins den Aufenthalt im «Haus Diana» überleben würde.

Wieder starrte Melrose auf seine Füße. Daß Polly Praed Superintendent Jury so nahe war, gefiel Melrose gar nicht. Die violetten Augen, die Melrose ansahen, als sei er eine Fliege an der Wand, leuchteten geradezu, wenn sie sich auf Jury richteten. Gott sei Dank ließ Jury sich von Polly nicht blenden. Er fand ihre Unfähigkeit, in seiner Gegenwart Worte zu Sätzen zu verknüpfen, rätselhaft. Melrose wunderte sich immer, daß Jury nicht merkte, welche Wirkung er auf das weibliche Geschlecht ausübte. Von der Wirkung hätte Melrose gern etwas abgehabt. Er schloß die Augen und grübelte. Er war reich genug und wahrscheinlich intelligent genug, er sah auch gut genug aus und war sogar einmal adlig gewesen. Er versuchte, die dünnen Kissen aufzuschlagen. Polly Praed war außer sich darüber, daß er auf seine Adelstitel verzichtet hatte, denn sie haßte die Adelsfamilie in ihrem Dorf Littlebourne und hätte liebend gern von *meinem Freund, dem Earl von Caverness*, gesprochen. Ob es an seinen häßlichen Füßen lag? Er seufzte. Jetzt brauchte er erst einmal dringend einen Tee.

Im «Hirschsprung» war er bei weitem herzlicher empfangen worden als im «Haus Diana». Dort hatte es kaum eine Begrüßung gegeben. Grimsdale hätte wohl gerne das Geld für die Übernachtung kassiert, dabei aber auf den Gast am liebsten verzichtet.

Hier dagegen schlug ihm besonders von Mrs. MacBride nur Herzlichkeit entgegen. Als sei er ein Seemann, der von großer Fahrt zurückgekehrt war. Melrose konnte sich lebhaft vorstellen, wie sie heimkehrende Seeleute willkommen hieß. Obwohl die Dame nicht hinreißend war, schien sie bereit und willens, sich hinreißen zu *lassen*. Sie hatte zwar die Blüte ihrer Jugend schon hinter sich, sah aber immer noch sehr gut aus. Sie offerierte Melrose und Jury einen doppelten Kognak, einen hautengen kurzen Rock und ihre Lebensgeschichte. Das heißt, bis sie Anfang Zwanzig war, dann dämmerte es ihrem Mann John, einem sanftmütigen Wirt, zwanzig Jahre älter als seine junge Frau, daß Mr. Plant nicht ihre ganze Lebensgeschichte hören wollte, und unterbrach sie. Er hatte aber trotzdem die ganze Zeit herzlich über die Eskapaden ihrer wilden Jugendjahre gelacht.

Was für eine ungünstige Sternenkonstellation diese beiden zusammengebracht hatte, konnte Melrose nur erahnen: Sally MacBride wurde nicht jünger, und John MacBride hatte ein hübsches, gutgehendes Geschäft – die einzige Kneipe in einem freundlichen Dörfchen. Sehr sinnlich war er nicht, im Gegensatz zu seiner Frau mit ihrem flachsblonden, steifgesprayten Haar und dem roten Schmollmund. Da hätte wohl so manch einer gerne mal angebissen.

Melrose dachte gerade wieder über Una Quicks Tod nach, als er merkte, daß sich auf dem Flur etwas bewegte. Er beschloß, der Sache nachzugehen, stand auf und knotete seinen Morgenmantel zu. Alles war besser, als in einem alten Messingbett zu liegen, das zwanzig Zentimeter zu kurz war.

Plötzlich sah er durch einen Spalt in der Tür ein kleines weißes Etwas mit ausgestreckten Armen durch den Flur schweben. Offenbar hatte die Erscheinung gehört, wie seine Tür aufging, denn sie blieb stocksteif stehen. Dann drehte sie sich um, ließ die Arme sinken und floh mit entsetztem Blick in ein Zimmer. Ein kohlrabenschwarzes Kätzchen folgte ihr.

Melrose blieb stehen und dachte über die kleine Szene nach. Die Welt der Kindheit überließ man seiner Auffassung nach am besten den Kindern; anders gesagt: Er redete nicht mit Menschen unter zwanzig, wenn er nicht dazu gezwungen wurde, und hatte ganz bestimmt von *sich* aus noch nie ein Gespräch mit einer Acht- oder Neunjährigen angeleiert (für so alt hielt er das Kind). Doch in diesem Fall war die Neugierde stärker als die Gewohnheit.

Er ging an dem Zimmer der MacBrides vorbei. Diese Tür war nur angelehnt, das Licht einer Nachtlampe drang heraus. Sally bekam in geschlossenen Räumen Angstzustände, seit sie einmal in einen Schrank eingeschlossen worden war, und ihr Mann hatte Melrose zugeflüstert: *Klaustrophobie würde ich sagen.* Melrose hörte John MacBride schnarchen. Das Mädchen war im Zimmer daneben verschwunden. Er klopfte, die Tür war einen Spaltbreit offen, als ob das Kind erwartet hätte, daß er, mit Sichel und Kapuze, kam und sie rief. So jedenfalls starrte sie ihn jetzt an.

Sie beugte sich über das Kätzchen, das in ihrem Schoß saß und dessen Fell schwarz glänzte wie ihr kurzgeschnittenes Haar. Sie sagte: «Jetzt sagen Sie es wahrscheinlich.»

«Es sagen? Ich weiß weder, *was* ich sagen soll, noch *wem* ich es sagen soll. Keine Angst, dir passiert nichts.»

Sie schaute ihn prüfend an und sah dann zum Fenster, dessen Scheiben beschlagen waren, und nahm das Kätzchen vom Schoß. «Gut, Maxine ist wahrscheinlich noch nicht da, wir können gehen.»

In Pantoffeln schlappte sie an ihm vorbei, und als er zögerte, bedeutete sie ihm mit einem ungeduldigen Nikken, daß er mitkommen solle. Er fragte sich, ob sie jetzt wohl beide mit ausgebreiteten Armen durch den Flur in ihre Gruft gleiten sollten.

«Wohin?»

«In die Küche», flüsterte sie und legte den Zeigefinger auf den Mund.

Die Küche. Tee! Er folgte ihr über die enge Hintertreppe nach unten. Die Feuchtigkeit fühlte sich an, als stiegen Nebelschwaden auf.

«Und was jetzt?» Er sah sich um, ob ein Kessel auf dem Herd stand.

Emsig steckte sie den Kopf in einen großen Kühlschrank – in der Gasthofküche gab es zwei, außerdem eine große Tiefkühltruhe und einen riesigen Arbeitstisch.

Der Boden war aus Stein und eiskalt. Sie holte Milch und anderes mehr heraus und klemmte es sich unter den Arm. «Sie muß gefüttert werden. Nehmen Sie das mal.»

«Aha. Aber warum bist du eben mit ausgebreiteten Armen gelaufen?» Melrose ahmte sie nach. «Bist du Schlafwandlerin? Oder hast so getan, meine ich?»

«Nein. Hier.» Sie übergab ihm ein Messer und einen kleinen Teller. «Schneiden Sie den Käse in kleine Stücke. Danke», sagte sie ohne den Anflug eines Lächelns.

«Du hattest die Arme aus –» Melrose ließ nicht locker.

Böse sagte sie: «Wir müssen uns beeilen, sonst kommt noch jemand. Können Sie den Käse nicht schneller schneiden? Sie sind ja immer noch nicht fertig. Ich bin mit meinem schon fast soweit. Essen Sie Wild?» Sie sah zu der großen Gefriertruhe hinüber. «Ich finde es schrecklich, Rehe und Hirsche zu töten und zu essen. Sie müssen der Gast sein.» Sie war gar nicht überrascht, daß der einzige Gast im «Hirschsprung» sich von ihr herumkommandieren ließ und gegen sieben Uhr morgens hier unten Küchendienst schob.

«Ich hätte nichts gegen eine Tasse Tee als Dank für meine Mühe», sagte er und schnitt den Käse in Stücke.

«Wir haben keine Zeit. Können Sie nicht kleinere Stücke schneiden?»

«Wir füttern keine Maus, sondern eine Katze», sagte er.

«Sie ist erst acht Wochen alt. Ich hole die Milch, und Sie rennen zum Spielhaus und holen das Kitekat.» Schon hatte sie ihren Kopf wieder in den Kühlschrank gesteckt.

Zum Spielhaus. Das war in etwa so sinnvoll wie alles übrige bei dieser Morgenpatrouille. «Ich hab aber keine Lust, zum Spielhaus zu rennen –» Sie schaute ihn scharf an. «Na gut, aber ich geh nur, wenn du Wasser aufsetzt.» Mußte er auf dieses Kind hören? «Und wo *ist* das Spielhaus?»

Ihre Hausschuhe schlurften über die Steine und sie holte den Wasserkessel. «Nur den Weg da runter, hinter den Bäumen. Und bitte, trödeln Sie nicht.»

«Sieh du nur zu, daß es endlich Tee gibt», befahl er nun seinerseits.

Das Spielhaus war tatsächlich ein Spielhaus: ein winziges Hüttchen, in dem er sofort die sieben Zwerge vermutete. Als er den Türknauf drehte, dachte er an Schneewittchen. Hatte sie nicht auch Probleme mit ihrer Schlafstätte gehabt?

Drinnen war es dunkel und muffig. In der Ecke sah er den Kitekat-Vorrat.

Und er sah die Leiche von Sally MacBride.

Für den Rückweg brauchte Melrose keine Ermahnung, nicht zu trödeln. Aber der kleine Kobold war verschwunden, und der Kessel pfiff laut und penetrant.

Er schob ihn vom Gas und ging zum Telefon.

15

IM SPIELHAUS WAR ES SO ENG, daß sie sich dauernd gegenseitig anrempelten, besonders Wiggins und Pasco. Jury erhielt sich seine Bewegungsfreiheit. Pasco hatte das Revier in Selby angerufen. Sie wollten versuchen, Farnsworth zu erwischen, den sie selten als Gerichtsmediziner hinzuziehen mußten. Und sonst würde eben ein anderer Arzt aus der Klinik in Selby kommen.

«Keine Spuren, außer an den Händen.» Jury stand auf. «Fassen Sie nichts an, bis der Arzt hier ist.» Er schüttelte den Kopf und sah sich in dem quadratischen Raum um. Drei fünfzig mal drei fünfzig, schätzte er. Winzig. Ein Schaukelstuhl, ein schmales Bett, ein Tisch, eine Lampe, abgelegter Krempel aus dem Haus, Sperrmüll.

«Gehört das Zimmer MacBrides kleinem Mädchen?» Er sah einen Sack Katzenfutter in der Ecke.

«Der Nichte», sagte Pasco und musterte Melrose Plant, der sich inzwischen einen Chesterfield-Mantel über den Morgenrock gezogen hatte.

«Constable Pasco. Bitte, *würden* Sie wohl aufhören, mich so anzusehen», sagte Plant gereizt.

«Mir ist einfach völlig unklar, was *Sie* hier zu tun hatten – Sie wollten eine Dose Kitekat holen, sagten Sie?» Pasco bedachte ihn mit einem spöttischen Lächeln.

«Himmelherrgott», sagte Melrose.

«Ruhe. Alle beide.» Jury war nicht gerade wohl zumute.

Plant auch nicht. «Hören Sie, eigentlich wollte ich einen *Tee*. Deshalb bin ich mit dem gespenstischen Kind in die Küche gegangen –»

«Mit Neahle», sagte Pasco.

«Was? Was ist denn das für ein schrecklicher Name für so ein kleines Mädchen?»

Pasco, der es gewöhnt war, bis neun Uhr auszuschlafen, und der nun in aller Herrgottsfrühe aus dem Bett gezerrt worden war und noch eine Tote am Hals hatte, war auch nicht wohl zumute. «Wird N-e-a-h-l-e geschrieben. Neahle Meara. Sie ist Irin.»

«Oh. Wie hübsch.»

Jury hob einen alten Porzellantürknauf auf und wikkelte ihn in ein Taschentuch. «In die Tüte damit, Wiggins.»

Sergeant Wiggins stand mit eingezogenem Kopf und gebeugten Schultern in der Tür. Für einen vierten war einfach kein Platz. Er nahm eine Plastiktüte von dem Vorrat, den er mit sich herumtrug wie Hustenbonbons. «Warten wir nicht besser, bis die aus Selby –»

«Richtig, aber ich habe Angst, daß hier vorher alles zertrampelt wird. Wir haben wohl ohnehin schon genug Schaden angerichtet.»

«Ich habe nichts angefaßt», sagte Plant.

Jury untersuchte gerade den Metallstift in der Tür, auf den der Knauf gehörte, und lächelte ihn an. «Das weiß ich.» Wenn er aufrecht stand, stieß sein Kopf fast an die Decke. «Sie sind nur wegen des Kitekat hierhergekommen.»

Pasco lächelte. Melrose erwiderte das Lächeln.

Pasco kniete sich hin und sah sich die Holztür von innen an. «Schrecklich. Sieht aus, als hätte sie versucht, sich hier rauszukratzen.»

«Klaustrophobisch», sagte Plant und zog die Stirn in Falten. «Sie hat erwähnt, daß sie nachts die Schlafzimmertür immer einen Spaltbreit offenläßt.» Plant bückte sich, um die Spuren zu betrachten. Abgesplittertes Holz und Blut.

Am Zustand der Finger konnte Jury ablesen, woher die getrockneten Blutstreifen auf der Tür kamen. «Totale Panik.» Er machte ein finsteres Gesicht und sah Pasco an. «Warum ist sie aber überhaupt hier gewesen, Pasco? Wie gut haben Sie sie gekannt?»

«So gut oder schlecht wie alle anderen auch, würde ich sagen», sagte Pasco betont ruhig, aber Jury bemerkte, daß er rot wurde. «Ich weiß nicht, warum sie hier unten gewesen ist.»

Nachdem der Pathologe aus Selby die Leiche untersucht hatte und sie in eine Plastikhülle gesteckt worden war, nannte er Herzversagen als Todesursache.

«Wie bei Una Quick.»

«So wie es aussieht, herbeigeführt durch Todesangst», sagte der Pathologe. «Wenn sie, wie Sie sagen, Klaustrophobie hatte...»

Detective Inspector Russell von der Kripo in Selby schüttelte den Kopf. «Verflucht!» Er sah Jury gequält an – weil er Scotland Yard hier hatte oder weil es in dem winzigen Dorf schon wieder einen Todesfall gab, wer weiß. «Was zum Teufel wollte die Frau hier?»

«Wissen wir nicht. Was dagegen, daß ich hier bin? Eine Freundin von mir hat Una Quicks Leiche gefunden.»

Inspector Russell schien nichts dagegen zu haben; er sah sogar erleichtert aus. Wenn Scotland Yard Leichen aus Selby-Ashdown wollte, bitte schön. «Ich mach das mit dem Chief Constable klar. Die Tür da –» Wieder schüttelte er den Kopf. «Der Knauf ist einfach abgegangen?»

«Vielleicht.»

Russell nahm sein Taschentuch und versuchte, den Metallstift herumzudrehen. Er war alt und verrostet und gab nicht nach. «Mit dem Türknauf konnte sie die Tür aber nicht mehr öffnen.» Das Metallteil im Porzellan war kaputt, es hielt nicht mehr auf dem Stift.

«Gehn wir und reden mit MacBride. Weiß er es schon?»

«Ich war so frei, ihn von dem Unfall in Kenntnis zu setzen», sagte Melrose. «In einem Wort: Ja.»

«Hätten Sie was dagegen, wenn mein Sergeant mitkommt?» fragte Jury, der sich noch einmal in dem Häuschen umsah und besonders Stuhl und Lampe in Augenschein nahm. «Und Mr. Plant?»

«Ihr Sergeant, ja. Und Pasco.» Russell sah Melrose schief an. «Ich sehe aber nicht ein, wieso –»

«Er hat die Leiche gefunden», sagte Jury.

«Gut. Was ist mit Ihnen?» Eine leise Anspielung darauf, daß Scotland Yard die Drecksarbeit der Polizei von Hampshire überließ.

«Ich würde gern mit dem Mädchen reden – wie heißt sie?» fragte er Pasco.

«Neahle Meara.»

«Bitten Sie sie hierherzukommen.» Auf Plants Blick hin sagte Jury: «Nein, ich zeige ihr nicht die Tür von innen. Ich will nur allein mit ihr reden. Und sagen Sie ihr, sie soll ihr Kätzchen und einen Dosenöffner mitbringen.» Er grinste.

Sie stand im Türrahmen, einen grauen Tuchmantel fest um sich geschlungen, und trug in der Hand so etwas wie eine Schultasche.

Jury war überrascht von dem schwarzen Haar und den tiefblauen, wenn auch tränenverschmierten und verängstigten Augen. Obwohl er wußte, daß Neahle nicht MacBrides Tochter war, hatte er eher ein farbloses kleines Mädchen erwartet. Aber dieses kleine Mädchen war alles andere als farblos; es war bildschön.

«Hallo, Neahle», sagte er. «Ist das Kätzchen in der Büchertasche?»

Wortlos nickte sie und kaute an den Lippen. Dann kam sie herein und sagte mit allem Trotz, den sie aufbringen konnte: «Sie dürfen ihn nicht mitnehmen. Er hat nichts getan.»

«Meine Güte, wie kommst du darauf, daß ich deinen Kater mitnehmen will? Ich habe nur gedacht, daß du ihm vielleicht jetzt gern sein Frühstück servieren würdest.»

«Mittagessen. Zum Frühstück hat er schon Käse und Milch bekommen.»

«Dann eben Mittagessen.» Jury lächelte. Es war, als wären sie nur hier, um die Eßgewohnheiten des Kätzchens zu diskutieren. Es steckte seinen schwarzen Kopf aus der Tasche und blinzelte.

Neahle zog es ganz heraus und setzte es auf den Boden, ging aber nicht zu dem Katzenfutter. «Ich hab das mit Sally gehört – Tante Sally.»

Daß sie sie nicht «Tante» nennen wollte, war klar. Und daß sie nicht gerade bedauerte, daß diese MacBride tot war, war ebenso klar.

Was unglücklicherweise dazu führen konnte, daß plötzlich ein schlimmer Verdacht auf sie fiel.

Sie saß auf einem Kinderstuhl und kratzte an der abblätternden blauen Farbe. «Wirklich schrecklich.» Er wußte, daß sie ihn nicht ansah, weil sie nicht weinen konnte.

«Ja. Ich habe gedacht, du könntest uns helfen.»

Da blickte sie interessiert auf. «Ich hab den Dosenöffner.» Sie sagte es, als ob mit dem Kitekat alles wieder gut würde.

«Wirf mal rüber.» Jury zog eine Dose aus dem Sack und öffnete sie. Dann stellte er sie dem Kätzchen hin, das sich aber offenbar schon mit Käse vollgefressen hatte.

«Warum trägst du – wie heißt er?»

«Sam.»

Jury deutete mit dem Kopf auf die Schultasche. «Da sind Luftlöcher drin.»

«Weiß ich. Damit ich ihn ins Haus schmuggeln kann, und wieder raus. Sally» – sie senkte wieder den Kopf – «hat mir kein Haustier erlaubt. Sie hat immer gesagt, daß sie das ganze Haus dreckig machen.»

Das schien zu dem Bild zu passen, das er von Mrs. MacBride hatte. «Das hast du aber schlau angestellt.»

«Ach, das hab *ich* mir nicht ausgedacht. Das war Carrie. Sie ist meine beste Freundin. Sie hat das Kätzchen im Wald gefunden und die Tasche hergerichtet. Gestern.»

Sie redete, als ob Sam, der Kater, die Tragödie verursacht hätte. Jetzt wühlte sie in der Tasche und holte einen Apfel heraus. «Wollen Sie den zum Mittagessen?»

«O ja, bitte», sagte Jury ernsthaft, als sie ihm den Apfel gab. Das erste Bestechungsgeschenk, das er je angenommen hatte. «Ich kenne Carrie nicht. Ich hab nur schon mal ihren Namen gehört. Ist das eine Schulfreundin von dir?»

Neahle lachte, aber dann schlug sie die Hand vor den Mund, als ob ihr eingefallen wäre, daß man nicht lacht, wenn gerade jemand gestorben ist. «Nein. Carrie geht nicht zur Schule. Die Sekretärin von der Baronin unterrichtet sie oder so was. Sie ist viel älter als ich. Fünfzehn. Ich weiß nicht, warum sie mich mag.»

Beste Freunde und Kätzchen konnte man ebenso wie Tanten für immer verlieren, sagte ihr kummervoller Blick.

«Aber warum soll sie dich denn nicht mögen? Das Alter spielt doch keine Rolle.»

«Wie alt sind Sie denn?»

«Ziemlich alt», sagte Jury ernst. Er dachte an Fiona Clingmore, lächelte und fügte hinzu: «Vierzig werde ich nie wieder.»

Sie riß die Augen auf. «*So* alt sehen Sie aber nicht aus.»

«Danke schön. Hör mal zu, Neahle. Du weißt, daß deine Tante – Mrs. MacBride – hier gefunden worden ist.»

Sie nickte ernst und beobachtete, wie Sam nach einem winzigen Wollknäuel schlug, das sie für ihn an die Lampenschnur geknotet hatte.

«Weißt du, ob sie vorher schon mal hier gewesen ist?»

«Nein. Hier kommt niemand her, nur ich, und manchmal Carrie.»

«Okay. Und wann warst du zum letztenmal hier?»

«Vor zwei Tagen.»

«Hast du die Tür immer geschlossen gehalten?»

Sie sah ihn verwirrt an.

«Ich meine, war der Türknauf innen an der Tür dran? Oder ist er von dem Stift abgegangen?»

Sie runzelte die Stirn. «Wahrscheinlich. Ich hab nicht so drauf geachtet.» Neahle kratzte sich am Ohr. «Es war dunkel.»

Wenn es windig war, konnte die Tür leicht zuschlagen. «Hättest du Angst, wenn du hier eingeschlossen würdest?»

Sie wirkte überrascht. «Ich? Nein. Ich gehe gern hierher und lese, und manchmal schlafe ich auf dem Bett da.» Sam hatte sich an dem Wollfaden festgeklammert und schwang sich daran hin und her wie ein Pendel. «Man könnte zwar schreien, wenn man hier eingeschlossen wäre, aber es ist so weit vom Haus entfernt –» Sie hielt inne, beobachtete den kleinen Kater und legte den Kopf in die Hände.

«Gestern nacht war es windig. Neahle, man kann nicht jeden lieben, den man eigentlich lieben sollte. Wenn sie dir keine Haustiere erlaubt hat und du die ganze Kocherei machen mußtest, warum solltest du sie lieben?»

Sie sah ihn kurz an. «Sie haben Ihren Apfel nicht gegessen.»

«Weißt du, ob Sally irgendwann mal hier gewesen ist?»

Neahle schüttelte den Kopf. «Warum sollte sie? Sie wollte nicht mal, daß *ich* hierhin gehe.»

«Vielleicht ist sie mal hergekommen, um, sagen wir, einen Freund zu treffen.»

«Männer oder so?» Neahle versuchte welterfahren auszusehen.

Jury lächelte. «Ja, Männer oder so.»

Neahle kratzte sich am Ohr. «Also, Mr. Donaldson zum Beispiel. Er ist gruselig. Das sagt Carrie. Er arbeitet im ‹Haus Diana›.»

«Sonst noch jemand?»

Sie biß sich auf die Lippen und schüttelte den Kopf.

Pasco hätte sie nicht erwähnt, selbst wenn sie von seinen Besuchen gewußt hätte. Jury rieb den Apfel an seiner Regenjacke ab und biß krachend hinein. Dann lehnte er sich im Stuhl zurück und beobachtete Sam beim Schaukeln. Sam ließ sich herunterfallen, kam herüber und schaute ihn neugierig an.

Neahle begann zu weinen.

«Keine Sorge, Neahle.» Jury nahm Sam und setzte ihn auf Neahles Schoß. Ihre Tränen tropften auf sein schwarzes Fell. Jury wartete, bis sie sich ausgeweint hatte.

Das Ende der Schnur, an die Neahle die Wolle geknotet hatte, führte zu einer Buchse und zu einer Lampe mit blauem Schirm. «Du bist vor ein paar Tagen hier gewesen, hast du gesagt. War das abends?»

Neahle kaute an den Lippen.

«Ich sag schon nichts.» Er deutete mit dem Kopf auf die Bücher. «Hast du gelesen?»

«Ja, klar.» Sie deutete mit dem Kopf auf einen kleinen Bücherstapel. «*Schweinchen Sam*, das ist mein Lieblingsbuch. Danach hab ich Sam genannt. Man kann doch ein Kätzchen nach einem Schwein nennen, oder?» Ganz sicher war sie sich immer noch nicht. «Na egal, ich hab mich aus dem Bett geschlichen.»

Jury schaute zu der Lampe. «Was ist denn deiner Meinung nach mit der Birne passiert?»

Im Schankraum war es alles andere als gemütlich, schon gar nicht für John MacBride, denn er wurde verhört.

Wiggins kniff sich in den Nasenrücken und sagte: «Nach London wollte sie? Für wie lange, Mr. MacBride?»

«Ein paar Tage. Um eine Cousine zu besuchen.»

Wiggins notierte den Namen einer Mary Leavy, die, wie sich MacBride höchst unpräzise ausdrückte, «irgendwo in Earl's Court wohnt».

Melrose hätte eine Unzahl von Krimiszenen konstruieren können, die er Polly Praed zuliebe durchlitten hatte. Was für ein Klischee! Die Frau fährt nach London und «verschwindet» dann geheimnisvoll. Ein Klacks für Mörder wie Crippen und Cream. Aber augenscheinlich nicht für MacBride, der immer mehr in sich zusammenfiel. Im Kamin knisterte ein Holzfeuer.

Detective Inspector Russell deutete ein Lächeln an.

Melrose konnte sich denken, was ihm durch den Kopf ging. Immer ist es die Familie. Die Ehefrau ist tot? Sucht den Ehemann!

«Und wie wollte sie dahin fahren?» fragte Pasco.

«Wie?» In MacBrides Augen standen Tränen, als er die Hände von der Stirn nahm.

«Ja. Sie haben gesagt, sie wollte nach London, John.»

«Ach so. Mit dem Morgenzug. Von Selby aus.»

Pasco stieß ihn sachte an. «Und wie kam sie nach Selby?»

MacBride fuhr sich mit den Händen durch das dünne Haar. «Jemand vom ‹Haus Diana› wollte sie fahren. Ich glaube, Donaldson.»

Reizend, dachte Melrose.

«Mrs. MacBride litt an Klaustrophobie, soweit ich weiß», sagte Russell.

MacBride nickte. Ein Schatten glitt über sein Gesicht, als sei die Vorstellung, daß Sally da in dem Haus gefangen saß, unerträglich.

«Ich hätte gedacht», sagte Russell, «als die Tür zuschlug und sie nicht – na ja, lassen wir's für den Moment mal gut sein.» Auch er mußte Mr. MacBrides Gesichtsausdruck gesehen haben.

Pasco drückte sich allgemeiner aus. «Man kann das Spielhaus vom Pub aus nicht sehen, es ist von den Bäumen verdeckt. Und ich nehme an, man kann auch nichts hören – es ist ein bißchen weit weg da unten am Fluß.»

MacBride nickte nur.

Melrose mischte sich ein: «Außerdem hat der Wind gestern abend äußerst laut geheult.»

Dem stimmte Wiggins aus vollem Herzen zu, aber Russell sah Plant an, als könne er nicht fassen, daß dieser

Gast aus dem «Hirschsprung» etwas sagte, das Hand und Fuß hatte. Die Zeugenaussage von jemandem, der um sieben Uhr morgens in ein Spielhaus geht, um Katzenfutter zu holen...

«Abgesplittertes Holz», sagte Russell, «lange Kratzspuren, als ob sie versucht hätte –» Wieder unterbrach er sich respektvoll.

«Tut mir leid, John», sagte Pasco. Das Licht, das durch die spießigen Chintzvorhänge drang, höhlte MacBrides Wangen regelrecht aus. «Vielleicht sollten Sie sich hinlegen, John. Wir können später mit Ihnen reden.»

«Wo ist Neahle?» fragte MacBride und blickte hektisch um sich.

«Schläft», sagte Wiggins und schloß sein Notizbuch.

Wiggins hatte mehr Verstand als sie alle.

16

Die Auffahrt zu «La Notre» war so lang und so kompliziert angelegt, daß es Jury vorkam, als würde sie niemals enden oder als bewege er sich durch die Biegungen und Windungen eines Abenteuerspiels in Disneyland. Bei jeder Kurve erwartete er, daß etwas hervorspringen würde.

Plötzlich mußte er tatsächlich ausweichen und bremsen. Fast hätte er einen alten Mann auf einem Fahrrad erwischt, der unbekümmert um eine Kurve schwankte. Gehört wohl hierher, kennt sich wohl aus, dachte Jury und fuhr wieder los.

Am Ende der Todesfahrt durch tiefe Pfützen und herumliegende Äste wurde er mit dem Anblick eines riesigen Hauses belohnt, dessen Türme er von der gar nicht weit entfernten Straße nach Ashdown Dean schon gesehen hatte. Architektonischer Firlefanz, wie man sich ihn übertriebener nicht vorstellen konnte. Das ursprüngliche Haus war noch deutlich zu erkennen. Es war ein traditionelles Herrenhaus alten Stils, vielleicht ein Pfarrhaus gewesen, mit Flügelfenstern in der grauen, efeuüberwachsenen Fassade. Aber dann waren Türmchen, Erkerfenster und sogar Fenster hinzugefügt worden, die wie Kathedralenfenster aussahen und mit einem bemalten Gesims gekrönt waren wie ein Kuchen mit einer Glasur. Im Grunde paßte nichts zusammen: Englische, italienische, mittelalterliche und kirchenbauliche Einflüsse wetteiferten auf geradezu haarsträubende Weise miteinander.

Als Jury aus seinem Vauxhall stieg, sah er, daß sich hinter dem Haus ein riesiger italienischer Garten erstreckte. Da waren eine Statue, eine pagodenähnliche Brücke, eine korinthische Säule. Und all die Wunderwerke in Haus und Garten, über die er trotz des Anlasses für seinen Besuch am liebsten gelacht hätte, waren offenbar seit Jahren nicht mehr gepflegt worden. Efeuzweige krochen über den Boden, überall war das Gemäuer zerbröckelt, Zweige lagen herum. Und durch die Risse um die Fenster pfiff wohl jeder kleinste Windstoß ins Haus...

Ein Hausmädchen mit einem kecken Häubchen, das sie sich wohl zur Feier des Tages schnell aufgesetzt hatte, nahm auf einem angelaufenen Silberteller Jurys Visitenkarte entgegen.

Während er auf die Audienz bei der Baronin wartete, sah Jury sich in dem weiträumigen Korridor um. Auch hier befanden sich England, Griechenland und Italien in einem edlen Wettstreit. Zwischen dunklen Holzbalken standen auf Säulen griechische Büsten (was ihn unangenehm an die Köpfe erinnerte, die einst auf dem Traitors' Gate im Tower aufgespießt wurden). Die Decken zierten Cupidos und Girlanden aus Stuck. Der Boden war aus grünem Marmor, der breite Treppenaufgang aus Mahagoni. In «La Notre» ersetzte Geld den Mangel an Geschmack.

Jury wurde in einen riesigen Raum zu seiner Rechten eingelassen, der stilistisch wiederum in krassem Gegensatz zum Korridor stand, er war luftig und hell und voller Grünpflanzen wie ein großer Wintergarten. Links und rechts an der Wand zwei identische Trompe-l'œil-Fresken. Sie schienen sich gegenseitig zu spiegeln, und auch der Raum dazwischen wirkte wie eine Spiegelung – in der Mitte stand ein Marmorkamin, links und rechts davon öffnete sich eine Verandatür auf zwei gepflasterte Wege, die in die weiten Gartenanlagen führten. Jury blinzelte. Es war schlimmer, als doppelt zu sehen.

«Ganz schön verwirrend, was?» sagte die Frau auf der grünen, mit Seidenmoiré bezogenen Chaiselongue (die zu ihr, aber nicht zu dem mit Pflanzen vollgepfropften Zimmer paßte).

Ihr Lächeln war so trügerisch wie die Zwillingsfresken. Jury lächelte ebenfalls. «Sind Sie Baronin Regina de la Notre?»

«Nein. Ich bin ihr Double. Alles doppelt gemoppelt. Ist das nicht großartig?»

«Mag sein. Aber ich bin allein.»

«Schade», sagte sie und musterte ihn von oben bis unten. Dann schaute sie auf die Visitenkarte in ihrer Hand. «Kein Geringerer als ein Superintendent.» Sie wedelte mit der Karte und bat ihn, sich zu setzen.

Ihr Kleid paßte nicht zu der frühen Stunde. Es war voller Pailletten und blutrot wie ihr Lippenstift und das Rouge, ein aggressiver Ton. Sie hatte hohe aristokratische Wangenknochen.

«Ein Superintendent von Scotland Yard. Ich bin beeindruckt.»

Offenbar war die Baronin sonst nicht leicht zu beeindrucken.

Ihr Lächeln war ein wenig unangenehm, nicht, weil *sie* unangenehm war, sondern weil sie schlechte Zähne hatte. Zu viele Zigaretten und – zuviel Gin, vermutete er, als er beim Händeschütteln ihre Fahne roch. Sie sah auf die Wand hinter ihm und sagte: «Der Baron – mein verstorbener Mann – mochte diese spezielle Schule französischer Malerei.»

Ja, dachte Jury, und noch ein paar andere Schulen dazu...

Sie beugte sich vor und bot ihm eine Zigarette an – ganz prosaisch aus einer verknitterten Packung, nicht etwa aus einem goldenen Etui. «Sie kommen bestimmt wegen Una Quick. War ja wohl mitnichten ihr Herz, oder? Ermordet worden ist sie, richtig? Nicht überraschend, was? Weil sie immer ihre Nase in die Post anderer Leute gesteckt hat, stimmt's...?»

Jury unterbrach sie: «Wie kommen Sie darauf, daß Una Quick ermordet wurde?»

«Na, weil Sie hier sind.»

Wieder lächelte Jury, und nichts an diesem Lächeln

pflegte Zeugen oder Verdächtige argwöhnisch zu machen. Es war weder zynisch noch hinterhältig, so daß sie sogar Vertrauen zu ihm faßten. «Ich bin wegen einer Freundin hierhergekommen», sagte Jury.

Regina de la Notre hörte auf zu kokettieren. Sie sah ihn bloß an und sagte: «Mag sein, aber ich bin nicht Ihre Freundin, also stöbern Sie aus anderen Gründen hier herum. Una Quick war eine alberne Gans, die die Poststelle leitete, obwohl sie ein besonderes Vergnügen an der Post anderer Leute fand.»

«Wollen Sie damit andeuten, daß sie die Post der Dorfbewohner las?»

«Nein, ich will es bestätigen.»

«Woher wissen Sie das?»

«Weil ich mir selbst einen Brief aus London geschickt habe. Und weil Una meine Handschrift kannte, habe ich ihn von jemand anderem schreiben lassen und die zweite Seite verkehrt herum hineingelegt. Beim Lesen mußte sie diese Seite natürlich umdrehen. Und sie hat sie nicht richtig herum wieder in den Umschlag gesteckt.»

«Das ist sehr interessant. Bisher hatte ich natürlich einen anderen Eindruck von Miss Quick.»

«Weil die meisten Leute in Ashdown Idioten sind. Möchten Sie Tee?»

Sie hob eine silberne Kanne hoch, deren Inhalt mittlerweile längst kalt sein mußte. Jury lehnte ab, und sie langte hinter die Chaiselongue. «Gin?»

«Klingt schon besser», sagte er, obwohl er eigentlich gar keinen Gin wollte.

«Na, das ist doch ein Wort.» Sie goß den Gin in eine Teetasse. «Hab immer gewußt, daß das ganze Gesums, daß Polizisten im Dienst nicht trinken, Quatsch ist. Wie zum Teufel würden Sie in Ihrem Gewerbe ohne Alkohol einen Arbeitstag überstehen? Hier.»

Jury nahm die Tasse aus ihrer beringten Hand. Er war überrascht, denn sie brachte ihm so etwas wie Mitgefühl entgegen, womit sie sonst sicher nicht sehr freigebig war. Während sie sich eine Zigarette in eine lange, ebenfalls paillettenbesetzte Zigarettenspitze stopfte, erzählte sie weiter. «Und jetzt diese MacBride.»

Der Gin brannte Jury in der Kehle. «Und woher wissen Sie das? Ihre Leiche wurde doch erst vor ein paar Stunden entdeckt.»

Sie hob ihr Glas und zog die Augenbrauen hoch. «Ach Gott, in ein paar Stunden verbreiten sich die Skandälchen von Ashdown Dean einmal bis Liverpool und zurück. Meine Heimatstadt. Ist Ihnen vermutlich aufgefallen, daß ich keine Französin bin. Wie dem auch sei, Carrie Fleet hat es mir erzählt.»

«Carrie Fleet?»

«Mein Mündel. Mehr oder weniger. Neahle Meara kam vor einer Stunde angerannt. Sie hat Carrie alles erzählt. Obwohl ich bezweifle, daß sie viel von dem versteht, was sie sagt. Ich bin mir immer noch nicht ganz schlüssig, ob die MacBride mit unserem Constable geschlafen hat oder mit dem schmierigen Obermeutenführer Donaldson. Oder mit beiden.» Sie prostete ihm zu.

Jury schüttelte den Kopf. «Warum erzählen Sie mir dann nicht, was Sie wissen?»

Nachdem sie sich noch ein Schlückchen eingegossen hatte, schraubte sie den Verschluß wieder auf die Flasche und blickte durch die Rauchkringel zur Decke. «Gut, dann versuche ich, mich auf das Wesentliche zu beschränken. Sonst sitzen Sie den ganzen Tag hier. Das über Una und die Post habe ich Ihnen schon gesagt. Und diese scharfe Braut MacBride. Wenn jemand sie umgebracht hat, dann bestimmt nicht John. Ich glaube, er hat sie wirklich geliebt – Pech für ihn. Ich selbst habe aus Liebe geheiratet. In meinem Leben gab es nur Baron Reginald. Hätten Sie sich allerdings zwanzig Jahre früher blicken lassen, wäre vielleicht alles anders gekommen. Sie quellen ja über vor Charme, was?»

Jury lächelte. «Ich bin doch noch gar nicht lange hier.»

«Quatschen Sie keine Opern.» Sie seufzte. «Charme sieht man im Bruchteil einer Sekunde, wie eine Sternschnuppe.»

«Danke für die Blumen. Fahren Sie fort.»

«Gut. Amanda Crowley ist hinter Sebastian Grimsdale her, obwohl ich mir vorstellen könnte, daß er lieber mit einem Pferd schlafen würde als mit ihr. Ich hoffe, Sie halten unseren Constable Pasco nicht für dumm *oder* faul. Das ist alles nur Schau. Farnsworth allerdings ist beides, was nicht heißt, daß er nicht imstande wäre, das ganze Dorf zu ermorden. Paul Fleming, unser Tierarzt, ist außerordentlich klug, gutaussehend und ledig – meine Sekretärin ist verliebt in ihn. Sie heißt Gillian Kendall. Wahrscheinlich haben Sie die Namen dieser Leute schon gehört, sie vielleicht sogar schon kennengelernt. Was mich betrifft, ich bleibe lieber hier hinter den Zinnen, in königlicher Pracht, und überlasse diese Spielereien den anderen. Gelegentlich lade ich ein paar der Idioten hierher ein. Und nenne es dann Salon. Was es bedeutet, weiß ich nicht, aber Grimsdale und Madame Crowley scheinen zu glauben, ich schwimme in Geld. Und es verschafft mir eine gewisse Überlegenheit, wenn sie kommen und sich über Carrie beschweren. Den hiesigen

Tierschutzverein. Sie hat die Laube des Barons in ein Tierasyl verwandelt. Ich mag keine Tiere. Ich habe Carrie vor dem Silbermarkt in der Chaucery Lane gefunden.»

An den Verandatüren erschienen plötzlich wie Traumgestalten ein Mädchen und eine Frau. Wieder dachte Jury, er sähe doppelt: Es war, als seien sie dem Fresko entstiegen. Als sie Jury bemerkten, blieben beide stocksteif stehen, beide einen Fuß genau auf der Türschwelle.

Regina drehte den Kopf und sah von einer zur anderen, als wären sie in eine Party hineingeplatzt. «Ach, ihr seid es. Gillian Kendall, Superintendent Jury.»

Die Frau kam herein, streckte die Hand aus. In der anderen hielt sie ein paar Herbstastern. «Guten Tag.»

«Wie immer originell, Gillian.»

Gillian Kendall schenkte ihrer Arbeitgeberin ein winziges Lächeln, als sei sie es gewöhnt, herablassend behandelt zu werden. Obwohl sie keine Schönheit war, konnte Jury nicht anders, er mußte sie anstarren. Bis auf ihre griechische Nase hatten ihre Züge nichts Besonderes – Mund zu breit, Augen zu eng beieinander. Aber Haare und Augen glänzend braun – das Haar eher kastanienfarben –, und die Schlichtheit ihres beinahe prüden grauen Kleides mit dem hohen Kragen und den langen Ärmeln betonte ihre Figur. Er fragte sich, ob sie das wußte. Er beobachtete, wie sie die vom Frost braunen Blumen in einer Vase arrangierte. Keine Schönheit, aber die sinnlichste Frau, der Jury seit langem begegnet war.

Er drehte sich um und sah, daß das Mädchen ihn anstarrte. Sie hatte sich von der Verandatür nicht wegbewegt, reglos stand sie da.

«Steh nicht da wie eine Salzsäule, Carrie.» Regina winkte sie ungeduldig ins Zimmer. «Carrie Fleet, Superintendent.» Und zu Carrie Fleet gewandt: «Superintendent Jury ist von Scotland Yard.»

Carrie reagierte weder überrascht noch erfreut oder verlegen. Aber sie kam herein. Nicht, dachte Jury, weil es ihr befohlen worden war; sie kam und ging offenbar, wie es ihr paßte. Sie gab ihm auch nicht die Hand. Als sie ins Zimmer trat, verspürte Jury eine Bewegung in der Luft, eine plötzliche Veränderung in der Atmosphäre – eine Art Pause. Gillian hörte auf, den armseligen Strauß Blumen zu arrangieren; Regina zog ihre Decke ein bißchen fester um sich. Und die ganze Zeit richtete Carrie ihre blaßblauen Augen auf Jury.

«Herr im Himmel, Mädchen, sag wenigstens guten Tag.»

«Guten Tag.» Weiter sagte sie nichts. Es war, als schiebe sie sich vorsichtig von Schützengraben zu Schützengraben. Jury fragte sich nur, in was für einer Schlacht sie eigentlich kämpfte. Ein einziges Mal bewegte sie sich: Sie legte sich ihr langes Haar über die Schulter. Platinblondes Haar, bei dem man sich vorstellen konnte, daß es sich über Nacht in reines Silber verwandelte. Sie war ein Wunder an Selbstbeherrschung, und es war, als beherrschte sie in diesem Moment sogar den Raum. Unwillkürlich schaute Jury, ob die Uhr stehengeblieben war.

Carrie sagte der Baronin, sie brauche Geld für Hühnerfutter, drehte sich um und ging durch die Verandatür wieder hinaus.

Regina goß sich noch Tee und Gin nach und sagte: «Wirklich eine Strafe, dieses Mädchen.»

Gillian lächelte die Vase an. «Sie ist die einzige, die Sie mögen, und das wissen Sie.» Dann entschuldigte sie sich und ging in den Korridor.

«O Gott», sagte Regina und steckte sich noch eine Zigarette in die Spitze, «können Sie sich vorstellen, wie lebhaft wir uns immer beim Essen unterhalten?»

«Sowohl Carrie als auch Gillian scheinen ziemlich schüchtern zu sein.»

Aber Regina widersprach: «Carrie ist bestimmt schon fünfmal auf unsere Polizeiwache beordert worden.»

«Warum?»

«Weil sie *unbedingt* im Dorf überprüfen muß, welche Katzen und Hunde bekommen, was sie brauchen, und welche Tiere in den letzten Zügen liegen. Sie hat Samuel Geesons Töle, die er im Hinterhof angekettet hielt, losgemacht, ihn zu Paul Fleming geschleppt und den dazu gebracht, den Tierschutzverein zu benachrichtigen.» Regina rollte die Asche von ihrer Zigarette. «Ich habe sie in London gefunden. Sie lebte bei einem Ehepaar Brindle. Die Brindles wiederum haben sie gefunden, als sie in einem Waldstück in der Hampstead Heath herumgeisterte. Sie meinten, sie habe einen Gedächtnisverlust erlitten. Die Brindles wußten, wie man auf Staatskosten lebt. Eintausend Pfund habe ich ihnen gegeben, und jetzt setzen sie die Daumenschrauben an und wollen mehr. Warum sie glauben, mich erpressen zu können, ist mir schleierhaft. Sie *könnten* natürlich behaupten, ich hätte sie entführt.» Regina zog eine Braue in die Höhe. «Allerdings bin ich der Auffassung, *eine* Entführung reicht für ein Kind, finden Sie nicht?»

Sie langte nach einem Majolikakrug und zog einen Brief heraus. «Hier, lesen Sie mal. Vielleicht können Sie da was tun.»

Was auf den zwei Seiten stand – sie waren ziemlich schmuddelig und der Absender war des Schreibens offenbar kaum mächtig –, klang zunächst weinerlich und dann honigsüß. Jury sagte: «Sie haben mir nicht gesagt, daß Carrie mal einen schweren Schlag auf den Kopf bekommen hat.»

«Lieber Superintendent, ich wußte es ja selbst nicht. Es soll vermutlich den Gedächtnisverlust erklären. Ich glaube, sie wollen nur auf die Tränendrüsen drücken.»

«Ein ziemlich seltsamer Brief.» Jury drehte die Seiten um. Leer.

«Die Brindles haben ihre seltsamen kleinen Marotten, das kann ich Ihnen sagen.»

«‹…deshalb haben wir gedacht, in Anbetracht der Anlage, fünfhundert könnten Sie wohl noch erübrigen. Ich verbleibe mit vorzüglicher Hochachtung…›, und dann eine schwungvolle Unterschrift. Was meint er damit?»

Emsig mit dem Gin beschäftigt, sah Regina Jury an. «Daß er fünfhundert Pfund will, Superintendent. Das hat selbst mein Matschhirn daraus gelesen.»

«Was dagegen, wenn ich den behalte?»

Sie machte eine wegwerfende Handbewegung. «Keineswegs. Die arme Carrie. Noch nicht mal ihr Name ist echt. Wirklich, ich habe sie ohne jedes Dokument bekommen.»

«Das hört sich ja an, als sei sie ein Rassehund mit zweifelhaftem Stammbaum.»

Sie lachte. «Ach, Carrie würde nichts besser gefallen als ein solcher Vergleich.»

«Was ist mit Gillian Kendall?» fragte Jury.

«Sie kommt aus London und trank morgens ihren Kaffee im Café um die Ecke, als sie ein Gespräch mithörte, daß ich eine Sekretärin suche. Kaum zu glauben, aber ich langweilte mich ja schon langsam, und als sie vor sechs Monaten die Auffahrt heraufkam, sagte ich sofort ja. Eine Anzeige aufzugeben und halb Hampshire auf der Matte zu haben, hätte ich nicht ausgehalten. Aber ich weiß nicht so genau, ob ich sie leiden kann. Ich mag Leute nicht, die auf Zehenspitzen rumlaufen und immer etwas in der Hand haben – ob Vasen, Karaffen oder Blumen. Wer weiß, vielleicht ist ein Messer drin, oder ein Gewehr?»

17

SCHWER VORSTELLBAR, daß Gillian Kendall unter ihrer Strickjacke, die sie immer wieder fest um sich zog, ein Messer oder ein Gewehr verbergen sollte.

Sie gingen zwischen den Ligusterhecken des Irrgartens spazieren. Ein weiterer kleiner Scherz vom Baron, wie sie ihm erzählte. «Er ist sehr sorgfältig angelegt», sagte Gillian Kendall.

«Sind das nicht alle Irrgärten?» Jury fand, daß Regina Gillian Kendall vollkommen falsch charakterisiert hatte. Weder schlich sie auf Zehenspitzen, noch wirkte sie nervös. Im Gegenteil, sie machte auf Jury einen sehr beherrschten Eindruck. Harmonisch. Wie ein Stilleben, hätte ein Maler vielleicht gesagt. Ein Extrastrich mit dem Pinsel hier und da hätte den viel zu blassen Wangen Farbe verliehen, den Augen ein wirkungsvolles Funkeln.

«Er ist ziemlich vertrackt», erzählte sie weiter. «Zum einen ist er rund. Man hat unweigerlich den Eindruck, immer im Kreise zu gehen.»

«Im übertragenen Sinne tut man das ja auch oft.»

Sie blieb stehen und sah ihn an. Einen Augenblick lang dachte er, sie würde endlich auf den Punkt kommen. Sie sagte aber lediglich: «Ich habe mich mehrere Male hier verlaufen. Der Baron wollte offenbar sichergehen, daß seine Frau nicht wieder hinauskonnte, wenn sie einmal hier drin war. Oh, das war kein böser Wille. Beileibe nicht. Er spielte einfach gern. Hier wollte er wohl seine Schäferstündchen abhalten.» Gillian sah weg. «Komisch. Sie spricht immer noch mit erstaunlicher Zuneigung über ihn. Ich hatte gedacht, sie hätte ihn nur des Geldes wegen geheiratet.»

«Dann gehe ich also recht in der Annahme, daß Sie sie nicht besonders mögen.»

Ein Windstoß fuhr ihr durchs Haar. Sie zog die Strickjacke fester um sich, wobei sie die kleine Reihe Knöpfe verdeckte, die ihr adrettes Kleid hochmarschierten, und sagte: «Ich weiß es ehrlich gesagt nicht. Sie ist wie ein Wein, der nicht gut gealtert ist.» Gillian lachte. «Ein fünfundsechziger Bordeaux vielleicht.»

«Ein schlechter Jahrgang?»

Sie schwieg und zupfte an der Hecke. «Ein sehr schlechter Jahrgang.»

Jury vermutete, daß sie nicht über Wein sprach.

Gillian betrachtete den krummen Pfad, den sie entlanggelaufen waren; sie konnten weitergehen oder aber nach rechts abbiegen. «Wir haben drei Möglichkeiten», sagte sie. «Weitergehen, zurückgehen oder nach rechts gehen. Ich überlasse es Ihnen.»

In der Hecke war ein bogenförmiger Durchlaß. Dahinter weitere Lücken, die aussahen wie Torbögen in einem langen Flur. Er fühlte sich an das Fresko erinnert.

«Hm, der Gang hier ist ein optischer Trick, würde ich sagen. Er sieht so offensichtlich aus wie ein Fluchtweg, daß er vermutlich direkt zurück ins Zentrum führt. Also wähle ich die vierte Möglichkeit.»

«Es gibt aber nur drei. Zurück, vorwärts, hinaus.»

«Aber auch noch hinunter.» Jury genoß die Berührung ihres Armes, als er sie auf eine Bank zog. «Strategisch günstig. Setzen wir uns.»

Kopfschüttelnd nahm sie Platz. «Das ist gemein.»

«Da bin ich anderer Meinung. Vielleicht können wir uns durch Wörter einen Weg hinaus bahnen. Beziehungsweise ich kann es. Sie kennen schließlich den Weg. Sie haben mich geführt.»

Sie warf ihm einen kalten Blick zu. «Meinen Sie, ich habe Sie absichtlich in eine Falle gelockt?»

Jury lächelte. «Klar doch.»

«Ich verstehe nicht. Was habe ich gesagt?»

«Es geht darum, was Sie *nicht* gesagt haben. Sie sind mit mir hier herumspaziert und haben sich köstlich amüsiert, mir von dem Baron und seinen kleinen Scherzen zu erzählen. Da Sie aber wissen, daß ich von Scotland Yard bin, fragen Sie sich bestimmt, warum ich hier bin.»

«Warum sind Sie denn hier?»

«Sie müssen Una Quick gekannt haben.»

Sie runzelte die Stirn. «Alle haben sie gekannt. Aber Sie sind doch nicht ihretwegen hier –»

Jury unterbrach sie. «Vor ein paar Tagen ist ihr Hund vergiftet worden.»

«Das stimmt.» Sie zitterte und zog die Strickjacke fester um sich zusammen. «Es war schrecklich für Una. Dabei war sie sowieso krank. Paul – Dr. Fleming –, der hiesige Tierarzt...»

«Den habe ich kennengelernt. Was ist mit ihm?» Sie zögerte, und Jury fragte sich, wie sie wohl zu dem attraktiven Dr. Fleming stand.

«Na ja, er hat gesagt, Una hätte behauptet, die Tür des Gartenschuppens sei verschlossen gewesen.»

«Schreiben Sie den Unfall also Miss Quicks Vergeßlichkeit zu? Oder meinen Sie, er geht auf die Rechnung eines Tierfeindes hier aus dem Ort?»

«Weder – noch. Aber wenn ich es müßte, würde ich sagen, es waren die Crowley-Jungs. Sie sind fürchterlich. Der eine ist mit Sicherheit geistig zurückgeblieben, und der andere scheint es seinem Benehmen nach ebenfalls zu sein. Mir ist völlig unklar, warum Amanda Bert – er wird ‹Batty› genannt – nicht in ein Heim gibt, anstatt ihn in die Sonderschule zurückzuschicken.»

Jury schaute in den Gang mit den Bögen und sagte: «Heime können ganz schön trostlos sein.» Er dachte an seine eigene Zeit im Waisenhaus, in das die Fürsorge ihn gesteckt hatte, nachdem seine Mutter bei der letzten Bombardierung Londons umgekommen war. Er war sechs gewesen, aber immer noch wanderte er in Gedanken manchmal die kalten Flure entlang, saß auf dem Bett mit der braunen Decke, hatte den Geschmack der wäßrigen Kartoffeln im Mund. «Vielleicht liebt sie den Jungen zu sehr.»

«Amanda liebt Amanda.» Ihr Profil über dem halbhohen Kragen sah aus wie die Skulpturen im Garten. «Sie spielt die Märtyrerin. Und zwar mit mehreren tausend Pfund im Jahr. Zwanzig, meint Regina. Amanda ist die Testamentsvollstreckerin. Der Vater wußte, daß der Jüngere, Batty, unter Umständen sofort nach seinem Tod in irgendein Heim mußte und berücksichtigte das in seinem Testament.» Gillian drehte sich zu Jury um und lächelte zynisch. «Die meisten Leute lassen sich für zwanzigtausend im Jahr gern ein paar Faxen gefallen, meinen Sie nicht auch?»

Gillian Kendall wirkte eigentlich nicht zynisch. Gerade jetzt sah sie eher aus, als sei sie am Boden zerstört.

Jury wechselte das Thema. «Wer holt normalerweise die Post ab?»

Sie war verblüfft. «Hm, es kommt darauf an. Ich, manchmal Mrs. Lambeth, unsere Köchin. Randolph, der sich Gärtner nennt. Oder Carrie Fleet. Immer der, der gerade an der Poststelle vorbeikommt.»

«Hat Baronin Regina jemals den Verdacht geäußert, daß Una Quick fremde Briefe gelesen hat?»

«O ja. Ich bin auch ziemlich sicher, daß sie recht hat. Ich habe Paul – Dr. Fleming – mal eine Nachricht geschickt, und er war fest davon überzeugt, daß sie geöffnet worden war. Er lachte darüber.»

Ihr Gesicht glühte. *Sie* hatte nicht darüber gelacht.

Jury fragte sie ohne weitere Umschweife. «Und was für eine Beziehung haben Sie zu Dr. Fleming?»

Wieder Schweigen. «Keine.» Sie sah ihm direkt in die Augen. «Ich weiß auch nicht genau, ob es jemals eine war.»

«Schwer zu glauben.»

Sie sah weg.

«Die Baronin sagt, Sie seien seit ungefähr sechs Monaten hier. Sind Sie wirklich Ihre Sekretärin, oder sind Sie einfach nur da, um ihr Gesellschaft zu leisten?»

Gillian lachte. «Ich bin wirklich ihre Sekretärin. Sie genießt es, wenn ich ihr die Morgenpost vorlese. Da kann sie ihre Zigarette *und* ihren Kaffee – mit einem Schuß Gin, wie Sie sich vorstellen können – festhalten. Was die

Gesellschaft angeht, ich bezweifle, daß ich überhaupt für jemanden eine gute Gesellschaft bin.»

«Ich fühle mich eigentlich ganz wohl.»

Jetzt sah er das erste echte Lächeln. «Und wenn Sie die Strickjacke noch fester um sich ziehen, bin ich gezwungen, meine Jacke auszuziehen und sie Ihnen umzulegen. Haben Sie diesen Brief schon mal gesehen?»

Sie besah sich den Brief, den Regina ihm überlassen hatte. «*Diese* Leute. Ja, ich habe ihn gesehen –» Gillian wirkte ein bißchen erschreckt. «Aber die Brindles können doch wegen Carrie nichts unternehmen, oder?»

«Nein. Erpressung steht bei der Polizei nicht sonderlich hoch im Kurs. Finden Sie es nicht merkwürdig? Brindle schreibt von einer ‹Anlage›, die noch fünfhundert wert ist. Aber worin besteht diese ‹Anlage›?»

Gillian runzelte die Stirn. «Ich weiß nicht. Dem Brief war nichts beigelegt.» Sie las ihn noch einmal. «Ich habe angenommen, er redet über den Rest des Briefes. Die Mühen und Plagen – das arme Mädchen war offensichtlich verletzt worden. Die Arztrechnungen –» Gillian zuckte mit den Schultern.

«Brindle? Soweit ich sehe, ist er ein mieser kleiner Westentaschenganove. Lebt wahrscheinlich von Sozialhilfe. Vater Staat sorgt schon für ihn. Na ja, vergessen Sie's.»

Aber sie sah nicht so aus, als sei sie bereit zu vergessen. Jury fragte sie, ob sie das mit Sally MacBride gehört hätte.

Mit einem bitteren Unterton antwortete sie, nein, hätte sie nicht. Jury überlegte, wie viele Männer Mrs. MacBride wohl auf ihrer Liste hatte. Fleming vielleicht auch?

Jury erzählte ihr, was passiert war, und ihr Ausdruck änderte sich schlagartig.

«O Gott! Wie grauenhaft! So gut habe ich sie nicht gekannt. Ich war ein paarmal im ‹Hirschsprung› und habe mich ein bißchen mit ihr unterhalten, aber mehr nicht.» Sie legte die Hand vor Augen und sah in den kalten blauen Himmel hinauf. «Was ist bloß los im Dorf?»

«Gute Frage.» Jury stand auf. «Ich glaube, ich rede mal ein Wort mit Carrie Fleet.»

Sie lächelte. «Mehr werden Sie auch kaum aus ihr herausbekommen.» Sie erhob sich auch.

«Ich hoffe, jetzt führen Sie mich aus diesem Labyrinth hinaus.»

Sie sah ihn an, als sei sie sich da nicht so sicher.

Der ehemalige Laubengang war von Efeu und Moos überwuchert und ziemlich schludrig zugemauert worden. Manche Spalten waren gegen Wind und Wetter mit Lumpen verstopft. Heute war es aber schön, als werde es Frühling statt Winter.

Es war ein langes Gebäude, und zuerst sah er nur Holzkisten und Metallkäfige. Einige davon waren leer, sie wurden vielleicht nicht benutzt, oder ihre Bewohner hielten sich vorübergehend woanders auf.

Carrie mußte wirklich gut mit Tieren umgehen können. Es gab Katzen, Hunde, ein Hahn scharrte im Dreck, und in der größten Box – fast schon ein Pferdestall – stand ein Esel. Im Garten hatte Jury zu seiner Überraschung eines der typischen New-Forest-Ponys gesehen. Hinter einer Statue mit abgebrochenem Arm hatte es Gras gerupft und ihn durch die Bäume kurz beäugt, offenbar daran gewöhnt, daß hier ab und zu Zweibeiner aufkreuzten.

Mit Jury hatte sie nicht gerechnet. Sie hob mit der Gabel Heu in die Box des Esels. Ihr Gesicht sah aus wie geprägt, wie das Porträt der Königin auf den englischen Münzen.

Ein schwarzweißer Terrier mit nur drei Beinen wich ihr beim Arbeiten nicht von der Seite.

«Und wieso stromert ein Pony aus dem New Forest durch die Wälder von ‹La Notre›?» Jury lächelte.

Zu seinem Erstaunen wurde sie rot. Sie wandte sich wieder dem Esel zu. «Es ist von einem Auto angefahren worden. Wahrscheinlich von einem Touristen», fügte sie wütend hinzu.

«Aber wie hast du es hierhergeschafft?»

«Mit einem Pick-up.»

Er lehnte an der Tür dieses dunklen hüttenähnlichen Gemäuers und schüttelte nur den Kopf. Andererseits: Wenn sie schießen konnte, warum sollte sie dann nicht auch fahren können?

«Kümmert sich denn die Forstverwaltung nicht mehr um die Ponys? Sie stehen doch unter Naturschutz.»

«Nichts steht unter Naturschutz», sagte sie ganz ruhig. Sie trat einen Schritt zurück und betrachtete den Esel. «Den hab ich von einem fliegenden Händler. Ich mußte ihm zwanzig Pfund bezahlen. Er selbst und sein Wohnwagen mit allem Drum und Dran waren zusammen nicht soviel wert. Aber ich hatte mein Gewehr nicht dabei.»

«Hast du normalerweise ein Gewehr dabei?»

«Nein. Bloß, wenn ich im Wald bin. Wilddiebe und so.»

«Manche Leute sind vielleicht nicht so begeistert, wenn sie auf jemanden treffen, der ein Gewehr durch die Gegend schleppt, weißt du.»

Carrie öffnete die Tür eines Käfigs, in dem ein paar Trauertauben gurrten, streute etwas Futter hinein und drehte sich wieder zu Jury um. «Besonders Polizisten sehen das nicht so gerne.»

«Kann ich mir vorstellen.»

Ein langes Schweigen. Da stand sie, kerzengerade, im blauen Kleid und Pullover. Jury hatte den Eindruck, daß sie mit diesem Ort fest verwurzelt war. Und je länger sie ihn ansah, desto mehr errötete sie. Sie wandte sich ab und nahm einen ziemlich häßlichen, einäugigen schwarzen Kater aus einem Käfig.

«Blackstone», sagte sie. Sie setzte ihn hin und kauerte sich daneben. «Blackstone, komm her.» Sie sprach liebevoll und zugleich befehlend. Diesen Ton hatte Jury gelegentlich bei guten Führungspersönlichkeiten erlebt. Der Kater rührte sich nicht; er hatte anscheinend Angst. Sie legte ihm eine Spielzeugmaus hin. In der Laube war es dämmrig, sie war nur durch eine einzige Glühbirne beleuchtet. Der Kater sprang auf, und Carrie lächelte.

«Ich hab mir schon gedacht, er müßte was zu tun kriegen. Es wurde ihm langsam zu langweilig.»

Blackstone schnippte die Maus mit den Pfoten quer über den Lehmfußboden. Der Terrier sah zu und spielte dann ebenfalls mit.

«Und?» fragte Carrie. «Sie sind doch wohl gekommen, um mir Fragen zu stellen.»

«Wenn du nichts dagegen hast. Wir könnten uns irgendwo hinsetzen.»

«Ich hab zuviel zu tun, um mich hinsetzen zu können.» Geräuschvoll rüttelte sie an einer Käfigtür und versuchte sie zu öffnen. Das störte einen Dachs in seiner Ruhe.

Wieder spürte Jury jenes merkwürdige Vibrieren in der Luft und fragte sich, ob ihr seine Nähe unangenehm war. Er glaubte aber nicht, daß sie ihr Gewehr holen wollte.

«Okay. Ich will dich nicht behelligen, wenn du so viel zu tun hast. Dann vielleicht später.»

Er wandte sich zum Gehen.

«Nein!» Ein Käfig kippte um, und sie stellte ihn rasch wieder richtig hin. Der graue Fuchs darin rannte immer im Kreis herum. Sie wischte sich die Hände an ihrem Kleid ab, warf sich das Haar über die Schulter und verkreuzte die Arme vor der Brust. «Nun fragen Sie schon.»

Jury lächelte. Carrie sah weg. «Danke schön», sagte er, leidlich bemüht, sich offiziell zu geben und die Distanz zu wahren, die sie zwischen ihnen herstellte. Aber angesichts der angestrengten Miene, mit der sie Gleichgültigkeit oder Geduld gegenüber begriffsstutzigen Erwachsenen ausdrücken wollte, wußte er zunächst nicht, wie weiter.

«Zunächst einmal, Carrie: Die Crowley-Jungs hast du mit der Knarre in der Hand bedroht, um Miss Praeds Kater zu retten. Das streitest du doch gewiß nicht ab.»

Carrie sah ihn unverwandt an, natürlich stritt sie es nicht ab. Sie zog an der sehr kurzen Goldkette, die sie um den Hals trug.

Jury kam sich vor wie ein Idiot. Wie damals auf der Polizeischule, als er Zeugenbefragung gelernt hatte. Er starrte sie einfach an. (Die Mistkerle anstarren, bis sie weich werden und Vernunft annehmen.)

Carrie starrte zurück.

«Du hast auf sie geschossen.» Jury wußte, sie hatte in die Erde geschossen. Aber sie korrigierte ihn nicht.

«Was hättest du getan, wenn sie ihn wirklich angezündet hätten, Carrie?»

«Ihnen in die Kniescheibe geschossen», sagte sie ganz sachlich.

«Constable Pasco hätte dich dafür im Handumdrehen eingelocht.»

«An den bin ich gewöhnt.» In einem alten Käfig gab ein Fink mit einem bandagierten Flügel ein schwaches Gepiepse von sich. Offenbar hatte er etwas entdeckt, über das zu singen es sich lohnte.

«Wie heißt der Fink?»

«Limerick. Da ist Neahle geboren. Dann sind sie nach Belfast gezogen.» Sie öffnete den Käfig. «Du kannst rauskommen.» Aber der Vogel blieb sitzen, weswegen sie den Käfig wieder schloß. «Er mag keine Fremden. Wegen dem Gewehr werden Sie was unternehmen, oder?»

Jury lächelte. «Wenn die Baronin einen Jagdaufseher braucht, steht ihr ja wohl einer zu. Meine Angelegenheit ist es sowieso nicht.»

Darauf erwiderte sie nur: «Ich kann mit dem Gewehr umgehen. Der Baron ist gern zur Jagd gegangen und hat hier auf dem Gelände immer Schießübungen veranstaltet. Wahrscheinlich hat er ein paar Statuen den Arm abgeschossen.» Sie setzte Blackstone und die Maus wieder in den Käfig.

«Wo hast *du* schießen gelernt?»

«Ich hab's mir selbst beigebracht. Und die Baronin geht furchtbar gern in Clint-Eastwood-Filme. Mir gefällt, wie er die Knarre in beiden Händen hält.» Nachdenklich schwieg sie und kaute an einem Mundwinkel. «Sieht gut aus, der Clint Eastwood. Die Baronin behauptet, der Baron hätte ihm ähnlich gesehen», sagte sie und redete rasch weiter, damit er nicht merkte, daß sie womöglich etwas Schmeichelhaftes über einen Polizisten sagte. «Aber ich habe genug Bilder vom Baron gesehen und weiß, was *da* dran ist.»

«Tust du mir einen Gefallen und setzt dich mit mir auf die Bank da?» Jury deutete nach draußen.

«Wenn ich fertig bin», antwortete sie.

Innerlich lächelte Jury. Es war, als versuchte man, einen der Monolithen in Stonehenge zu versetzen. Er beobachtete, wie sie in dem diffusen Licht, das dünne Streifen Grün auf die Wände der Laube und ihr Gesicht warf, ihre Tiere fütterte. Die Zeile eines Gedichts ging ihm durch den Kopf: *Ein grünes Mädchen in einem grünen Schatten.* Das traf genau auf Carrie zu, die es natürlich gehaßt hätte, mit einer hübschen Gestalt in einer alten Romanze verglichen zu werden.

18

ALS SIE ENDLICH AUF DER STEINERNEN BANK saßen, der Hund Bingo lag darunter, nahm Jury seine Zigaretten heraus.

«Wollen Sie rauchen?»

«Hast du was dagegen?»

«Meine Lungen sind's nicht.»

Schweigen. Jury rauchte und Carrie Fleet dachte nach. Schließlich sagte sie: «Für einen Polizisten reden Sie nicht viel.»

«Du für eine Fünfzehnjährige auch nicht.»

«Reden ist ein nervöser Tic.»

Jury lächelte. «Stört es dich, wenn ich dir ein paar Fragen stelle?»

«Nein. Ich bin an die Polizei gewöhnt.»

«Ach so, weil du dich ein-, zweimal mit Constable Pasco unterhalten hast.»

Sie senkte den Kopf und zählte mit den Fingern: «Acht. Obwohl er hundertacht draus macht.»

«Soviel Ärger gibt's?»

Sie sah zu dem eisblauen, eiskalten Himmel hoch. «Für mich nicht.»

«Für Pasco schon.»

Dazu sagte Carrie nichts.

«Du hast Una Quick und ihren Hund gekannt. Und anscheinend alle anderen Hunde und Katzen auch. Was, glaubst du, ist passiert?»

«Unfälle waren es nicht.»

«Warum nicht?»

Sie bohrte die Spitzen ihrer Turnschuhe in die Erde. «Zwei Hunde und eine Katze. Und zwei Menschen. Ganz schön viele Unfälle für eine Woche.»

Die Katze und die Hunde hatte sie natürlich zuerst genannt. «Irgendeinen Verdacht?»

«Vielleicht.»

«Was dagegen, mir davon zu erzählen?»

«Vielleicht.»

Jury besah seine Kippe und lächelte. «Ich würde lieber die Königin befragen.»

Ihre blauen Augen wurden groß. «Haben Sie die schon mal befragt? Was hat sie gemacht?»

«Nichts.» Er lachte.

Langsam erwachte das Interesse an Scotland Yard. Sie

holte tief Luft und drehte sich weg. Jury warf einen Blick auf ihr Profil – vollkommen, aber das wußte sie nicht. Das Kind in ihr war plötzlich aufgetaucht und versteckte sich wieder.

«Also, da es sich hier um Tiere handelt, glaube ich, daß du dir doch ein paar Gedanken gemacht hast. Weil dir Tiere wichtig sind.»

Sie stocherte immer noch in der Erde herum. «Vielleicht.»

Diesmal blieb ihr das Wort beinah im Halse stecken, nur mit Mühe brachte sie es heraus. Sie drehte sich wieder zu ihm. «Es ist jemand aus dem Dorf.»

Überrascht hielt Jury, der gerade seine Zigarette austreten wollte, inne. «Wie kommst du darauf?»

Haßerfüllt stieß sie hervor: «Weil ich nicht glaube, daß jemand aus London kommen würde, um die Katze der Potters oder Una Quicks Hund zu vergiften. Und wenn ich herausfinde, wer –» Ihr Ton war wild entschlossen.

«Dann solltest du das doch der Polizei erzählen.»

Sie sah ihn bloß an. Hoffnungslos.

«Hast du denn eine Liste mit Verdächtigen?»

«Haben Sie keine?»

Jury zog sein Notizbuch heraus. «Ich bin ja noch nicht so lange hier wie du. Ich bin erst gestern angekommen. Macht es dir was aus, es mir zu erzählen?»

«Ja.» Sie legte schützend die Hand über die Augen und sah wieder zum Himmel hoch. «Wahrscheinlich gibt es Frost, und da wird sich Mr. Grimsdale freuen. Er kann's kaum abwarten, die Hunde rauszuholen. In ein paar Tagen gibt es eine Jagd.» Sie seufzte. «Es ist immer soviel *Arbeit*.»

«Was?»

Ihre blauen Augen wanderten über sein Gesicht.

«Fuchsröhren aufmachen.»

Jury lächelte. «Wie machst du das denn? Gehst du immer sofort hinter dem her, der sie verstopft?»

«Brauch ich nicht. Ich weiß, wo sie sind.» Sie nickte zu der baufälligen Laube und dem daran genagelten groben Holzschild, auf dem *Tierasyl* stand. «Der Fuchs, den ich da drin habe, gehört ihm. Er ist krank. In ein paar Tagen laß ich ihn frei.»

«Gütiger Himmel», lachte Jury. «Kaum zu fassen, daß Grimsdale ausgerechnet dich die Krankenschwester spielen läßt.»

«Ich habe ihn gestohlen.» Als Jury den Mund aufmachte, seufzte sie. «Jetzt kommt's. Die Standpauke. Aber das ist einer von den Füchsen, die er mit einem Sack gefangen hat. Sie meinen wohl, es ist in Ordnung, Füchse mit Säcken zu fangen und sie in einem Zwinger zu halten, bitte, predigen Sie los.»

«Nein, keine Standpauke. Weiß er es?»

«Kann sein. Aber in mein Tierasyl kann er nicht. Das wäre, als holte man einen Dieb oder so was aus einer Kirche.»

«Wenn Grimsdale es nicht versucht, liegt das wohl eher daran, daß er Angst um seine Kniescheiben hat als daran, daß er besonders gottesfürchtig wäre.»

Sie lächelte ganz kurz. Ein so entschlossenes Kinn und einen solch unbeugsamen Blick hatte er noch nie gesehen. Wieder zerrte sie an der Goldkette, deren Glieder zart wie Spinnweben waren. Jury hätte nicht gedacht, daß sie großen Wert auf Äußerlichkeiten legte. Sie zog die Kette ganz aus dem Pullover. Ein schmaler Ring war daran befestigt, ein Amethyst. Für ihre Finger war er zu eng.

«Der ist aber sehr hübsch.»

Sie nickte. «Ich wünschte, *meine* Augen hätten diese Farbe.»

Jury sah lächelnd weg. Sie hatte offenbar Polly Praed gesehen. «Ist das ein besonderer Ring?»

Carrie hielt ihn Jury hin. «Können Sie lesen, was drauf steht? Die Schrift ist so klein, daß ich sie kaum erkennen kann. Ich glaube, er ist von meiner Mutter.»

Jury kniff die Augen zusammen und sagte: «Ein großes C und ganz winzig die Worte *von Mutter.*» Er fragte sich, warum sie so ausführlich über den Ring sprechen wollte. «Das steht also darauf. Erinnerst du dich an sie?»

Sie schüttelte den Kopf und steckte den Ring wieder unter den Pullover.

Thema beendet.

Sie blieben eine Minute so sitzen, dann sagte Jury: «Es wäre schon nützlich, wenn man wüßte, wer durch die Gegend läuft und all die Tiere massakriert.»

«Und all die Menschen», sagte sie ruhig. «Una Quick und Mrs. MacBride. Ich wär gar nicht überrascht, wenn es noch mehr würden.» Wieder drehte sie ihr Gesicht zum Himmel, als sei das Wetter ihre einzige Sorge: «Sieht wirklich nach Frost aus!»

19

AMANDA CROWLEY TRUG Whipcordhosen und ein Tweedjackett. Fehlte nur noch, daß sie wie Sebastian Grimsdale und seine Hundemeute schnüffelte, ob Kälte und Frost die Jagdsaison ankündigten. Jury kam sich in dem Cottage vor wie in einer hübsch eingerichteten Sattelkammer. Es roch nach Lederpolitur und Pferden.

Nachdem sie kurz und knapp die allernotwendigsten Höflichkeitsfloskeln ausgetauscht hatten, sagte sie als erstes: «Bald beginnt die Jagd, zu dumm, daß die Jungs nicht hier sind.» Dann blickte sie um sich, als sei sie überrascht, daß sie weg waren.

«Zu dumm, ja. Ich habe gehört, daß sie wieder in der Schule sind.»

«Erst seit zwei Tagen. Sie hatten Ferien...»

Zur Strafe nach Hause geschickt worden, besser gesagt, dachte Jury.

«Ich habe wirklich nicht viel Zeit, Superintendent. Ich werde in ein paar Minuten im ‹Haus Diana› erwartet. Mir ist auch völlig unklar, warum Sie hier sind.»

Wieder lächelte er und verführte Amanda zu einer Reaktion, die ihr gewiß nicht behagte. Sie fiel nämlich auf sein Lächeln herein. Sie zog sich den Pullover unter dem Jackett glatt und fuhr sich mit der Hand durch das straff zurückgekämmte Haar. Sie war dünn, ihr Haar schimmerte; ohne die Falten um den Mund wäre sie attraktiv gewesen, so aber wirkte sie rundum frustriert.

«Ich wüßte zum Beispiel gern, wie gut Sie Sally MacBride gekannt haben.» Jury bot ihr eine Zigarette an.

Sie nahm eine, rollte sie einen Moment lang zwischen den Fingern und ließ sich dann Feuer geben. Nach kurzem Schweigen sagte sie: «Kaum. Schrecklich, was da passiert ist. Der arme John.»

Amanda schlug die Beine übereinander. Vom Oberschenkel bis zu den Knöcheln waren sie wohlgeformt, wie die engen Hosen eindeutig sehen ließen, aber angespannt wie die ganze Person. Geistesabwesend nahm sie die Reitgerte vom Tisch und rieb sich damit am Bein entlang.

Was Freud wohl dazu sagen würde, fragte er sich. Wie sie sich wohl mit Grimsdale verstand? «Was bedeutet ‹kaum›, Mrs. Crowley? Daß Sie ihr nur guten Tag gesagt haben oder auch noch ‹schöner Morgen heute›?»

«Na ja, *natürlich* habe ich ab und zu mit ihr geplaudert. Ich gehe oft in den ‹Hirschsprung›. Das gilt ja wohl für uns alle.»

Jury zuckte mit den Schultern, stützte das Kinn auf die Hand und sagte: «Ich frage mich ja nur.» Sein Ton war sanft. Er war nicht auf Konfrontationskurs, selbst wenn sie das stark anzunehmen schien.

«Und ich frage mich, was das hier alles soll. Was wollen Sie über Sally wissen?»

«Was ist dann mit Una Quick? Denn *die* haben Sie doch ganz gut gekannt.»

Die dünnen Linien um ihren Mund vertieften sich. «*Alle* kannten Una Quick. Und ich frage Sie *immer* noch, um was es hier geht.» Sie schaute auf ihre Uhr mit dem soliden Lederarmband, als ob sie ihm gnädigerweise noch eine halbe Minute gewährte.

«Um Klatsch und Tratsch», sagte Jury.

Sie kniff die Augen zusammen. «*Ich* klatsche nicht, Superintendent. Ich hab was Besseres zu tun.»

«Ich habe auch nicht behauptet, daß Sie klatschen. Una Quick traue ich es aber zu, da sie ja die Poststelle in ihrem ganz persönlichen Stil geführt hat.» Jury sah sich im Zimmer um. Holztäfelung, Sättel – einer auf einem alten Schaukelpferd –, Reitpeitschen, Stiefel; zwei aus Messing flankierten den Kamin. Sie trank aus einem Glas mit eingravierten Steigbügeln. «In drei Tagen zwei Unfälle. Tödliche. Von den Hunden und der Katze ganz zu schweigen. Finden Sie das nicht merkwürdig?»

«Nein, keineswegs. Una hatte ein schlechtes Herz, und Sally hatte das Pech, in diese Falle, das Spielhaus, zu geraten.» Sie besaß wenigstens den Anstand, zu zittern und sich beunruhigt den Arm zu reiben. «Der Wind hat wahrscheinlich die Tür zugeschlagen. Schrecklich, wenn man Klaustrophobie hat –»

«Wußten Sie, daß sie unter Platzangst litt?»

«*Alle* wußten es. Einmal ist sie mit der U-Bahn im Tunnel steckengeblieben und in Ohnmacht gefallen. Seitdem mußte sie immer mit Licht schlafen.»

«Finden Sie es nicht merkwürdig, daß Mrs. MacBride mitten in der Nacht in Neahles Spielhaus gegangen ist?»

Ein wissendes Lächeln. «Vielleicht ein Rendezvous, Superintendent?»

Viel Mitgefühl wurde auf die tote Frau wahrhaftig nicht verschwendet. «Mit wem?»

«Mir fallen einer oder zwei ein. Zum Beispiel Donaldson. Obwohl ich dachte, daß sie sich immer bei ihm trafen. Und dann gibt's ja auch immer noch unseren Constable, nicht wahr? Und Paul Fleming. Zu dumm für Gillian Kendall.»

Jury biß die Zähne zusammen. Dann lächelte er. «Da Sie ja aus Prinzip nicht klatschen, Miss Crowley, wissen Sie vielleicht, wer mir weiterhelfen kann?»

«Hm, ich rede nicht gern schlecht über Tote. Aber Sally MacBride verstand sich ziemlich gut mit Una Quick.»

«Je davon gehört, daß Miss Quick sich an der Post vergriff?»

«Na ja, Billy und Batty *haben* mal gesagt –»

Sie ließ das Thema Billy und Bertram schleunigst fallen, und Jury griff es ebenso schleunigst wieder auf. «Dieser Vorfall mit Miss Praeds Kater –»

Um erst einmal abzulenken, behauptete sie, sie habe keine Ahnung, wer Miss Praed sei. «Die Frau, die im ‹Haus Diana› wohnt. Deren Kater aus dem Auto gestohlen wurde –»

Amanda unterbrach ihn. «Das haben Sie natürlich von Carrie Fleet. Die ist ja wohl kaum ernst zu nehmen.»

«Angeblich waren Ihre Neffen gerade dabei, Miss Praeds Kater bei lebendigem Leibe zu verbrennen.»

«Das Mädchen werde ich wegen übler Nachrede vor Gericht bringen.» Heftig drückte sie ihre Zigarette aus.

«Dann müßten Sie die Baronin vor Gericht bringen. Ich glaube nicht, daß Sie gewinnen würden. Dr. Fleming hat den Kater gesehen.»

«Das beweist *nicht*, daß meine Jungs –»

Jury verlor die Geduld. Nur mit Mühe konnte er sich beherrschen. «Miss Crowley, ich bin nicht hier, um wegen des Katers Anzeige zu erstatten. Mich interessiert der Tod von Una Quick und Sally MacBride. Und das Motiv für den Mord an ihnen.»

In der düsteren Atmosphäre des kleinen Wohnzimmers starrte sie ihn an. «*Mord?* Sie sind beide durch einen Unfall gestorben.»

«Das bezweifle ich.»

«Dr. Farnsworth hat Unas Totenschein unterschrieben.»

«Sie litt unter krankhaften Angstzuständen, stimmt.» Amanda zuckte die Schultern. «Sie war herzkrank!»

«Daß jemand jeden Dienstag seinen Arzt anrufen

muß, um Bericht zu erstatten, ist wohl zwanghaft genug, um von einer Phobie sprechen zu können.»

Erneutes Schulterzucken. «Da kenne ich mich nicht aus.»

Jury erhob sich. «Machen Sie sich keine Gedanken über Ihre eigene, Miss Crowley?»

Abrupt sah sie auf. «Meine eigene?»

«Über Ihre Phobie. Vor Katzen.» Jury lächelte und sagte: «Ich wäre vorsichtig, wenn ich Sie wäre. Danke für Ihre Zeit.»

Sie schenkte sich die Mühe, aufzustehen und ihn zur Tür zu begleiten. Ihr Mund stand immer noch offen.

20

Der «Hirschsprung» war außer für Logiergäste und die Polizei geschlossen, und statt des immer freundlichen John MacBride stand die patzige Maxine Torres hinter dem Tresen.

Als Jury einen doppelten Whisky bestellte, rechnete er fast damit, daß sie sagte: *Extrawürste brate ich nicht.* Und als Wiggins um einen Grog mit heißer Butter bat, erntete er einen so mißbilligenden Blick aus ihren feurigdunklen Augen, daß er glatt darauf verzichtet hätte, wenn er nicht unbedingt einen Grippeanfall hätte abwehren müssen.

«Die Küche ist geschlossen», sagte Maxine. «Bier, Gin oder Whisky, okay. Sherry gibt's auch. Aber nichts, was gekocht werden muß.»

«Etwas Wasser und Butter erhitzen kann man ja wohl kaum als Kochen bezeichnen», sagte Wiggins.

«Was? Bei mir ist alles Kochen, wozu man den Herd braucht.» Dann leierte sie wieder die Litanei der Getränke herunter, die sie holen würde. Diesmal ließ sie den Sherry aus. Dafür hätte sie den Tresen entlangwandern müssen. Die anderen Flaschen hingen direkt hinter ihr.

Wiggins gab nach. «Kognak.»

«Kognak», wiederholte sie, drückte ein Ballonglas unter den Portionierer und knallte es dann auf den Tresen. Alles in einer einzigen Bewegung. Sie sollte Flamencotänzerin werden, dachte Jury.

Wiggins war überzeugt, daß er von einer Krankheit heimgesucht wurde, die in den Annalen der Medizin bisher unbekannt war. Auf dem Rückweg von Flemings Labor hatte er ununterbrochen geniest und Jury gefragt, ob er dort wohl gegen etwas allergisch gewesen war. Gegen Katzen- und Hundeborsten vielleicht, hatte Jury ihn beschwichtigt. Wiggins machte sogar aus einer Allergie eine tödliche Krankheit.

Jetzt saß er neben Jury, ebenso fest überzeugt, daß er sich etwas eingefangen hatte, wie Maxine Torres entschlossen war, ihn seinem Schicksal zu überlassen. Sie saß am anderen Ende des Tresens, feuchtete sich einen Finger an und blätterte träge in einem Modemagazin. Ihr Gespräch mit Russell hatte ihr Wohlbefinden offenbar nicht beeinträchtigt, der Tod Sally MacBrides lenkte ihre Aufmerksamkeit vor allem auf eine neue Garderobe.

Die Tür ging auf, und Polly Praed kam herein. Bei dem Windstoß, der durch das Zimmer ging, als sie die Tür öffnete, erbebte Wiggins. Maxine blickte verdrossen hoch und verkündete, der «Hirschsprung» sei geschlossen. Aus Pietät. Sie sah die drei Gäste der Reihe nach an, als ob sie allein Respekt für die Tote habe.

«Ich bin mit Lord Ardry verabredet», sagte Polly. Maxine grummelte, aber als provisorische Wirtin mußte sie Polly bedienen.

Als Polly einen Sherry bestellte, strafte Maxine sie mit einem Blick, der hätte töten können, und begab sich zum anderen Ende des Tresens. Polly rief hinter ihr her: «Tio Pepe.»

«Ham wir nich», sagte Maxine, ohne auch nur eine einzige Flasche anzusehen. Sie kam mit der am nächsten greifbaren zurück, Bristol Cream.

«Ich *mag* keinen süßlichen Sherry.»

Maxine zuckte mit den Schultern. «Dann müssen Sie wohl ganz verzichten.»

«Ist sie nicht charmant?» sagte Jury.

Polly schaute ihn im Spiegel an und setzte ihre große Brille zurecht. «Oh, guten Tag.»

Jury schüttelte den Kopf. «Tag, Polly.» Er bat Maxine um ein Glas Bitter. Zum Glück war dieser Zapfhahn direkt vor ihr.

«Hallo, Sergeant Wiggins.» Polly strahlte ihn an. Er strahlte zurück. «Ich bin mit Lord Ardry verabredet», sagte sie zum Spiegel und ließ den Blick durch den vom Feuer erhellten Raum schweifen – über die Messinghufeisen über dem Tresen und das Gemälde über dem Kamin... Nur Jury sah sie nicht an.

«Polly, hören Sie doch endlich mit diesem ‹Lord-Ardry›-Quatsch auf! Sie wissen, daß Melrose die Titel abgelegt hat.» Sie wurde rot, öffnete ihre Handtasche und kramte hektisch darin herum, als ob sie dort die Beweise für Plants Adelstitel suchte. Sie sagte: «Ich kann ja wohl schlecht Melrose zu ihm sagen, wenn ich ihn kaum beziehungsweise gar nicht kenne.» Sie fuchtelte mit ihrem Sherryglas herum.

«Meine Güte, nachdem Sie soviel Zeit mit ihm in Littlebourne verbracht haben?»

Sie schwieg.

«Sie erinnern sich doch an Ihr eigenes Dorf, Poll? Der Mord, die Briefe –»

«Poll? Das klingt ja, als ob ich ein Papagei wäre.»

«Dabei sind Sie nicht halb so gesprächig.»

In diesem Moment kam Melrose die Treppe herunter. Als er Polly sah, hellte sich seine düstere Miene auf.

«Hallo, Polly. Fertig zum Abendessen?»

Alarmiert sah Maxine auf.

«Oh, *keine* Sorge. Sie würde ich nicht einmal bitten, Wasser aufzusetzen.»

«Mitgefangen, mitgehangen, was?» Plant begutachtete das Dekor des Restaurants in Selby, das man ihnen empfohlen hatte. Die Stadt war bezaubernd, das Restaurant, oder besser die *taverna* nicht – nach Melroses Urteil zumindest nicht.

«Sie haben immer was zu meckern», sagte Polly und trank seelenruhig ihren Wein.

«Ich? Jetzt entschuldigen Sie aber mal. Ich beschwere mich selten. Ich mache mir nur einfach nichts aus aufgetauter Spanakopita. Und dieser Retsina schmeckt wie Lebertran.» Er nahm einen Schluck und verzog das Gesicht. «Ich glaube, die Kellner und Mama Taverna gehören in Wirklichkeit zur Familie Torres. Griechische Zigeuner.» Melrose stocherte in einem gefüllten Weinblatt. «Das erinnert mich an den Horrorfilm über Organhandel.»

«Ich bitte Sie», sagte Jury. «Sie vermiesen mir das ganze Essen.»

«Verzeihung. Ich wollte nicht unhöflich sein. Ich will nur wieder zurück nach England.»

«*Ich* muß zurück nach London. Obwohl Racer vermutlich noch gar nicht weiß, daß ich weg bin.» Er sah Polly an. «Also, ich vermute, daß Una Quick den Ausflug auf den Hügel nicht gemacht hätte, wenn er nicht verdammt wichtig gewesen wäre –»

Polly sah völlig niedergeschlagen aus.

«– aber die Sache mit dem Schirm; das ist mir überhaupt nicht aufgefallen.»

Pollys violette Augen glühten. «Man kann doch nicht erwarten, daß Ihnen *alles* auffällt. Ich schreibe Krimis; ich habe mich dazu erzogen, die Dinge genau zu sehen.»

«Scotland Yard natürlich nicht», sagte Plant ironisch und winkte einen Kellner herbei, der sich ärgerte, weil er aus einem lebhaften Gespräch gerissen wurde.

Polly ignorierte Plant und kaute ein Stückchen knuspriges Brot. «Sie ist vor dem Sturm hinausgegangen.» Sie zog die Stirn in Falten.

Jury wartete, daß sie von A zu B überging. Aber sie zuckte nur mit den Schultern.

«Und der Sturm hat ihre Telefonleitung nicht beschädigt», sagte Plant. «Also hat sich jemand daran zu schaffen gemacht –»

«Mein Gott, sind Sie aber schlau», sagte Polly gereizt. «Das wollte ich nämlich gerade sagen.»

«Gut. Dann haben Sie wahrscheinlich auch haarscharf gefolgert, daß jemand gewußt haben muß, daß Una Quick den Anruf machen mußte, und daß er sie zwingen wollte, den Hügel hinaufzugehen.»

«Keine sehr erfolgversprechende Technik, jemanden zu töten», sagte Polly.

«Ich erinnere nur an den Hund.»

«Was?» Polly sah argwöhnisch auf ihren Teller Taramas.

«Den Hund», wiederholte Plant und bat um die Weinkarte. Der Retsina war Pollys Idee gewesen.

«Meinen Sie nicht?» redete Plant über Polly hinweg.

«Was ist das denn für Zeugs? Sieht aus wie Barney's Katzenfutter.»

«Katzen und Hunde», sagte Jury. «Schon der Tod des Terriers *hätte* angesichts ihres schlechten Gesundheitszustands eine tödliche Herzattacke verursachen können. Hat er aber nicht. Und dann wurde die alte Frau sofort nach dem traurigen Begräbnis gezwungen, den Hügel zur Telefonzelle hinaufzukeuchen.»

«Was immer noch keine Garantie für ihren Tod war. Polly, gucken Sie mein Schisch Kebab nicht so begehrlich an. Essen Sie Ihr Katzenfutter.»

«Es sei denn, es war jemand am anderen Ende der Leitung», sagte Jury.

Polly langte schnell hinüber, gabelte ein saftiges Stück Lammfleisch von Melroses Teller und sagte: «Sie meinen, Una Quick *hat* telefoniert?»

«Ich nehme an, jemand hat ihr gesagt, daß sie ihn oder sie zu einer bestimmten Uhrzeit anrufen soll.»

«Farnsworth», sagte Plant. «Alle im Dorf wissen, daß sie ihn immer dienstags abends anrief.»

«Das bedeutet aber nicht, daß sie tatsächlich Farnsworth angerufen hat.»

Polly hatte sich die Hälfte von Melroses Essen genommen, hörte auf zu kauen und lehnte sich zurück. «Sie wollen damit sagen, es war keine Aussage über ihren Gesundheitszustand, der zu ihrem Tod führte?»

Jury schüttelte den Kopf. «Eher etwas ganz Schlimmes. Etwas Tödliches. Eine Drohung vielleicht.»

«Ich habe deinen Hund getötet, und du bist als nächstes dran, Una», sagte Plant. «So etwas vielleicht.»

«Das meine ich auch. Es hätte vielleicht auch über ihre eigene Telefonleitung geklappt. Sie aber vorher zu körperlicher Anstrengung zu zwingen machte es im wahrsten Sinne des Wortes zu einer todsicheren Sache, was meinen Sie?»

Polly hatte Melroses Abendessen fast verputzt, lehnte sich zurück, setzte sich die Brille wieder auf und starrte an die Decke. «Was für eine absolut wunderbare Art, jemanden umzubringen –»

«Also wirklich», sagte Melrose, der gerade die Weinkarte studierte. «Wie wär's mit einer Flasche Blut, Polly? Schlechter als der Lebertran schmeckt das auch nicht.»

«Nein, ich meine es ernst –»

«Ich weiß, daß Sie es ernst meinen. Hier kommt Ihr Moussaka. Ich nehme mir mal ein bißchen –»

Sie schlug seine Hand von ihrem Teller weg. Melrose bestellte beim Kellner eine Flasche Châteauneuf-du-Pape, woraufhin der ihn entgeistert ansah. «Wir haben Retsina, dann unseren Hauswein...» Er nannte noch zwei, drei weitere Weinsorten.

«Warum ist der Châteauneuf-du-Pape dann auf der Weinkarte?»

«Was weiß ich? Nehmen Sie den Hauswein.» Der Kellner verschwand.

Polly redete weiter. «Es ist genial. Der Mörder oder die Mörderin verstellt seine oder ihre Stimme, begibt sich aber nicht in die Nähe des Opfers. Und selbst wenn es *nicht* klappt, kann Una schlimmstenfalls sagen, sie sei bedroht worden. Und das Wetter war einfach ein glücklicher Zufall für den Mörder. Es sieht aus, als ob der Sturm Unas Leitung heruntergerissen hätte, und dabei war sie längst durchgeschnitten.»

«Und Sally MacBride?» fragte Polly, ihr Moussaka mampfend.

«Ich glaube, ich nehme ein Schisch Kebab», sagte Melrose.

Sie starrte ihn an. «Das haben Sie doch gerade gegessen.»

«Es könnte tatsächlich so ähnlich abgelaufen sein», sagte Jury, während Plant den Kellner einmal mehr aus seinem Gespräch herausriß. «Vermutlich wußte eine Anzahl Leute über ihre Klaustrophobie Bescheid, darüber, daß sie bei Licht und offener Tür schlief –»

Der Kellner schlenderte herbei, gähnte und schaute Plant an, der sagte: «Noch ein Schisch Kebab, wenn ich bitten darf.»

«Sie haben doch gerade eins gegessen», sagte der Kellner und sah ihn erbost an.

«Das habe ich ihm ja auch schon gesagt», sagte Polly und nahm sich die Dessertkarte vor.

«Ich weiß, daß ich gerade eins hatte», sagte Melrose. Er langte hinter sich, nahm seinen Ebenholzstock mit Silberknauf, ließ einen Verschluß klicken, und der Stock ging auseinander. «Sie können gerne meinen Spieß benutzen.»

Der Kellner starrte auf Plants Stockdegen und wich zurück. Dann brabbelte er was auf griechisch und eilte von dannen.

«Solche Waffen sind verboten», sagte Polly zu Jury.

«Schon gut. Darf ich weiterreden? Eine Menge Leute wußte es – Sally war sehr redselig. Eine Klatschtante könnte man geradezu sagen.»

«Sie hat über die U-Bahn geredet», sagte Plant. «‹Da bringen mich keine zehn Pferde mehr rein›, hat sie gesagt. Und daß der Zug mal steckengeblieben und sie fast ohnmächtig geworden ist. Dasselbe ist ihr auch mal in einem Aufzug passiert.»

Das Schisch Kebab erschien so plötzlich, daß Jury zu dem Schluß kam, Plant hatte recht. Nichts wurde frisch zubereitet. Der Kellner löschte die Flammen des flambierten Gerichts, stellte den Teller ab und flitzte weg.

«Der Service hat sich entscheidend verbessert.» Plant spießte ein Stück Lammfleisch auf und studierte es stirnrunzelnd. «Also jetzt, das Spielhaus. Sally hatte bestimmt nicht das leiseste Interesse, dorthin zu gehen.»

«Es könnte sie jemand überredet haben», sagte Polly.

«Stimmt. Es ging aber auch noch viel einfacher. Nehmen Sie, nur mal als Beispiel, Donaldson. Oder sogar Pasco. Es ist doch ein offenes Geheimnis, daß Sally MacBride nicht nur mit einem Mann in Ashdown was laufen hatte. Was wäre mit einem mitternächtlichen Schäferstündchen, bevor sie abfährt?»

«Oder», sagte Jury, «jemand schickt ihr eine Nachricht von einem der beiden. ‹Komm zum Spielhaus... es geht um Leben und Tod.› So was in der Art. In das Häuschen kann ja jeder. Und es ist von der Kneipe abgeschirmt. Es gab ein Dutzend Wege, die MacBride dahin zu kriegen.»

«Aber wie kriegte man sie *in* die Bude? Nur wenn sie reinging, konnte es wie ein Unfall aussehen.»

«Wenn man sie davon überzeugen konnte, daß die Person, die sie treffen wollte, schon drin war oder zu einer festgesetzten Zeit kommen würde, würde sie vielleicht hineingehen.»

«Sie meinen, der Killer wartet, schließt die Tür. Und geht weg.»

«Vielleicht. Nachdem er den Türknauf innen entfernt und die Birne aus der Lampe genommen hat.»

Polly zitterte. «Clever, aber mein Gott, so was zu machen. Baklava», fügte sie hinzu.

«Was?»

«Mein Nachtisch. Und Kaffee.» Ohne Pause redete sie weiter. «Der Punkt ist, in beiden Fällen macht sich der Mörder die Schwachstellen der Opfer zunutze. Einmal ist es das Herz, das andere Mal sind es geschlossene Räume. Der Killer muß keine Waffe anfassen, so daß es außer Fußabdrücken in der Erde natürlich auch keine Spuren gibt.»

«Sie lesen zu viele von Ihren eigenen Krimis. Ich bezweifle, daß *diese* Person so dumm war, derartige Spuren zu hinterlassen», sagte Plant.

Polly sah ihn giftig an. «Ich hinterlasse *nie* Fußabdrücke in der Erde.»

«Und was ist mit den Tieren – die Katze der Potter-Schwestern und dem anderen Hund?» fragte Plant.

«Falsche Fährten, vielleicht. Um die Aufmerksamkeit von Una Quicks Hund abzulenken. Ich wäre gar nicht überrascht, wenn der Mörder wirklich gedacht hat, der Tod des Terriers würde ihr den Garaus machen.»

«Ulkig. Wenn ich hinter Tieren her wäre, würde ich in dem Tierasyl von Carrie Fleet zuschlagen.»

Jury lächelte. «Bei Carrie Fleet würde ich zuallerletzt

zuschlagen.» Er nahm den Brief von Brindle aus der Tasche. «Was halten Sie hiervon?»

Sie lasen ihn beide. Polly schüttelte den Kopf. «Mehr Geld?»

Plant schielte über seine Goldrandbrille hinweg und sagte: «Was ist das für eine ‹Anlage›?»

«Das frage ich mich auch.»

«Etwas fehlt in dem Umschlag», sagte Plant.

«Es ist wohl eher rausgenommen worden.» Jury steckte den Brief wieder in die Tasche. «Ich fahre morgen nach London. Würden Sie wohl mein Zimmer im ‹Haus Diana› übernehmen, Melrose?»

«Ihr Zimmer? Warum?»

«Weil ich möchte, daß Sie Sebastian Grimsdale im Auge behalten und Donaldson und die Crowley, die ganze Bande. Wiggins ist da, aber zwei Leute wären mir lieber. Ich meine, drei», sagte er zu Polly gewandt. «Erzählen Sie Grimsdale von Ihren Hirschjagden.»

«Ich und einen Hirsch *jagen*? Ich weiß ja noch nicht mal, wie ein Hirsch aussieht.»

Da sagte Polly, die gerade die Reste ihrer Baklava verspeiste: «Lügen Sie. Das können Sie doch gut.»

«Dann reden Sie mit ihm über die Fuchsjagd. Im Rackmoor saßen Sie hoch zu Pferde. Erinnern Sie sich?»

«Und ob. Kalter Toast und Haferschleim sind nun mal mein Lebensschicksal.»

Nicht das Hausmädchen öffnete ihm auf «La Notre» die Tür, sondern Gillian Kendall. «Oh!» Sie wich zurück.

«Tut mir leid. Ich weiß, es ist spät.»

Gillian lächelte. «Für uns nicht. Wir sind eh Nachtmenschen. Aber die Baronin ist weg.»

«Zu dieser Zeit? Wo ist sie denn? Im Kino in Selby?»
Gillian sah etwas dämlich drein, unterdrückte ein Grinsen und sagte: «Das war doch nur ein Witz. Ich meine, sie ist weggetreten. Tut mir leid.»
«Warum? Ich bin ohnehin Ihretwegen gekommen. Hab ich zur Abwechslung ja mal Glück.»
Reichlich nervös hantierte sie an den Knöpfen ihres Kleides. Als sie sah, daß Jury sie beobachtete, ließ sie die Hand fallen und errötete.
Er lachte. «Ich bin nicht gekommen, um Sie einzubuchten. Sie sehen ja ganz erleichtert aus. Der Schuldige, er fliehet, wenn niemand ihn verfolgt. Was haben Sie verbrochen?»
«Kommen Sie herein, und ich gestehe alles.»
Jury stand im multinationalen Korridor und sagte: «Ich würde lieber einen Spaziergang machen. Der Abend ist so schön, und morgen früh fahre ich nach London.»
«Sehr gern. Sie haben dabei aber nicht an das verrückte Labyrinth gedacht, oder?»
«Doch.» Er grinste. «Nachts ist es doch gewiß interessanter als am Tage. Vielleicht schaffe ich es dann nie mehr nach London.»
Sie nahm eine Wollstola vom Haken und sagte: «Ich bezweifle, daß irgendwas Sie von der Arbeit abhalten kann.»

Der Baron hatte in seinem runden Irrgarten halbverborgen Lämpchen aufstellen lassen, die, wenn sie daran vorbeikamen, ein schwaches, geradezu überirdisches Licht auf ihr Gesicht warfen.
«Also los, erzählen Sie. Sie dürfen beichten, was Sie wollen.»

Sie zog die Stola enger um sich, wie vorher die Strickjacke. Er legte den Arm um sie. «Warum zum Teufel ziehen Sie sich keine wärmeren Sachen an?»

«Damit die Leute versucht sind, den Arm um mich zu legen.»

«Oh. Auch gut. Setzen wir uns.» Sie waren wieder an einer Bank angelangt. «Reden Sie weiter.»

«Worüber?»

«Über Paul Fleming. Ich wollte es nur wissen, bevor ich nach London fahre. Das ist alles.»

Sie senkte den Kopf und zupfte an den Fransen der Stola. «Warum? Wer ist in London?»

Jury grinste im Dunkeln und dachte an Carole-anne Palutski, die ihr Bestes tat, die professionelle Abschlepperin zu spielen. «Das schönste Mädchen der Welt.»

Jetzt war Gillian an der Reihe, *Oh* zu sagen. Es war ein sehr trauriges *Oh*.

Er hatte immer noch den Arm um sie gelegt und schüttelte sie sanft. «Du lieber Himmel, Gillian, ich mache doch nur Spaß. Ja, sie ist wunderschön. Und neunzehn Jahre alt, und ich bin ihr Vaterersatz.» Jury machte eine Pause. «Mehr oder weniger.»

Gillian lachte und verbarg das Gesicht in der Stola. «Mehr vermutlich.»

«Weniger. Denken Sie, ich stehe auf Neunzehnjährige?»

Sie sah ihn offen an. «Nein. Stehen Sie denn auf Fünfunddreißigjährige?»

Endlich sagte Jury: «Ich könnte es ja mal versuchen.»

Die Bank war kalt und wenig einladend. Was man von Jury nicht behaupten konnte.

Nachdem er sorgsam alle Knöpfe ihres Kleides wieder geschlossen hatte, sagte sie etwas sehr Merkwürdiges: «Stimmt's, ich sollte dich aus dem Labyrinth retten?»

«Ich als Theseus? Immerhin hat mich der Minotaurus nicht erwischt. Woher weißt du also, daß du mich nicht gerettet hast?»

Sie lachte. Soweit er sehen konnte, war sie zum erstenmal richtig fröhlich. «Na, dazu bedarf es aber einer *wahren* Ariadne. Die bin ich nicht.»

Jury hob ihr Kinn. «Wer ist denn die wahre?»

Gillian überlegte. «Carrie Fleet. Die könnte dir heraushelfen.»

Jury erinnerte sich, wie Carrie Fleet an der einen Verandatür gestanden hatte und Gillian an der anderen, und hatte das seltsame Empfinden, daß Carrie am Ende wirklich den Schlüssel zu dem Geheimnis in Händen halten mochte.

Das verstörte ihn, aber er wußte nicht, warum.

Deshalb sagte er bloß: «Ich mag ältere Frauen. Sogar solche, die in eine Geschichte mit einem anderen Mann verwickelt sind. Ich kann warten.»

Zum Abschied küßte er sie.

Vierter Teil

Auch – ihr – verharrt im Dunkeln

21

Das schäbige Reihenhaus der Brindles lag in der ebenso schäbigen Crutchley Street. Flossies halbherzige Verschönerungsversuche waren vom Wetter, von trampelnden Kindern und einfach durch mangelnde Pflege schnell wieder zunichte gemacht worden.

Jury konnte sich Carrie Fleet in diesem Milieu kaum vorstellen; sie paßte hier überhaupt nicht hin.

Joe Brindle war wenig erfreut, daß die Polizei bei ihm aufkreuzte – von New Scotland Yard ganz zu schweigen.

«Ich bleibe nicht lange, Mr. Brindle.» Jury meinte, was er da sagte.

Die Brindles saßen in tiefen Clubsesseln und musterten ihn finster, kamen aber nicht auf die Idee, Jury einen Stuhl anzubieten. Er hätte sich ohnehin nicht gesetzt, und es gab auch keine große Auswahl, denn auf einer Couch schlief ein Mädchen. «Ich wollte Ihnen nur ein paar Fragen zu Carrie Fleet stellen. Dieser Brief, den Sie der Baronin geschrieben haben –»

Mit bebender Hand stellte Brindle sein Bass Ale auf den Boden und sah sich den Umschlag an. «Na und? Die ganzen Jahre haben wir sie versorgt, oder etwa nicht? *Wir* haben sie gefunden, wie sie in dem Wäldchen rumlief.»

Flossie wollte auch mitreden, erhob sich, sackte dann aber träge zurück und tastete im Alkoholnebel nach Worten. «Ganz schön harter Brocken war die Carrie.

Nie was gesagt; nie mit den Blagen geholfen; nur bei den Tieren.» Und in einem Anfall von Wehmut – vielleicht war die sogar echt – stieß sie ihren Mann am Arm und fragte: «Und was war das noch für ein alter Terrier, nach dem sie so verrückt war?» Sie sah Jury an. «Drei Beine hatte der. Was will man mehr? Äußerlichkeiten waren ihr nicht so wichtig, stimmt's?» Flossie schüttelte ihre Locken und ermöglichte Jury noch einen Blick auf ihre Knie.

«Der Brief, Mr. Brindle?»

Brindle sah den Umschlag noch einmal an, zuckte mit den Schultern, gab ihn zurück. Dann stand er auf, ein bißchen wackelig auf den Beinen und eher defensiv als aggressiv. «Sehen Sie, das Mädchen war eine Belastung, warum also sollten wir die alte Dame nicht um ein bißchen mehr anhauen?»

Brindle machte den Fehler, anzunehmen, daß Jury genausoviel wußte wie er. «Tausend Pfund waren nicht genug, Mr. Brindle?»

Joe Brindles Körpermassen gerieten in Wallung, der Bauch quoll über den offenen Gürtel. *«Nein!»* Er ruderte mit den Armen. «Sie kommen einfach hierher, wegen der kleinen Schlampe –»

Jury hatte seine Reflexe gewöhnlich unter Kontrolle, aber wenn Flossie Brindle jetzt nicht von ihrem Sessel aufgesprungen wäre und ihrem Mann den Rest ihres Bieres ins Gesicht gekippt hätte, hätte er ihm eine verpaßt. *«Hast mit ihr rumgemacht, jawohl. Du beschissener Lügner.»* Und zu Jury sagte sie: «Dachte, ich wüßte nichts davon.»

Jury hatte es schon geahnt, trotzdem wurde ihm übel. Er wartete. Flossie wollte Rache.

Brindle wischte sich das Bier aus dem Gesicht und

grummelte, er hätte sie ja nie rumgekriegt. Carrie sei zu schnell für ihn gewesen.

Wenigstens etwas, wofür man dankbar sein konnte. «Dieser Brief, Mr. Brindle –»

Flossie unterbrach ihn. «Nannte sich ‹Baronin›. Zum Schießen! Sprach eher, als käme sie aus dem tiefsten Manchester oder Liverpool. Wir haben es alle beide sowieso nie geglaubt. Warum sollte überhaupt jemand Carrie Fleet wollen?» Sie zuckte mit den Schultern, lehnte sich wieder in dem dunkelblauen Sessel zurück und sagte: «Deshalb hat Joe gedacht, er bemüht sich noch mal um ein bißchen Bares.» Sie machte noch eine Flasche auf.

«Warum hältst du nicht die Klappe, Floss?» Er zuckte mit den Schultern. «Ist ja eh nichts gewesen.»

Im Zimmer herrschte ein heilloses Chaos. Eine dünne Katze bearbeitete einen Haufen Schmutzwäsche mit den Pfoten, an der Wand hing ein Woolworth-Gemälde, das ein Reh darstellte, auf der Couch döste das Mädchen.

Flossies Wehmut schien echt zu sein, so betrunken sie auch war. Sie hatte den Brief aus dem schmuddeligen Umschlag mit der krakeligen Schrift genommen. «Hat das Foto wahrscheinlich behalten.» Sie nahm noch ein Schlückchen.

Jury horchte auf.

«Eins kann ich Ihnen sagen», sagte Joe Brindle. «Mit unserer Flossie hier ist nicht zu spaßen, auf den Kopf gefallen ist sie nicht.» Er deutete ein Lächeln an. «Hat die Uniform sofort erkannt, und zwar immer.» Er gab ihr einen freundlichen kleinen Klaps auf den Arm.

Nun setzte Jury sich, lächelte und sagte: «Kann ich wohl eins haben, Flossie?» Er nickte in Richtung Bass Ale.

Mit Freuden ergriff sie die Chance, dem Superintendent zu Diensten zu sein. Da konnte sie ihre Beine noch mal zur Geltung bringen und die Gastgeberin spielen, Fleischwülste in schwarzes Lackleder gezwängt. Sie brachte ihm sogar ein Glas.

«Danke. Haben Sie noch einen Abzug?» Brindle war doch wohl schlau genug, kein Original wegzuschicken, ohne vorher einen Abzug machen zu lassen. Nachdem Jury das halbe Glas geleert und Flossie wiederholt angegrinst hatte, sagte er: «Was dagegen, wenn ich es mir noch mal ansehe?»

«Das Zimmermädchen? Klar, warum nicht?» Flossie ging und kam mit einem Foto zurück. Die Ecken waren geknickt, es war an einem regnerischen Tag aufgenommen und ziemlich unscharf. Es zeigte eine junge Frau in Kleid und Cape, der «Uniform». Sie versuchte, einen undeutlich sichtbaren Schäferhund festzuhalten, der an einer danebenstehenden Gaslaterne viel interessierter zu sein schien als an ihr. Sie hatte den Kopf zurückgeworfen und lachte über sein Dilemma.

«Amy Lister», sagte Flossie.

«Haben Sie sie gekannt?»

Flossie verneinte. «Es steht hinten drauf.»

Jury drehte das Bild um. Da stand der Name in Druckbuchstaben.

Brindle sagte wieder. «Kluges Mädchen, die Flossie.»

«Warum hat Carrie das Bild nicht mitgenommen?»

Flossie zuckte mit den Schultern. «Keine Ahnung. Vielleicht hat sie es nach so langer Zeit vergessen. Das Futter von der Tasche war gerissen, und das Foto war dazwischen.»

Sie zündete sich eine Zigarette an, warf das Streichholz

in Richtung Aschenbecher und sagte durch die aufsteigende Rauchspirale: «Sehen Sie die Laterne? Wo der Hund dranpissen will? Ich weiß, wo die ist. Das ist eine von den letzten Gaslaternen in ganz England. Am Embankment ist die. Und dann hab ich meinen Grips mal ein bißchen angestrengt.» Sie machte eine Pause, um diese besondere Fähigkeit zu demonstrieren. «Sehen Sie, ich hab früher im Regency Hotel gearbeitet. Da hab ich serviert. Die Gaslaterne, die ist in der Nähe vom Embankment, genau in der engen Straße, die vom Regency abgeht. Was man da für Trinkgeld machen konnte! Und überhaupt, das Regency! Man mußte fast so reich wie die Königin sein –» Sie zeigte mit der Zigarette auf das Foto. «Ich hab die Amy Lister hier nicht gekannt, aber sie hat die Zimmermädchenuniform vom Regency an. Die Zimmermädchen oder der Portier sind mit den Hunden der Gäste Gassi gegangen, wenn die das nötige Kleingeld springen ließen. Hm, hab ich mir da gesagt, was macht unsere Carrie Fleet mit dem Foto hier?»

«Und Sie haben versucht, Amy Lister ausfindig zu machen?»

Sie verpaßte ihrem Gatten einen anerkennenden Klaps. «Joe hat's versucht. Pech gehabt.»

«Sie sind ins Regency gegangen?» Jury betrachtete die lachende junge Frau auf dem Foto, der Bürgersteig glänzte vor Nässe. Sie sah nett aus. Sie ließ sich draußen naß regnen – warum auch nicht, wenn Flossie meinte, das Geld hätte gestimmt. «Gefunden haben Sie sie nicht?»

Jetzt wollte Joe aber mal Tacheles reden. «Sie haben doch null Ahnung, Superintendent. Scotland Yard!» Er beugte sich vor, seine Bierfahne wehte Jury ins Gesicht.

«Ich hab mir ein bißchen Geld eingesteckt, nicht viel – wir leben schließlich von Stütze –»

Jury sah zum Videorecorder hinüber. «Verstehe.»

«– und hab dem alten Penner am Empfang zwanzig Lappen – *zwanzig* – gegeben, weiße Handschuhe, schwarzer Schlips, man konnte ja meinen, das ganze Dienstpersonal wollte zu einem Scheißball. Egal, ich hab ihn bezahlt, damit er mir was über das Zimmermädchen auf dem Bild verklickert.» Brindle spannte Jury genüßlich auf die Folter. Er öffnete in aller Ruhe eine weitere Flasche, zündete sich noch eine Zigarre an und blies noch einen Rauchring in die Luft.

«Stellt sich raus, er kann sich nicht an ihren Namen erinnern, aber an ihr Gesicht. Meint, soweit er weiß, arbeitet sie im Haushalt irgendwo in Chelsea, also geh ich *da*hin. 'n echtes Stückchen Schnüfflerarbeit, was?»

«Kommt drauf an. Was haben Sie herausgefunden?»

Brindle blies noch ein paar wunderschöne Rauchringe. «Noch gar nichts. Sie war gegangen, hat nicht mal gekündigt.» Furchen simulierter Nachdenklichkeit zogen über seine Stirn. «Aber ich bin nicht blöde. Die finde ich.»

«Wer's glaubt, wird selig.» Die Stimme, die klang, als könne sie keinem menschlichen Wesen gehören, kam von der Couch. Jury hatte nicht gemerkt, daß das Mädchen aufgewacht war.

Die Brindle-Tochter drehte sich um und blickte Jury durch die verqualmte Luft an. «Carrie hat die Katze gefüttert, immer. Und sie hat nie was gewollt, und sie hat nie versucht, sich zwischen mich und die da zu stellen. Nicht, daß viel zwischen uns wär. Aber das hat Carrie nie versucht.»

Das Mädchen – er wußte nicht, wie sie hieß. Sie blieb liegen, stützte sich auf einen Ellenbogen. Das Zimmer hatte sich verändert, als ob sich eine Gruft geöffnet hätte und die Stimme eines Toten die Lebenden erschreckte. Sie sah Jury offen an, und zu seiner Überraschung stellte er fest, daß sie sehr hübsch war. Weil sie unter den Decken vergraben gewesen war, hatte er gedacht, sie sei lediglich ein dummes, stummes Kind mit fettigem Haar.

«Über das Foto da hab ich lange nachgedacht», sagte sie. «*Er*», und mit einem geringschätzigen Kopfnicken deutete sie auf Joe Brindle, «hat's nie kapiert. Kommt aus Chelsea zurück, nein, sie können sich an keine Amy erinnern, die bei ihnen gearbeitet hat.»

Brindle senkte den Kopf.

Das Mädchen sah Jury fast flehentlich an. «Konnten sie ja wohl auch schlecht. Es ging nicht um das Zimmermädchen. Amy war der Hund.»

Sie lehnte sich wieder zurück, legte den Arm über die Augen und verstummte.

22

DURCH DIE OFFENE TÜR von Chief Superintendent Racers Büro sah Jury den Kater Cyril. Er saß auf Racers Ledersessel und putzte sich sorgfältig die Pfoten. Die üblichen Oktobernebel und -nieselregen waren einem sonnendurchfluteten Nachmittag gewichen, das Licht strömte durch das Fenster des Chefzimmers und besprenkelte Cyrils kupferfarbenes Fell.

Anders als seine Herrin, Retterin oder wie auch immer man Racers Sekretärin bezeichnen mochte, schien Cyril der Auffassung zu sein, daß Sauberkeit und nicht Schönheit einen durch die Himmelspforten brachte. Fiona Clingmore war felsenfest davon überzeugt, daß die Kunst des Nagellackierens im Himmel gefragt war. Zu ihren frischlackierten Nägeln, die sie begutachtete, und weniger zu Jury sagte sie: «Er ist nicht da.»

Jury deutete mit dem Kopf auf Racers Tür. «Das sehe ich. Die Met liegt jetzt in besseren Pfoten. Wann kommt er wieder?»

Daß Racer überhaupt immer wiederkam, war der Metropolitan Police ein Geheimnis. Wenigstens zweimal im Jahr gab es Gerüchte, der Chef werde demnächst zurücktreten, sie bestätigten sich aber nie. Man munkelte sogar noch Schlimmeres, daß er nämlich die Karriereleiter nach oben stolpern und einer der stellvertretenden Polizeipräsidenten werden würde. Zum Glück für die Sicherheit Großlondons war auch das bisher nicht eingetreten.

«Keine Ahnung. Er ist in seinem Club. Seit elf ist er weg.» Sie kniff die Augen zusammen. Inspizierte ihren Zeigefinger. Ein Kratzer. Sorgfältig betupfte sie den Nagel mit dem winzigen Pinsel. Zufrieden schraubte sie die Flasche wieder zu und wedelte mit den Händen, damit sie trockneten.

Jetzt konnte sie sich darauf konzentrieren, Jury anzulächeln.

«Donnerlittchen, wie Sie den Pinsel schwingen, Fiona. Matisse hätte gegen Sie keine Chance.»

«Schon gegessen?» Das war eine rituelle Frage. Jury hatte immer eine Ausrede. Nicht, daß er Fiona nicht mochte; in vieler Hinsicht faszinierte sie ihn sogar. Im

Augenblick stützte sie sich mit den Ellenbogen auf den Schreibtisch und ließ die Hände herunterhängen, die Nägel dunkelviolett, fast so schwarz wie Krallen. Ihr Lippenstift hatte dieselbe Farbe, wodurch ihre ohnehin blasse Haut noch fahler wirkte. Die silbrigen Strähnen in ihrem blonden Haar kamen angeblich vom Bleichen. Als ihre Nägel trocken waren, erhob sie sich und nutzte die Gelegenheit, Jury ein glänzend schwarzbestrumpftes Bein mit einer klitzekleinen Laufmasche am Knöchel zu präsentieren. Sie hielt es recht hoch für den Fall, daß seine Augen in den letzten drei Tagen schlechter geworden waren. «Dabei hab ich sie gerade erst gekauft.» Sie hatte ihre Hand auf der Hüfte und präsentierte sich ihm von der Seite, ihre Kurven in einem schwarzen Rock und einer Rüschenbluse. Jury liebte die Art, wie Fiona versuchte, sich mondän zu geben, dabei aber immer etwas Altbackenes hatte. Er konnte sich lebhaft vorstellen, wie sie abends ihre Dessous durchwusch, sich das Haar aufdrehte und das Gesicht eincremte. Er wurde plötzlich traurig.

Er habe keine Zeit zum Mittagessen, sagte er. Das akzeptierte sie wie immer, ohne zu beharren.

«Der ist vielleicht geladen», sagte sie und nickte mit ihrem blonden Lockenkopf in Richtung seines Büros. «Und wenn er den Kater da sieht, wird's auch nicht besser. *Cyril!*» Racer sollte auf keinen Fall sehen, daß Cyril auf seinem Thron saß. «Er sagt, er erdrosselt ihn sonst eigenhändig.»

Cyril ignorierte sämtliche Befehle und Morddrohungen. Egal, welches seiner neun Leben nun in Gefahr war, er genoß es sichtlich. Einmal hätte ihn Racer sogar beinahe mit dem Brieföffner erwischt.

«Cyril weiß, was er tut. Hat die Polizei aus Hampshire angerufen?»

«Ja, und sie haben sich nicht beschwert. Ich hab mitgehört. Natürlich wird er nachher behaupten, sie hätten getobt.» Fiona spannte ein leeres Blatt Papier in die Schreibmaschine und rief noch einmal nach Cyril, der sich einfach weiter putzte. Sie sah auf ihre winzige, juwelengeschmückte Uhr. «Jetzt ist er schon seit zwei Stunden im Club –»

Genau in diesem Augenblick kam Racer herein, die winzigen roten Linien auf seinem Gesicht sahen auch aus wie Laufmaschen. Um die Nase herum ging das Rot in Blau über. Jury tippte auf drei doppelte Whisky. Und danach Kognak. Im Savile-Row-Anzug, ein Sträußchen im Knopfloch, sah Racer eher so aus, als gehöre er in ein Schaufenster von Burberry's als in die Räume von New Scotland Yard.

«Sieh an, Superintendent Jury. Sie haben doch nicht etwa meinetwegen Ihren Kurzurlaub in Hampshire unterbrochen?»

Mit unbeweglicher Miene und nunmehr makellosen Fingernägeln hackte Fiona in die Tasten.

«Die Briefe fertig, Miss Clingmore?» fragte er überfreundlich.

«Fast fertig», sagte Fiona im selben Ton. «Muß nur hier und da noch einmal drübergehen.»

«Na, dann sehen Sie zu, daß das Hier und Da schnell auf meinem Schreibtisch landet, Mädchen!» Er knallte die Silben raus, als ob er mit einem Schießgummi schösse: «Kommen Sie, Jury!»

Kater Cyril war elegant aus dem Stuhl geglitten und lag jetzt in der Ecke unter dem Schreibtisch auf der Lauer.

Kaum hatte Racer seine Füße dorthin gepflanzt, glitt Cyril um seine Hosenbeine mit den messerscharfen Bügelfalten und sauste dann blitzschnell zur Tür hinaus, die Jury vorsichtshalber ein paar Zentimeter offengelassen hatte.

Etliche Kraftausdrücke und ein Papierbeschwerer flogen hinter Cyril her.

«Miss Clingmore! Schmeißen Sie das Biest aus dem Fenster!»

Das war der übliche Ausklang des Cyril-Rituals.

Auch Jury bekam meist keine besonders netten Worte mit auf den Weg. Der Chef hätte ihn am liebsten am Spieß gebraten, weil er befürchtete, daß Jury und nicht Cyril eines Tages auf seinem Sessel sitzen würde.

Daß Jury vielleicht lieber Straßen gekehrt hätte, kam Racer nicht in den Sinn. In seinen Augen mußte doch *jeder* in Jurys Rang hinter dem Chefposten her sein.

«Die Polizei in Hampshire hat mir die Hölle heiß gemacht, Jury. Wie haben Sie es fertiggebracht, daß das wieder auf meinem Schreibtisch landet?» Er wartete die Antwort nicht ab, sondern spulte Jurys jahrelange ungeheuerliche Verfehlungen und Pflichtversäumnisse in allen Einzelheiten herunter, als ließe er ein Tonband laufen.

«Eigentlich wurde meine Anwesenheit eher begrüßt – Sir.»

Racer entging die winzige Pause nicht, und er starrte Jury wütend an. «Sie turteln da in Hampshire rum und untersuchen ein paar Unfälle –»

«Mag sein.»

«*Mag sein?* Selbst Wiggins kann den Unterschied zwischen Unfall und Mord erkennen. Nehme ich an.»

«Ich hätte gern vierundzwanzig Stunden. Mehr nicht.

Sie kommen doch sicher vierundzwanzig Stunden ohne mich aus.»

Das bringt ihn in die Bredouille, dachte Jury. Racer erzählte ihm ja immer wieder, die Met könne für ewig und alle Zeiten ohne ihn auskommen. Während Racer also mit dem Problem kämpfte, unterbrach Jury das Schweigen: «Ich möchte Sie um einen Gefallen bitten. Sie haben schließlich und endlich *Einfluß*.» Das Blumenmädchen auf den Treppen von St. Paul's hätte seine Sträuße nicht besser an den Mann gebracht.

«Selbstverständlich habe ich den. Wäre ich da, wo ich bin –?» Dann wurde ihm wieder klar, wer da vermeintlich an seinem Stuhl sägte, und er fuhr rasch fort: «Was für einen Gefallen?»

«Sie essen doch ziemlich oft im Regency zu Mittag...?» Ziemlich selten, wußte Jury.

Der Chief Superintendent lächelte sein hauchdünnes Lächeln. Er schnipste sich etwas vom Revers, als habe da noch ein Krümel eines opulenten Zehngängemenüs gehangen. «Wenn ich Zeit habe. Warum?»

«Kennen Sie jemanden namens Lister?»

Um zu vertuschen, daß er natürlich niemanden namens Lister kannte, fragte Racer, wie Jury denn darauf komme, dieser Lister habe Zugang zum Regency. «Sie wissen doch, was das für ein Hotel ist. *Geld* allein bringt einen nicht dort hinein, sondern Status. Und Informationen aus dem Management rauszuleiern, können Sie sich abschminken. Der Direktor ruft den Polizeipräsidenten nur an, wenn mindestens zehn Gäste bei ihrem Rémy erstochen werden. Oder bei ihrem Armagnac.»

Bei Kognak kannte Racer sich aus.

Jury kannte den Namen des Direktors nicht, und genau den wollte er wissen. Ob der Direktor den Polizeipräsidenten anrief oder nicht, war ihm ziemlich egal. Solange er nicht bei Lister anrief. Und bei seinem Plan hoffte er inbrünstig, daß es sich nicht um eine Direktorin handelte. Aber das Regency legte bestimmt zuviel Wert auf Tradition, als daß eine Frau den Posten bekleiden würde. «Soll einer der besten in London sein», sagte Jury und hoffte, Racer würde den Köder schnappen.

Tat er. «Sie meinen Duprès?»

«Hm.»

«Und woher kennen Sie Duprès? Rumgeschnüffelt?»

Nein. Sie haben ihn doch gerade erwähnt. «Hab den Namen irgendwo gehört.»

«Mit der Plebs gibt sich Georges aber nicht ab.»

Danke für den Vornamen.

«Dafür hat er einen Assistenten.»

«Kann ich mir denken. Also, was ist mit den vierundzwanzig Stunden –?»

Racer winkte ab. «Hampshire kann Sie haben. Ich habe zu tun.»

Jury ging hinaus. Dabei schlüpfte der Kater Cyril hinein; geräuschlos, fast unsichtbar glitt er über den kupferfarbenen Teppich.

Als erstes ging er in den Kostümverleih in einer Seitenstraße der St. Martin's Lane, der von Theaterleuten sowie von Reichen frequentiert wurde, die auf feuchtfröhlichen Maskenbällen als Marie Antoinette oder Harlekin erscheinen wollten.

«Hallöchen, Süßer», flötete eine Stimme.

Jury drehte sich um und sah eine junge Frau mit feuerroten Locken und schwarzumrandeten Augen. Offenbar hatte sie sich auch gerade für einen Ball zurechtgemacht. Um den Hals trug sie ein korallenrotes Samtband mit einer Kameebrosche, und zwischen dem Band und ihrer Taille trug sie im großen und ganzen nichts. Minimal Art war wohl dieses Jahr in Mode, dachte er.

«Ich wollte ein Kostüm ausleihen.»

Sie musterte ihn von oben bis unten. «Da sind Sie ja hier goldrichtig. Was für eins?»

«Eigentlich nur ein paar Frauenklamotten –»

Ihr Lächeln änderte sich.

«Mit so was können wir nich dienen, Süßer. Auch nich mit Peitschen und Ketten.» Sie kicherte. «Kaum zu glauben, bei einem, der so aussieht wie Sie –»

Lächelnd unterbrach Jury dieses Kompliment. «Von Mode habe ich leider keine Ahnung. Haben Sie was, das Ihrer Meinung nach besonders französisch aussieht?»

«Drunter oder drüber, junger Mann?» Mit der Zunge, korallenrot wie das Band, fuhr sie sich über die Lippen.

«Sehr witzig. Es geht um ein Kleid. Elegant, aber sexy –»

Sie beugte sich über die Verkaufsvitrine mit Glitzermasken, die Hände gefaltet, das Kinn darauf gestützt. Jury fragte sich, ob ihr nicht kalt an der Brust wurde, weil die im Prinzip nur von der Glasplatte abgestützt wurde. Sie schaute ihn an, als sei ihr noch nie ein so faszinierendes Ansinnen gestellt worden. «Das wird hart, Süßer.»

Langsam verlor Jury die Geduld. Damenoberbekleidung einzukaufen war ja immens anstrengend. Doch er lächelte nur noch entwaffnender. «Aber nicht für Sie, wette ich. Ungefähr Größe –» Er taxierte sie von oben bis unten, nur um ihr eine Freude zu machen. «Nein, ein bißchen größer.»

Sie beugte sich noch weiter vor. «Wo?»

«Mehr oder weniger, wo Sie sich drauflehnen, Werteste.»

Wieder kicherte sie. «Sie sind mir ja ein ganz Frecher!»

Das fand Jury nicht, er wollte die Angelegenheit nur schnell hinter sich bringen. Das einzige Problem waren das Kleid und der Hut. Ein Zobelcape hatte er schon erspäht. Es für einen Tag auszuleihen kostete ihn womöglich ein Monatsgehalt.

Er folgte ihr durch die an Bügeln hängenden Klamotten und mußte zugeben, sie verstand ihr Geschäft. Sie schätzte die Größe auf sechsunddreißig. «Busen so in Ordnung?» Sie hielt sich das Kleid vor ihren.

«Ja, ganz bestimmt.»

Durch korallenrote Lippen blitzten ihn winzige weiße Zähne an. Das Kleid war aus gerafftem Crêpe de Chine, glänzend grün, tief angesetzte Taille... na ja, von Taille konnte man eigentlich nicht reden. «Perfekt.»

Er hatte sich gegen einen Hut entschieden; warum das Haar verbergen? «Dahinten ist ein Zobelcape, ein kurzes. Wieviel?»

«Wie lange?»

«Einen halben Tag vielleicht?»

Sie wickelte das Kleid in Seidenpapier und steckte es in eine Tüte. «Wir verleihen nur für ganze Tage. Für Sie ein Hunderter.»

«Großer Gott.» Er zückte sein Scheckheft.

«Ja, aber Sie bekommen ja was davon zurück. Pfand, wissen Sie. Wir wollen ja nicht, daß Hinz und Kunz mit *diesem* kleinen Teil von dannen geht.»

Er nahm das Paket und fragte, wie sie hieß.

«Doreen», sagte sie hoffnungsfroh.

«Sie machen Ihren Job sehr gut, meine Liebe.» Jury nahm seinen Ausweis heraus. «Ich aber auch. Um den Zobel brauchen Sie sich keine Sorgen zu machen.»

Sie starrte ihn an: «Ich glaub, ich spinne.»

23

Jury hatte kaum die Schwelle des Hauses in Islington betreten, als über ihm im zweiten Stock das Fenster aufflog und unter ihm im Souterrain ein Riegel zurückgeschoben wurde.

«Superintendent!» schrie Carole-anne Palutski.

«Psst! Mr. Jury», flüsterte Mrs. Wasserman.

Carole-anne hatte kein Telefon, deshalb hatte er Mrs. Wasserman – für die das Telefon lebenswichtig war, weil sie so wenig ausging – angerufen, um sicherzugehen, daß Carole-anne da war. Was nicht unbedingt nötig gewesen wäre, denn für Carole-anne begann der Tag ohnehin erst um zwölf Uhr mittags.

Beide Damen warteten sehnsüchtig auf seine Rückkehr. Er rief Carole-anne, die ein Fähnchen von einem Nachtgewand anhatte – oder besser: nicht anhatte –, sie solle sich mal wieder reinverziehen; er werde in einer Minute oben sein. Dann brachte er sein Paket und ein paar Blumen in Mrs. Wassermans Wohnung hinunter.

Eigentlich war es eher eine Festung. Die Riegel waren zurückgeschoben, die Kette ausgehakt, jetzt mußte sie sozusagen nur noch die Zugbrücke herunterlassen. *Sicher* fühlte sich Mrs. Wasserman immer nur eine bestimmte Zeit lang. Sobald Jury das neueste Schloß oder die neueste Fensterverriegelung installiert und sie sich daran gewöhnt hatte, war es mit ihrem Gefühl von Sicherheit auch schon wieder vorbei. Immer neue Mittel und Wege fielen ihr ein, wie der Eindringling, der nie kam (und nie kommen würde), sich Einlaß verschaffen konnte. Außerdem wähnte sie sich von Füßen verfolgt, wenn sie hinausging, und zwar seit dem Zweiten Weltkrieg.

Heute hatte sie ihre stattliche, propere Figur in marineblauen Batist gewandet und erstattete ihm atemlos Bericht über die letzten paar Tage. Sie preßte eine rundliche Hand an ihren wogenden Busen, als sei sie auf der Flucht vor ihrem schattenhaften Verfolger tatsächlich lange Straßen entlanggerannt. Jury lehnte an der Wand, hörte geduldig zu und nickte und nickte.

«Recht so, daß Sie auf *die* ein Auge haben. Sie ist ja noch das reinste Kind. So unschuldig, wenn Sie verstehen, was ich meine, und zu jeder Tages- und Nachtzeit unterwegs, und Sie wissen ja, daß ich abends nicht ausgehe – ich kann ihr leider nicht hinterherlaufen, um dafür zu sorgen, daß ihr nichts passiert...»

«Ich habe auch kaum erwartet, daß Sie das tun, Mrs. Wasserman.» Bekümmert breitete sie die Arme aus, als entschuldige sie sich, daß sie der gestellten Aufgabe, Carole-anne zu bewachen, nicht gerecht wurde. «Ich glaube aber auch nicht, daß Carole-anne auf dumme Gedanken kommt.»

«Oh!» Mrs. Wasserman schloß schmerzgepeinigt die Augen. «An *so* etwas habe ich doch gar nicht gedacht!»

Nein, aber das sollten Sie vielleicht einmal. Er verbarg ein Lächeln.

«Und dann ihre Freunde – sie sagt, es sind Cousins.

Aber so eine große Familie? Vierundzwanzig ist sie, sagt sie –»

In drei Tagen um zwei Jahre gealtert. Na, so was.

«– aber sie sieht doch wahrhaftig nicht älter als achtzehn oder neunzehn aus. Und was sie anzieht, Mr. Jury.» Traurig schüttelte Mrs. Wasserman den Kopf. «Was machen Sie mit jemandem, der Pullover bis hier unten anhat und so enge Hosen? Die sind ja hauteng.»

Da fiele mir schon was ein, dachte Jury. «Deshalb fände ich es ja gut, wenn Sie, wissen Sie, ab und zu mit ihr einen Tee trinken, ein bißchen mit ihr reden...» Jury zuckte mit den Schultern.

Mrs. Wasserman bekam einen entschlossenen Blick. Selbst ihr Haar sah aus, als habe sie es beim Nachdenken über Carole-anne Palutski ganz besonders streng zurückgekämmt. «Sie war schon ein paarmal zum Tee oder Kaffee bei mir. Und sie hat sich freundlicherweise sogar revanchiert, obwohl es mir schwerfällt, drei Treppen hochzulaufen. Ich sage nichts gegen das Kind; eine freundliche Seele. Nur – ich weiß nicht, was ich davon halten soll. Sie behauptet, sie geht ins Kino. *Jeden* Abend, Mr. Jury? So viele Filme gibt's in Islington nicht. Sie glauben doch nicht, daß sie die U-Bahn ins West End nimmt...?»

Und so ging's weiter, bis Jury sie unterbrach und ihr den Strauß Rosen gab, den er draußen vor der U-Bahn-Station Angel gekauft hatte. «Sie machen das schon ganz gut, Mrs. Wasserman.»

Sie war überwältigt. «Für *mich*?» Als ob sie noch nie im Leben Rosen gesehen hätte. Und dann plapperte sie ihre Dankeschöns in Tschechisch oder Litauisch – Jury fiel wieder ein, daß sie ja vier, fünf Sprachen konnte.

Französisch. Jury lächelte. «Tun Sie mir noch einen Gefallen?»

«Da fragen Sie noch? Nach allem, was Sie für mich getan haben? Worum geht's denn?» fügte sie energisch hinzu, als habe er eine geheime Mission für sie.

«Sie sprechen Französisch.»

Sie zog ihre Augenbrauen hoch. Französisch sprach doch jeder!

«Das bißchen, das ich mal konnte, ist ziemlich eingerostet.» Und mit der Hand schon an der Tür: «Macht es Ihnen was aus, eine halbe Stunde oder vielleicht eine hierzubleiben? Ich hole Carole-anne runter.»

Er fragte, ob es ihr was «ausmache», und tat so, als glaube er, sie bewege sich frei wie ein Vogel nach Lust und Laune in Islington, London, überallhin.

«Natürlich macht es mir nichts aus, Mr. Jury. Aber warum Französisch?»

«Das erkläre ich Ihnen jetzt.» Er lächelte. «Und ich wette, Sie erkennen Carole-anne nicht wieder.»

Jury schon. Sie war zwar jetzt im Gegensatz zu vorher geradezu züchtig bekleidet, aber das nützte auch nichts. Ihre Figur hätte jede Ritterrüstung in eine Glasscheibe verwandelt. Carole-annes Kurven waren einfach nicht zu verbergen.

Sie warf sich an ihn, als sei er einer der vielen verloren geglaubten Väter, Brüder, Cousins, die sich während der letzten Wochen auf der Treppe gestaut hatten. «Super! Wie wär's mit einem Küßchen?»

«Hier», sagte Jury, gab ihr einen direkt auf die weichen Lippen, und sie sank dahin. «Das schenken Sie sich besser, Carole-anne.» Er zog sie hoch.

«Bei dem bin ich umgekippt. Dasselbe noch mal.» Bevor er sie davon abhalten konnte, hatte sie ihn in der Zange und versuchte, sich an ihn und in ihn zu pressen, wo es nur eben ging.

Er zog ihr die Arme weg. «So küssen Sie Ihren Papa?»

Schmachtend sah sie zu ihm hoch. «Hab keinen. Nur Sie.» Zweiter Versuch.

Er schob sie zurück. «Wer sind die ganzen Männer, die sich hier die Klinke in die Hand geben?»

Carole-annes rosafarbene Wangen wurden purpurrot, als hätte sie gerade Rouge aufgelegt. «Heißt das, *sie* hat Ihnen was erzählt?» Sie zeigte auf den Boden. «Na ja, auch egal. Aber ich hätte nie –»

«Mrs. Wasserman hat mir nur erzählt, Sie hätten einen Bruder und einen Vater. Das fand sie sehr schön. Sie sagte, Sie seien gut aufgehoben.»

Carole-annes Gesicht nahm wieder seine natürliche Farbe an. «Na ja, irgendwas *mußte* ich ihr ja erzählen, so verdammt naiv, wie sie ist. So eine nette alte Schachtel, aber an der Wohnung klebt sie wie Kleister. Und ich tu brav, was Sie sagen, und lad sie zu Tee und Keksen hier oben ein.» Carole-anne verzog den Mund. Tee war nicht ihr Ding. «Sie kommt aber die Treppen nicht gut rauf, also bin ich runter in ihre Bude. Versuche, sie mit in den ‹Engel› zu nehmen – aber da kann man ja gleich versuchen, Straßenlampen in Bewegung zu versetzen.»

Jury lachte. Mrs. Wasserman in der Kneipe!

Carole-anne war eingeschnappt. Ihre guten Werke verdienten mehr als ein Lachen.

«Das haben Sie ganz großartig gemacht, meine Liebe. Sie freut sich, wenn Sie sie besuchen. Bringt ein bißchen Leben in die Bude, sagt sie.»

«Na gut.» Carole-anne setzte sich neben ihn. «Lassen Sie mal 'ne Lulle rüberwachsen, ja? Meine sind alle.»

Egal, was sie sagte, alles schien eine erotische Aufforderung zu sein. Er holte die Schachtel Player's heraus, zündete für sie beide eine an und sagte: «Ich habe einen Job für Sie, Carole-anne.»

«Wieviel muß ich ausziehen? Ich höre auf bei –»

«Ich will gar nicht wissen, wo Sie aufhören. Übrigens, hierbei geht's ums Anziehen.» Er packte die Pakete aus, und als sie den Zobel sah, schoß sie vom Sofa hoch. «Und Sie können sich ein bißchen Geld dabei verdienen, Carole-anne.»

Die Augen klebten immer noch an dem Zobel, als sie sagte: «Es gibt ein paar Positionen, die ich nicht kenne, und mit Seilen und Fesseln kann ich auch nicht umgehen –»

«Ruhe jetzt!» Er wußte, daß sie nur so redete, weil sie ihn provozieren wollte. Sie bekam wahrscheinlich immer eindeutige Reaktionen. Bei dem Gedanken war er etwas schockiert. Einen kurzen Augenblick lang hatte sein harsches Wort die Foxy-Maske durchdrungen, und er sah dasselbe wie Mrs. Wasserman, sosehr die sich auch von dem Anblick irreführen ließ. Carole-anne hatte etwas Unschuldiges.

Er dachte an Carrie Fleet, und ihm stockte das Blut in den Adern.

«An die Arbeit, meine Liebe.»

Eine halbe Stunde später machte er an Mrs. Wassermans Tür das vereinbarte Klopfzeichen und mußte zugeben, er hätte Carole-anne Palutski an Mrs. Wassermans Stelle auch nicht erkannt.

Natürlich sah sie hinreißend aus, das hatte er ja von vornherein gewußt. Das Kleid war weich gefältelt und schmeichelte der Figur, nur über dem Busen spannte es ein wenig. Jury dachte an Gillian Kendall und versuchte, den Gedanken zu verscheuchen. Carole-annes Make-up war ein wahres Wunderwerk. Nichts Aufwendiges, Carole-anne hatte sich den Tiegeln und Töpfen mit Chirurgenblick genähert, den Konturenstift wie ein Skalpell und den Lippenstift wie ein Messer geschwungen. Das Rot auf den Wangen sah echt aus. Absolut perfekt. Als Krönung des Ganzen sah sie zehn Jahre älter aus, als sie behauptete.

«Französisch?» quietschte sie auf dem Weg nach unten. «Sonst geht's Ihnen aber noch gut?» Sie war völlig begeistert von dem Zobelcape.

«Mr. Jury! Was für eine Überraschung!»

Mit zusammengekniffenen Augen, als ob sie sich an den Anblick erst einmal gewöhnen müsse, starrte Mrs. Wasserman Carole-anne an. «Guten Tag –»

«Hallo, Baby», sagte Carole-anne, gnadenlos Kaugummi kauend. Jury hatte ihr gesagt, sie müsse es entweder unter einer Bank oder hinter ihrem Ohr parken.

«Carole-*anne*?»

Carole-anne freute sich, daß Mrs. Wasserman regelrecht schockiert war. «Ja, höchstpersönlich», sagte sie. «Ich komme zum Unterricht. Das einzige Wort Französisch, das ich kenne, ist *bonjour*.»

Mrs. Wasserman lächelte. «Wenn Sie es so aussprechen, meine Liebe, hält man Sie für eine Japanerin.»

Carole-anne kicherte. «Manchmal sind Sie wirklich zum Piepen.» Dann schaute sie majestätisch auf Jury herab (zum Glück trug sie die richtigen Schuhe) und sagte: «Er meint, ich kann in zehn Minuten lernen, wie ein Franzmann zu sprechen.»

«Im Moment verfranzen Sie sich eher, meine Liebe. Jedenfalls klingt es nicht französisch.»

Wieder kicherte Carole-anne. Sie waren schon längst ein Herz und eine Seele.

Mrs. Wasserman flötete: *«Bonjour, Monsieur. Il y a longtemps, Georges.»* Mit vor der Brust gefalteten Armen sah sie Carole-anne streng an. «Wiederholen Sie das bitte.»

Carole-anne hatte den Kaugummi geparkt. Sie wiederholte es.

«Noch einmal.»

Noch einmal.

«Il faut que je m'en aille. Wiederholen Sie.»

Es lief wie geschmiert.

«Noch mal. Dreimal.»

Dreimal.

Nach ein paar weiteren Sätzen und ein paar weiteren Wiederholungen war die Lektion beendet.

«Danke schön, Mrs. W.», rief Carole-anne, als der Riegel in der Souterrainwohnung wieder an seinen Platz schoß.

Jury hatte mit einer Stunde gerechnet. Mit der einen oder anderen Wendung. Es hatte nur fünfzehn Minuten gedauert.

Kein Wunder, daß Carole-anne Schauspielerin werden wollte.

24

JURY PARKTE DEN DIENSTWAGEN verkehrswidrig in der Nähe der U-Bahn-Station Charing Cross, und Carole-anne warnte ihn, er würde ein Knöllchen kriegen. Er gab ihr eine Visitenkarte.

«So was Beknacktes, eine Baronin? Wo haben Sie die Karte her? Das soll ich also sein?»

«Für die nächste Stunde. Dann wird die Kutsche wieder zum Kürbis.»

«Wahrhaftig eine Kutsche, Superintendent!»

Er half ihr aus dem Ford und war sich der Blicke der Männer sehr bewußt, als sie zwei Ecken weiter in ein Gäßchen einbogen. Und der Blicke der Frauen. Die Männer blieben wie erstarrt stehen. Einige trugen Melonen.

Carole-anne hätte mitten auf der Autobahn einen Bierlaster zum Halten gebracht. Dabei schien sie die Wirkung, die sie hervorrief, nicht einmal zu bemerken. Ihre Lippen bewegten sich. Sie übte offenbar die Nasallaute, die Mrs. Wasserman so leicht von den Lippen kamen.

Das Regency war ein unauffälliges, schmales Gebäude; eine schlichte Messingtafel war der einzige Hinweis, den natürlich nur die Auserwählten erschauen durften – C.S. Racer gehörte sicherlich nicht zu ihnen, aber es geschahen noch Zeichen und Wunder. Außerdem verkündete eine kleine blaue Plakette an der Wand, daß ein berühmter Schriftsteller in diesen Räumlichkeiten seinen Romanklassiker geschrieben hatte. (Eine Seite davon vielleicht, dachte Jury.)

Im marmornen Foyer befand sich ein Korbsessel, auf

dem jetzt der Portier döste. Aber er stand sofort Gewehr bei Fuß, als die Tür hinter ihnen zuschwang.

Carole-anne flüsterte: «Ein verdammtes Leichenschauhaus, daran erinnert es mich.»

«Leise», sagte Jury und fragte sich, ob die Sache wohl klappen würde.

Dann schämte er sich fast, weil er Carole-annes Überzeugungskünste so unterschätzt hatte. Ihre Wirkung auf den jungen Mann mit den weißen Handschuhen hinter dem Empfangstresen (aus Rosenholz) unterschätzte er hingegen nicht. Auf ihr *Bonjour, Monsieur* und ihr Lächeln hin hielt er seinen Stift, mit dem er etwas in das Gästebuch eingetragen hatte, starr in die Luft.

«Ah, main Änglisch iist nischt, wissen Sie, pärfäkt.» Ein winziges abschätziges Schulterzucken, und sie händigte ihm ihre Karte aus.

Er verbeugte sich so tief, daß sein Kopf fast den Tisch berührte. «Madame.» Schmachtend sah er ihr in die saphirblauen Augen. «Womit kann ich Ihnen dienen?» Jury konnte sich zwischen die Palmwedel und die Marmorstatue zurückziehen. Falls sich Fragen ergaben, war er ihr Onkel.

«*Mon ami*, isch wünsche zu spräschen mit mainem alten, äh, Froind Georges Duprès. Är iist, wie sagen Sie, Mänäger?»

Der junge Mann – jung zumindest für den Spitzenposten als Direktionsassistent im Regency – wirkte ratlos. «Madame! Verzeihen Sie bitte, aber…» Dann sprudelte er einen Schwall französischer Sätze hervor, während Carole-anne ihr Dekolleté einladender über dem Empfangstresen arrangierte und traurig dreinblickte.

Was der Bursche da von sich gab, hörte Jury nicht, aber er befürchtete, daß jetzt alles vermasselt war –

Nein. Carole-anne legte dem Direktionsassistenten in einer Geste des Verzeihens die Hand auf den Arm. Seinem Blick nach zu urteilen, war Jury sicher, daß Tränen in ihren Augen glitzerten. Sie schüttelte den Kopf, sie seufzte, sie drehte sich zu Jury um und sagte: «*Mon oncle.*»

Und dann nahm sie auf einem damastbespannten Podium Platz und zog ein Spitzentaschentuch aus ihrer kleinen Handtasche.

Mon oncle ging zu ihr, lächelte süßlich, tätschelte ihr die Schulter und sagte: «Was zum Teufel haben Sie vor?» Sie waren zwar außer Hörweite – aber so, wie der junge Mann die frischgebackene Baronin Regina de la Notre anstarrte, hatte er vielleicht doch weitreichende Antennen.

Mit tränenfeuchten Augen lächelte Carole-anne Jury innig an und sagte: «Warum schlagen wir uns mit dem Scheiß-Georges Duprès rum? Wir haben doch den hier in der Hand.»

Sie erhob sich, drehte sich um, winkte ein trauriges Adieu und wandte sich zu Jurys Entsetzen zur Tür.

Wie vom Schlag getroffen, sprang der Direktionsassistent hinter dem Tresen hervor und griff sie am Arm. Dann ließ er die Hand sinken, als habe er womöglich einen Gast des Regency besudelt. «Wenn *ich* Ihnen in irgendeiner Weise behilflich sein kann, Madame?» Oh, der hoffnungsvolle Blick!

«Wie froindlisch von Ihnen», sagte die Baronin mit heiserer Stimme, murmelte dann: «...*il fait du temps...*» und schüttelte den Kopf, weil sie sich gewiß fragte, wie sie ihren geringen Vorrat an französischen Sätzen aufbrauchen konnte.

«Wie Sie wünschen, Madame.»

Aus einer plötzlichen Eingebung heraus schnippte sie mit den lederbehandschuhten Fingern und nahm das Foto von dem Zimmermädchen und dem Hund aus der Handtasche. Jury glaubte zwar nicht, daß der *Assistent* sich acht Jahre zurückerinnern konnte, aber was sollte es?

Der Mann konnte seinen Blick nicht einmal lange genug von Carole-anne abwenden, um das Foto anzuschauen. Dann sagte er, er bedaure außerordentlich, aber...

«Ah, iist die, wie sagen Sie, Livree von Regency. Uniform? Sie war Simmermädschen? Serviererin? *Non?*» Carole-anne drehte das Foto schnell um. *Amy Lister.*

Zu Jurys Verblüffung fiel der Groschen. Tiefe Dankbarkeit und nicht Überraschung breitete sich auf dem Gesicht des Direktionsassistenten aus. Er erinnerte sich. Er gestattete sich sogar ein Kichern. «Natürlich. Die Listers.» Dann sah er drein wie ein begossener Pudel. Mit den Listers konnte er dienen, aber... «Das Zimmermädchen wollten Sie also nicht? Sie haben recht, das ist unsere Livree, aber das Mädchen habe ich nie gesehen. Nur den Hund, den Schäferhund. Der war immer bei den Listers. Daran erinnere ich mich.»

Carole-anne schüttelte ihren glänzenden Schopf und ermunterte ihn mit hübschen Blicken, immer weiter über die Listers zu plaudern. Er hörte auf zu plaudern, als er sah, daß sie resigniert die Hand an den Kopf legte –

Um Himmels willen, wollte Jury rufen, er erzählt mir gerade, was ich wissen will. Was haben Sie vor –?

Wieder legte Carole-anne dem jungen Mann ihre glatte kleine Hand auf den Arm. «Ah, *mon ami*...»

Diesen dämlichen Satz ritt sie zu Tode. Er hätte ihr am liebsten auf die Zunge getreten. Statt dessen stand er da, ihr lächelnder *oncle*.

«...es iist där Baron Lister, den isch suche –»

So ein Mist! Die blöde kleine Zicke steckte so tief in ihrer Rolle, daß sie nicht mehr wußte, warum sie hier war.

Der junge Mann war verwirrt, traurig und unzufrieden mit sich selbst, weil er keinen Baron Lister herbeizaubern konnte. «Es tut mir ganz entsetzlich leid. Meines Wissens hat es nie einen *Baron* Lister gegeben. Handelt es sich unter Umständen um Lord Lister?»

Lord Lister. Adresse, Carole-anne.

Ein trauriges, flüchtiges Lächeln. Sie hob ihr herrliches Gesicht himmelwärts und sagte: «*Si.*»

Si? Oh, wunderbar.

Errötend korrigierte sie sich. «*Oui.* Isch, *mon ami*, raise soviel, isch värgässe manschmal, in welschem Land isch bien.» Dazu ein Flattern dichter Wimpern.

Jury sah die Gestade Spaniens vor sich. Das Meer. Und er schubste die Baronin Carole-anne einfach hinein. Innerlich lachte er über sich selbst. Er hätte Carole-anne gern mal im Bikini gesehen. Was zum Teufel tat sie jetzt?

Sie hatte dem Direktionsassistenten ein winziges Adreßbuch ausgehändigt. Er schrieb etwas hinein und sandte verstohlene Blicke in diese Edelsteine von Augen. Er schlug fast die Hacken zusammen, als er es zurückgab. «Ma'am!»

«Henri. *Mon ami*...»

Jury dachte, wenn der junge Mann sich jetzt nicht hinsetzte, würde er bei dieser atemberaubenden Abschiedszeremonie umkippen. Wie hatte sie seinen Namen rausgekriegt?

Da rede ich ja noch lieber mit Racer.

«... *Vous serez toujours dans mon souvenir.*»

Henry geriet ins Schwanken, und als sie in den süßesten Tönen *Oncle Ricardo* herbeirief, mußte Jury wieder an die Costa del Sol denken. Aber Onkel Ricardo, der zur Untätigkeit verdammt gewesen war, lächelte bloß und sagte gleichzeitig mit der Baronin: «*Bonjour, mon ami.*»

Nur weil er dauernd an die Sonne Spaniens gedacht hatte, fühlte er sich jetzt, als ob er einen Sonnenstich hätte. Sie saß im Auto, schnatterte vor sich hin, strampelte mit ihren herrlich bestrumpften Beinen und stieß ihn in die Rippen.

«Also, wie war ich, Superintendent? Wir haben, was wir wollten, korrekt?»

«Haben wir, *ma chère*!»

Mrs. Wasserman lugte durch ihre schweren Vorhänge. Es hätte Jury nicht überrascht, wenn sie die ganze Zeit auf ihrem Beobachtungsposten geblieben wäre.

Carole-anne sprang aus dem Auto und die Treppen zu ihr hinunter, Jury folgte ihr.

«*Bonjour, Madame*», sagte Carole-anne, wickelte sich mit der Eleganz eines Stierkämpfers aus dem Zobelcape und ließ es auf den nächstgelegenen Stuhl gleiten. «*'allo*, Mrs. W. Erst muß ich mal die Scheißpumps von den Füßen kriegen. Sonst falle ich hier auf der Stelle um.»

Mrs. Wasserman faltete die Hände und sah ihre Spitzenschülerin an. «Haben Sie's gut gemacht, Carole-anne?»

«Pärfäktemang. Stimmt's, Super?»

«Pärfäktemang.»

Carole-anne, ohne Schuhe – und wenn Jury nicht eingegriffen hätte, hätte sie auch noch das Kleid ausgezogen –, spielte die Unschuldige: «Aber ich dachte, Sie müßten das Gelumpe sofort in den Kostümverleih zurückbringen.»

«Später, Carole-anne. Jetzt muß ich mir erst einmal Lord Listers Gunst erschmeicheln, und dann zurück nach Hampshire.»

«He, Sie wollten mich zum Galadiner bei Kerzenlicht einladen, Super», sagte sie schmollend.

«Ich führe Sie ganz fein aus, wenn ich wieder da bin. Behalten Sie die Ausrüstung» – Jury schrieb auf eine seiner Karten hinten was drauf – «und morgen, Süße, gehen Sie zu diesem Burschen. *Adios, Señora, Señorita.*»

Er konnte das Geplapper noch hören, als er die Treppe hochrannte. «Erst macht er so 'n Aufstand... Ey, Mrs. W., meinen Sie, der verkohlt mich?»

«Das würde Mr. Jury nie tun... aber vielleicht würde er...»

Ihr Lachen war noch zu hören, als Jury ins Auto stieg, lächelnd. Zum erstenmal bekam er mit, wie Mrs. Wasserman wie ein junges Mädchen herumalberte. *Gott behüte dich, ma chère*, dachte er und fuhr los.

Bevor er zum Woburn Place fuhr, rief er New Scotland Yard an und ließ sich ein paar schnelle Informationen über Lord Lister geben: Aubrey Lister, 1970 in den nicht erblichen Adelsstand erhoben, Aufsichtsratsvorsitzender einer der mächtigsten Tageszeitungen, seit zehn Jahren im Ruhestand.

Jury stand an einer roten Ampel, Motor im Leerlauf (sein Verstand auch, dachte er jedenfalls), da sah er das Straßenschild an einer Hausmauer.

Fleet Street.

Carrie hatte irgendwo dieses Fetzchen Erinnerung ausgegraben. Obwohl sie bestimmt keine Ahnung hatte, warum sie sich den Namen der Straße ausgesucht hatte, die als Synonym für die Londoner Zeitungswelt gilt.

Jury legte den Kopf auf die Hände am Steuer, der Mercedes hinter ihm hupte ungeduldig.

25

Das Haus der Listers am Woburn Place sah aus, als sei es über Generationen unverändert geblieben, es gab noch die ursprünglichen Tür- und Fenstergriffe aus Messing, das Bleiglasoberlicht, die Treppenpfosten. Der schimmernde Rosenholztisch auf dem handgeknüpften Orientteppich im Eingangsflur reflektierte das matte Licht. Das einzige Zugeständnis an die Gegenwart bestand darin, daß die tulpenförmigen Milchglaslampen nicht mehr mit Gas, sondern mit Strom beleuchtet wurden.

Ein Hausmädchen, in gestärktem, perlgrauem Kittel und Spitzenhaube, ließ Jury ein. Ihr hatte er auch seinen Ausweis gezeigt – reine Routine, hatte er gesagt. Ob er wohl kurz mit Lord Lister sprechen könne? Sie verzog keine Miene. Obdachloser, Minister, Scotland Yard – wer auch immer vor den Toren von Woburn Place auftauchte, er wurde höflich behandelt. Dennoch mußte sie bei Jurys Anblick sowohl ihre Miene als auch ihre Haube zurechtrücken. «Haben Sie eine Karte, Sir?» Sie lächelte verbindlich.

«Verzeihung. Selbstverständlich.» Jury legte seine Karte auf das Tablett. Sie nickte. «Einen Moment, Sir.»

Sie verschwand durch eine Doppeltür, die sie sorgsam hinter sich zuzog.

Einen Augenblick später war sie zurück und wirkte beinahe erleichtert, daß Lord Lister ihn empfangen wollte.

Daß Lord Lister die Peerswürde erst im fortgeschrittenen Alter verliehen worden war, merkte man weder an seinem Auftreten noch an seiner Haltung. Er war eher klein, dünn und drahtig, und obwohl über siebzig, strahlte er großes Selbstvertrauen aus. Durch die hohen Fenster hinter ihm schien die Sonne. Und wie alle mächtigen Männer wollte auch er den Eindruck erwecken, daß er ein einfacher Mann war.

«Wie interessant, Superintendent. Hab keinen blassen Dunst, warum Sie hier sind, aber es ist mal eine Abwechslung. Tee?»

Er wartete nicht auf Jurys Zustimmung. Lord Lister drückte auf einen Knopf neben dem marmornen Kaminsims.

«Ja, bitte. Den kann ich wirklich gebrauchen.» Jury kam sofort zur Sache, weil er nicht glaubte, daß Lord Lister seine Zeit mit Geplauder vergeuden wollte. «Es ist wegen dieses Fotos, Sir.» Er nahm den verkrumpelten Abzug aus der Tasche und reichte ihn ihm. «Vielleicht keine Angelegenheit für die Polizei. Aber es interessiert mich ganz persönlich.»

Lord Lister saß auf einem Seidenmoirésofa, nahm seine Brille und sagte: «Keine Angelegenheit für die Polizei.» Er lächelte über die Brille hinweg. «Und dennoch sind Sie hier, Superintendent.»

«Wir führen auch außerhalb der Dienstzeiten ein Leben, Lord Lister.»

Jury hatte den alten Mann ins Gespräch gezogen, als der noch nicht einmal das Foto richtig angeschaut hatte. Sein Ton war freundlich, aber er sagte: «Dann sollten Sie es aber nicht während der Dienstzeit tun.» Seine Mundwinkel zuckten.

Jury war froh, daß er guter Stimmung war. Er wollte ihn nicht beunruhigen – trotz einer ganzen Schar von Bediensteten schien er hier sehr einsam und zurückgezogen zu leben. Schon gar nicht wollte Jury ihn mit dem Grund seines Besuches verstören.

«Tut mir leid. Das Foto kenne ich nicht. Sollte ich?»

«Nicht unbedingt. Ich hatte nur das Gegenteil gehofft.» Jury tat so, als wolle er das Foto sofort wieder an sich nehmen. Woraufhin Seine Lordschaft es natürlich eines genaueren Blickes würdigte.

«Drehen Sie es um», sagte Jury.

Lord Lister rückte seine Brille zurecht, als bekäme er dadurch einen klareren Kopf. «‹Amy Lister›.» Er mied Jurys Blick und schaute lange im Zimmer umher, betrachtete den Kaminsims und eine kleine Kollektion goldgerahmter Fotos. Dann fragte er Jury: «Sie haben *Carolyn* gefunden?»

«Sir?» Jetzt konnte Jury nur den Naiven mimen.

«Meine Enkelin Carolyn. Amy war Carolyns Hund. Das ist Carolyns Schäferhund. Und die Frau –» Er zuckte die Achseln. «Irgendeine Angestellte. Was wissen Sie von Carolyn?»

«Ich glaube, gar nichts.»

Lord Lister klopfte auf das Foto. «Wie sind Sie dann an das hier geraten?»

Das liebenswürdige, steife Hausmädchen brachte den Tee. Sie schenkte ein und fragte Jury, wieviel Zucker er wünsche.

«Ein Paar namens Brindle machte vor Jahren ein Picknick auf der Hampstead Heath und fand ein völlig verwirrtes kleines Mädchen in einem Wäldchen. Es hatte eine sehr schwere Kopfwunde. Das Kind wußte weder, woher es kam, noch, wer es überhaupt war. Es besaß nichts als eine kleine Tasche, in der sich ein paar Pence und dieses Foto befanden.»

Lord Lister erschrak. «Wir haben angenommen, sie sei entführt worden. Wollen Sie sagen, daß jemand versucht hat, sie umzubringen?»

«Ich weiß es nicht.»

Lister sah sich das Foto noch einmal an. «Ich frage mich, warum der Täter das Foto nicht an sich genommen hat.»

«Es war zwischen Futter und Leder gerutscht. Die Brindles haben es erst kürzlich gefunden.» Jury setzte seine Tasse ab. «Wann haben Sie Carolyn zum letztenmal gesehen?»

Lord Lister faltete die Hände über dem Elfenbeinknauf seines Spazierstocks und stützte das Kinn darauf. «Als das Kindermädchen mit ihr in den Zoo im Regent's Park gegangen ist.» Über seinen Stock hinweg blickte er

Jury an. «Das Kindermädchen kam mit leeren Händen zurück.»

Eine beinahe zynische Bemerkung zum Verschwinden des eigenen Enkelkindes.

«Sie haben es Scotland Yard nicht gemeldet und es auch aus den Zeitungen herausgehalten. Wie –?» Als Lord Lister verkrampft lächelte, begriff Jury. Das «Wie» war für den alten Mann ganz einfach gewesen. Er war Aufsichtsratsvorsitzender einer Zeitung und hatte auf andere Einfluß.

«Groschen gefallen, Superintendent? Wie, glauben Sie, habe ich die Peerswürde erhalten? Die Königin war offenbar der Meinung, ich hätte dem Land einige Dienste erwiesen, indem ich eine Reihe besonders widerwärtiger Verbrechen, die Pläne gewisser Drogenhändler und so weiter aus den Zeitungen hielt. Ich besitze einen gewissen – Einfluß.» Er lächelte müde. «Mein Sohn Aubrey junior fühlte sich auf den Schlips getreten, weil der Titel nicht an ihn vererbt wird. Ich habe ihm gesagt, wenn er einen Titel will, soll er sich, verdammt noch mal, selber einen erarbeiten.»

«Sie waren der Auffassung, wenn Carolyns Verschwinden durch die Presse ginge, könnte das die Suche nach ihr erschweren – deshalb wurde keine Belohnung ausgesetzt.»

Aber Flossie und Joe wären garantiert mit Carrie im Schlepptau angetanzt.

«Genau so war es. Und aus demselben Grunde wollte ich auch nicht die Polizei einschalten. Kidnapper sind in dem Punkt ziemlich... heikel. Und zwei Tage später traf ja dann auch die Lösegeldforderung ein. Die Entführer waren ziemlich bescheiden. Sie forderten nur fünfundzwanzigtausend. Die ich höchstpersönlich – in einem Koffer voller Kleidung – an der Gepäckaufbewahrung im Bahnhof Waterloo ablieferte. Und den Abschnitt steckte ich bei W. H. Smith's in einen Taschenbuchkrimi, ganz am Ende des Regals. Ich ging davon aus, daß ich die ganze Zeit beobachtet wurde.»

«Aber Carolyn wurde nicht zurückgebracht.»

«Nein.» Er rieb sich den Nasenrücken und schüttelte den Kopf. «Auch das Geld wurde nie abgeholt. Ich engagierte sofort zwei sehr gute Privatdetektive. Sie fanden nichts heraus. Entweder wollten die Entführer das Risiko nicht eingehen, gesehen zu werden, oder Carolyn war schon tot. Vielleicht» – Lord Lister zuckte mit den Schultern –, «wer weiß.»

«Und das Hausmädchen beziehungsweise das Kindermädchen? Wie lautete deren Version?»

«Sie hatte etwas Kaltes zu trinken holen wollen. Es dauerte nur ein paar Minuten, aber als sie zurückkam, war Carolyn fort. Und je länger sie suchte, desto größer wurde ihre Angst. Carolyn lief nie weg, und die Angestellte war felsenfest davon überzeugt, daß sie entführt worden war. Dann kam sie sofort nach Hause zurück.»

Jury hatte sein Notizbuch herausgenommen, aber Lord Lister sagte: «Das können Sie sich sparen. Das Kindermädchen ist tot. Von ihr erfahren Sie nichts mehr. Sie ist natürlich auf der Stelle entlassen worden.»

«Waren Carolyns Eltern mit Ihrem Vorgehen einverstanden?»

«Es gab keine Eltern. Carolyn war unehelich. Meine Tochter Ada starb, als Carolyn drei oder vier war. Der Vater ist auch tot. Ich fand, sie sollte einen Namen haben.»

«Ja, es hilft einem, die eigene Identität aufzubauen.»

Lister sah Jury scharf an. Seinen Tee hatte er nicht angerührt. Die Hände immer noch auf dem Stock, wandte er den Blick zu dem hohen Fenster und sprach dann wie ein Mann, dem sämtliche Gefühle abhanden gekommen sind. «Sie sind alle aus dem Haus, die Kinder. Sie fanden es nicht allzu – erquicklich. Ruth und Aubrey. Meine Schwester Miriam ist schließlich auch gegangen.»

«Wo sind sie, Lord Lister?»

«Sie melden sich nicht mehr. Das letzte, was ich von Ruth gehört habe, war, daß sie in Indien lebt. Miriam. Miriam würde ich gern einmal wiedersehen.» Gedankenverloren blickte er auf. «Wir standen uns nahe, obwohl sie fünfzehn Jahre jünger ist als ich.»

«Haben Sie Bilder von ihnen?» Jury deutete mit dem Kopf auf den Kaminsims.

«Bedienen Sie sich. Sie sind sehr alt.»

Alt und vergilbt und ziemlich unscharf. Eins sah definitiv nach Carrie aus. «Ihre Mutter?»

«Ada. Ja.» Lord Lister schien nicht geneigt, in der Vergangenheit herumzuwühlen. Er sah Jury an. «Glauben Sie nun, daß ich ein Tyrann war und sie aus dem Haus getrieben habe?» Er seufzte. «Mein lieber Mr. Jury, sie warten bloß darauf, daß ich sterbe.» Er schürzte die schmalen Lippen. «Geld, Superintendent, Geld.»

«Solche Leute lassen doch normalerweise regelmäßig von sich hören. Damit Sie wissen, wo Sie es hinschicken sollen.»

Lord Lister lachte sogar. «Oh, hübsch gesagt. Nein. Sie wissen, daß sie es bekommen. Aber daß Carolyn den Löwenanteil kriegt, das wurmt sie.»

Jury war überrascht. «Sie mochten sie sehr?»

Lister dachte lange nach. «Ja. Ich mochte sie. Sehen Sie, ich fühlte mich ein bißchen wie Lear. Nicht daß ich ihr einen Spiegel an die Lippen halten würde, um zu sehen, ob sie noch lebt.» Als er Jury ansah, funkelten seine Augen, sie waren voll Tränen. «Aber im Gegensatz zu den anderen wollte Carolyn nie etwas von mir. Aubrey und Ruth sind selbstsüchtig, oberflächlich und opportunistisch. Eigentlich schlägt Carolyn am ehesten nach mir. Und vielleicht noch nach Miriam. Sie ist resolut. Zurückhaltend. Richtig stoisch. Ihre Mutter war auch so.» Er beugte sich zu Jury vor, als sei es ihm wichtig, daß der Superintendent es begriff. «Und an *so* etwas war ich einfach nicht gewöhnt. Die anderen Kinder waren durch und durch habgierig.»

«Darf ich fragen, um wieviel Geld es geht?»

«Dürfen Sie. Für Carolyn um eine Million.»

Jury war verblüfft.

«Und die anderen: pro Kopf hunderttausend. Wenn Carolyn *tot* ist...» Er sah weg. «Dann geht ihr Anteil an die anderen. Zu gleichen Teilen. Aber ihr Tod muß eindeutig bewiesen sein. Wenn sie nur gesetzlich für tot erklärt wird, geht ihr Erbe an verschiedene Wohltätigkeitsorganisationen.»

Also warteten die anderen nicht nur auf den Tod des alten Mannes, sondern auch auf den Tod Carolyn Listers. «Dann war Carolyn bei Ihrem Sohn und Ihrer Tochter wohl nicht sonderlich beliebt. Und bei Ihrer Schwester auch nicht.»

«Nein, nicht sonderlich.»

«Aber Carolyn ist vor über sieben Jahren verschwunden. Bedeutet das nicht, daß sie tot ist?»

«Ja. Aber jetzt sind Sie mit dem Foto aufgetaucht,

nicht wahr? Das kleine Mädchen, das das Foto in seinem Besitz hatte, *könnte* Carolyn sein. Was Sie von der Familie erzählen, die sie gefunden hat, paßt zu den Tatsachen.»

«Haben Sie noch mehr Fotos – von der Familie?»

Lord Lister schüttelte den Kopf. «Von meiner Frau ziemlich viele. Und von den Kindern, als sie sehr klein waren.» Er sah zur Decke. «Ein Album, auf dem Dachboden vielleicht. Ich gehe nicht auf Dachböden, Superintendent. Wie meine Erinnerungen sind sie dunkel und voller Spinnweben. Ach, jetzt werde ich sentimental.» Er schwieg. «Geht's dem Mädchen, das Sie getroffen haben, gut?»

Jury dachte einen Moment nach. «Schwer zu sagen. Aber ich zweifle, ob es einem überhaupt sehr gutgehen kann, wenn man keine Erinnerung mehr an seine Kindheit hat.»

«Wird sie gut versorgt?»

«Ja.»

«Gut.» Er zuckte mit den Schultern. «Leider gibt es keinen Beweis...» Er sah Jury an, dann die luxuriösen Samtvorhänge, die antiken Möbel, die jetzt in dem schwächer werdenden Sonnenlicht nicht mehr so prächtig aussahen. Er lächelte müde. «Den müssen Sie bringen, Superintendent.»

«Sie trägt einen Ring, mit einem kleinen Amethyst. Hilft Ihnen das weiter?»

Lord Lister stützte das Kinn in die Hände und überlegte. «Ein Amethyst. Ja, ihre Mutter könnte Carolyn einen geschenkt haben. Einen Geburtsstein. Ja, der würde als Beweis genügen, würde ich sagen.»

Beweis? «Daß sie lebt?»

«Oder tot ist.»

Jury schauderte es. «Und wenn das Mädchen tatsächlich Carolyn ist. Und wenn ihr durch irgendeinen Zufall was passiert –»

Lord Lister zog die Brauen hoch. «Unwahrscheinlich. Sie ist ja immer noch sehr jung.»

«Sie war noch jünger, als man sie halbtot auf der Hampstead Heath liegenließ», sagte Jury bitter.

Der alte Mann schwieg.

Jury fuhr fort. «Warum soll nicht ein Teil des Vermögens an die Person gehen, die sie versorgt – nicht die Brindles. Ich meine die, bei der sie jetzt lebt.»

«Ja, warum nicht?» Lord Lister war verwirrt.

Jury wartete auf die Fragen. *Wer kümmert sich um sie? Wo?*... Aber es kamen keine. Jury steckte sein Notizbuch weg und dankte Lord Lister für seine Zeit.

Der alte Mann stützte sich auf den Stock und erhob sich. «Zeit habe ich in Hülle und Fülle, Mr. Jury.»

Jury lächelte. «Wenn sie einmal hierherkäme, würde sich ihr Gedächtnis rühren. Ihres vielleicht auch. Ich könnte mir vorstellen, da Sie ja so allein leben, wären Sie vielleicht froh, sie wiederzuhaben.»

«Sie verstehen nicht, Superintendent. Ich mag keine Dachböden. Ich will die Vergangenheit nicht wiederhaben. Ich will Carolyn nicht.»

Nachdem das Hausmädchen ihn hinausbegleitet hatte, blieb Jury ein paar Sekunden auf den Steinstufen stehen. Alles für nichts und wieder nichts. Er hatte Carrie Fleet keinen Deut geholfen. In einem gewissen Sinne hatte sie keine Vergangenheit. Eine Million Pfund hin oder her, sie war wahrlich betrogen worden. Er hätte selbst auf den

Dachboden gehen, die Erinnerungen suchen, mitnehmen und ihr helfen sollen, sie zusammenzufügen.

Aber wozu das alles, wenn sie am Ende doch keiner wollte?

Er ging die Stufen hinunter und sah im Zurückblicken, wie eine Samtgardine heruntergelassen wurde.

Der Vorhang war gefallen.

Fünfter Teil

Und es wird Nacht –
In Nest und Zwinger –

26

Melrose – der nun den Earl of Caverness spielte – betrachtete das Foto an der Wand im Trophäenzimmer vom «Haus Diana»: Grimsdale, umringt von seinen Lieblingshunden. Im Hintergrund ein in die Enge getriebener Hirsch. Zwischen Foto und Kaminsims ein Jagdhorn.

Es kostete Melrose einige Überwindung, das Foto anzusehen, und das auch noch bewundernd. Aber Job war Job.

«Absolut einmalig», sagte Sebastian Grimsdale, der neben ihm stand. Er seufzte vor Wonne. «Der Prinz von Wales tötete einen Hirsch, indem er ihn mit dem Hirschfänger ganz aufschlitzte, anstatt ihm nur die Kehle durchzuschneiden.»

«Das nenne ich Weidmannslust, Mr. Grimsdale. Es muß ein wundervoller Anblick gewesen sein.»

Grimsdale wurde ernst. «Selbst wenn ich dabeigewesen wäre, hätte ich mich dem Hirsch nicht genähert. Zu gefährlich, Sie wissen schon.»

«Oh. Klingt ja wie ein Stierkampf.»

«Mein Gott, Lord Ardry. Stierkampf hat doch mit *Sport* nichts zu tun.»

Melrose nahm eine Zigarre und bot Grimsdale auch eine an. Der war aber so in das Bild vertieft, daß er nur geistesabwesend den Kopf schüttelte.

«Dann waren Sie noch nie auf Hirschjagd?»
Melrose verneinte.

«Einmalig», sagte Grimsdale wieder. «Wenn ich daran denke, wie einer wahrhaftig mal aus dem Heidekraut meinem Pferd direkt vor die Nase springt. Na ja...» Eine Pause für wehmütige Erinnerungen. «Im Exmoor ist die Saison für die Hirschjagd vorbei. Aber wenn Sie im Frühling wieder hier sind –»

«Wahrscheinlich nicht», sagte Melrose und lächelte. Was angesichts des todgeweihten Hirschs vielleicht etwas unpassend war.

«Sie fallen auf den ganzen alten Landseer-Kitsch rein, *Herrscher des Waldes* – sentimentaler Quatsch. Hirsche sind ganz schön fiese Biester. Sie spannen sich sogar gegenseitig die Hirschkühe aus. Einfach skrupellos.»

«Skrupellos.»

«Skrupellos», wiederholte Grimsdale befriedigt. «Zu dumm, daß Sie noch nie auf Hirschjagd waren. Die Berge, diese Weite, die reißenden Bäche, die Stürme –»

«Klingt sehr einladend.»

«Hm, und wenn es in Devon-Somerset mit der Jagd vorbei ist, können Sie wenigstens in der Gegend von Buckland jagen. In New Forest. Da gibt's Damwild. Kein Vergleich mit Rotwild.» Grimsdale sah auf die Uhr, als höre er schon das Jagdhorn blasen. «Fast zehn. Donaldson macht wahrscheinlich gerade seinen Rundgang. Ich versuche, meine eigene Meute aufzubauen. Die beiden Hunde, die Sie gesehen haben, sind wirklich hübsche Viecher, ich habe sie von einem der besten Züchter –»

«Eine eigene Meute hält Sie wahrscheinlich ganz schön in Trab, Mr. Grimsdale.»

Grimsdale ging über Melroses abfälligen Ton hinweg

und tönte weiter, daß er vom Jagen einfach nie genug bekommen könne.

Davon konnte sich Melrose hinreichend überzeugen. Auch davon, daß sich die Tierpräparatoren nicht über mangelnde Arbeit beklagen konnten. Das Zimmer war voll von ausgestopften Tieren aller Gattungen: Graufuchs, Fasan, Waldschnepfe, Dachs – um nur ein paar der kleineren Ausstellungsstücke zu nennen. Alle hinter Glas. Während Grimsdale in den Anblick von Hirsch- und Bockshäuptern versunken war, besah sich Melrose einen bildschönen Vogel mit blauen Flügelspitzen.

Grimsdale drehte sich herum. «Aha, wie ich sehe, mögen Sie Vögel, Lord Ardry.»

«Lebendige, ja.»

«Ein Löffelentenmännchen ist das. Sieht man hier in der Gegend selten. Nur wenn das Wetter oben im Norden so schlecht wird, daß sie in ein wärmeres Klima ziehen.» Selbstzufrieden betrachtete Grimsdale den Erpel und rieb sich mit dem Pfeifenstiel an der Wange.

«Der hier hat's jetzt wirklich warm.»

Sein Sarkasmus kannte offenbar keine Grenzen. Grimsdale nahm einen Vogel vom Sims, der auf einem Ast saß. «Eine Krickente. Ein Dutzend flog hier vom Teich auf –»

«Teich? Wo ist denn hier ein Teich?»

«Hinten.» Grimsdale lachte. «Sie sollen ihn auch nicht sehen, Lord Ardry. Reines Glück, daß ich den habe, er ist umgeben von Bäumen, Farnen, Schilf. Perfekt. Da halte ich einen Wildenterich. Der zieht die anderen an.»

Melrose schaute das Löffelentenmännchen mitleidig an, aber jetzt hatte er Grimsdale wahrscheinlich mit Kognak und Gerede soweit angewärmt, daß er das wirkliche Thema anschneiden konnte.

«Jagen und Schießen liegen mir eigentlich nicht so –»

«Ihr Pech, Sir.» Grimsdale lachte.

«Aber verbietet die Forstverwaltung denn nicht, Wild zu jagen, das vom Wetter hierher *verschlagen* wird?» Das hätte er nicht sagen dürfen; normalerweise war er auch beherrschter. Aber bei diesem rosawangigen, eisgrauhaarigen, vor Selbstgefälligkeit strotzenden Jagdherrn konnte er einfach nicht mehr an sich halten. Grimsdale machte ein Gesicht, als sei ihm ein alter Wilddiebskumpel abtrünnig geworden, und Melrose wußte, daß er einiges wettzumachen hatte, wenn er Informationen wollte.

«Das ist aber ein schönes Exemplar, Mr. Grimsdale.» Er deutete auf den Zwölfender, den Grimsdale eben bewundert hatte. «Wo haben Sie den her?»

«Aus Auchnacraig. Das ist in Schottland.»

«Davon hab ich schon mal gehört», sagte Melrose, ohne mit der Wimper zu zucken. Fein, eine Lektion in Geographie und der Kunst des Schießens. Grimsdale war so sehr von sich eingenommen, daß er Melroses Unwillen nicht bemerkte.

«Jawohl. Hundertfünfunddreißig Kilo. Hab fast eine Silbermedaille dafür gekriegt.»

Melrose lächelte freudlos. «Wunderbar. Wo jagen Sie hier in der Gegend Hirsche, Mr. Grimsdale?»

«Im Exmoor. Genau das richtige für Rotwild. Für Böcke ist der New Forest besser. Donaldson ist übrigens der beste Treiber weit und breit. Steht in aller Herrgottsfrühe auf und stöbert abschußreife Hirsche auf. Ohne geschickten Treiber läuft nichts.»

«Stimmt. Der Superintendent geht ja auch nicht ohne seinen Sergeant.»

Aus unerfindlichen Gründen fand Grimsdale das ziemlich witzig und schlug Melrose lachend den Arm auf die Schulter. Er hatte schon so viele Kognaks getrunken, daß der rosige Glanz auf seinem Gesicht dem außergewöhnlich schönen Sonnenuntergang, den sie vor ein paar Stunden gesehen hatten, in nichts nachstand.

«Wie fanden Sie Sally MacBride?» fragte Melrose plötzlich.

«Die MacBride?» Seine Verunsicherung wich gestelltem Bedauern. «Unfaßbar, so zu sterben.» Er schüttelte den Kopf, trank seinen Kognak, starrte zu einem breiten Balken mit Geweihen hoch und wiederholte seine Worte. Als redete er über den Hirsch.

Melrose fand es geradezu widerwärtig, wie er den Tod der Frau einfach so abtat. «Und was sagen Sie zu den Hunden und der Katze?»

«Katze? Hunde?» sagte er, als habe er noch nie von Tieren gehört, die nicht in einer Meute herumliefen. «Ach, Sie meinen den Hund von der Quick? Und die anderen? Hm, was ist mit denen? Na ja, was den Hund von Gerald Jenks betrifft – gut, daß wir den los sind. Hat meine verdammten Rosenbüsche aufgebuddelt.»

«Wie gut haben Sie sie gekannt – Una Quick und Sally MacBride, meine ich.»

Grimsdale lächelte. Was war das Leben des einen oder anderen Dorfbewohners im Vergleich zu einem Zwölfender von hundertdreißig Kilo? Dann goß er sich das Glas wieder voll und bot Melrose auch noch etwas an. Melrose lehnte ab und fragte sich, ob der Mann sich stur stellte oder tatsächlich nur von Auchnacraig und vom

Exmoor träumen konnte. Jetzt allerdings schien Grimsdale doch schlagartig klarzuwerden, daß Lord Ardry deutlich merkwürdige Fragen stellte.

«Ich verstehe nicht. Ich habe Miss Quick gekannt – schließlich betrieb sie die Poststelle. Alle kannten sie. Mrs. MacBride habe ich natürlich auch gekannt. Ich gehe regelmäßig in den ‹Hirschsprung›. Leider die einzige Kneipe im Dorf. Man sollte sie mal ein bißchen aufmöbeln. Aber *sie* lag natürlich immer auf der faulen Haut –»

Grimsdale unterbrach sich mit einem Husten. Vielleicht wäre ihm fast etwas herausgerutscht, oder aber er wollte nicht schlecht über Tote sprechen. Melrose wußte jedenfalls genau, daß das Gespräch sich ewig im Kreise drehen würde, wenn er die Augen nicht von dem ausgestopften Hasen abwandte, den Grimsdale jetzt in der Hand wog. «Könnten Sie sich vorstellen, daß die Frauen ermordet worden sind, Mr. Grimsdale?»

Grimsdale stellte den Hasen mit einem dumpfen Krachen an seinen Platz zurück. «*Was?*» Er schaute Melrose entgeistert an und lachte. Ein herzliches Lachen. «*Ermordet?* Mord in Ashdown Dean?»

«Das soll in den besten Familien vorkommen», sagte Melrose.

«Hier nicht», sagte Grimsdale.

«Warum, glauben Sie denn, ist Scotland Yard hier? Wegen eines simplen Todes durch Herzversagen?»

«Aber das war's doch, Mann! Wenn diese dumme Pute so dämlich war, in einem Sturm zu der Telefonzelle hochzugehen...» Er zuckte mit den Schultern.

«Offenbar war ihr Telefon kaputt. Ihres auch?»

«Meins? Weiß ich doch nicht! Um die Zeit habe ich nicht telefoniert.»

«Um welche Zeit?»

Grimsdale sah Melrose scharf an und sagte pikiert: «Sie stellen Fragen wie die Polizei, Sir. Aber mich legen Sie mit der Masche nicht rein. *Alle* haben gehört, daß Una Quick kurz vor zehn aus dem Telefonhäuschen gefallen ist. Schließlich und endlich ist sie auf einen Gast von mir gefallen. Polly Praed heißt sie. Aber die kennen Sie ja. Hat ein Ungeheuer von Kater, der die Gardinen in ihrem Zimmer halb zerfetzt hat. Ich sorg schon dafür, daß sie die bezahlt, da gibt's nichts. Muß den Dekorateur kommen lassen. Oder Amanda Crowley muß einen Schwung neue nähen.»

Jetzt überlegte er bestimmt insgeheim, wie er Polly für die Gardinen drankriegen und Amanda dazu bewegen konnte, ihre Talente als Schneiderin gratis zur Verfügung zu stellen.

Melrose zündete sich noch eine Zigarre an und sann darüber nach, welche Lüge die beste war, um an die Wahrheit zu kommen. «Ist natürlich lächerlich, aber Sie sind sich ja wohl dessen bewußt, daß in Ashdown über Sie und Mrs. MacBride geredet wird.»

Grimsdales Gesicht erglühte in allen Farben des Kaminfeuers. «*Eine bodenlose Lüge!* Was sollte ich in Gottes Namen mit so einer ordinären... Einerlei, Amanda und ich –» Da hielt er plötzlich inne und fragte rasch: «Wo haben Sie das gehört?»

«Hier und da. Bekanntlich ist sie abends immer den Weg am Fluß entlangspaziert, der, glaube ich, an Ihrem Teich endet. An dem Teich mit dem zahmen Wildenterich.» Melrose lächelte kurz.

Sebastian Grimsdale fiel auf einen Stuhl, und Melrose dachte schon, jetzt käme ein Geständnis. Aber er setzte sich nur gerade hin. «Wenn Sie es genau wissen wollen, die MacBride und mein Meutenführer waren im Gerede. Dachte, Donaldson wäre klüger. Manchmal habe ich ein Licht im Stall gesehen. Wunderte mich immer, warum er zu der Zeit noch auf war. Ich habe ihn da hinter den Zwingern wohnen lassen.»

Nachdem er seine Sicht der Dinge präsentiert hatte, lehnte er sich zurück, steckte sich eine Zigarre an und schüttelte unentwegt den Kopf. «Sieh an, sieh an. Daß es mal so weit kommen mußte.»

«Ich glaube, der Superintendent wird mit ihm reden wollen.»

«Ich wüßte nicht, *warum*. Donaldson ist aus Schottland. Er hat mit den Leuten hier nichts zu schaffen. Er ist nur für die Jagdsaison hier.»

Melrose lachte: «Na ja, aber bis die anfängt, kann er auf alle möglichen dummen Gedanken kommen –»

Er wurde von einem grauenhaften Getöse unterbrochen.

«Mein Gott! *Was ist das?*» Grimsdale schoß aus dem Stuhl hoch und sah Melrose aufgeregt an. «Klingt, als drehten die Hunde durch.»

Das stimmte. Noch ehe Melrose sein Glas absetzen und die Zigarre ins Feuer werfen konnte, hatte Grimsdale sich ein Gewehr geschnappt und war durch die Verandatür auf den Hof gerannt. Melrose folgte ihm in Richtung der Zwinger, dichter Nebel umschloß ihn. Aus dem Chor der Fuchshunde ertönte das gespenstische Bellen von Grimsdales Hirschhunden.

Und als Melrose sich einen Weg durch den Nebel bahnte, hörte er in dem ganzen Aufruhr einen Schrei, den kein Hund ausstoßen würde.

Der schöne Donaldson war die längste Zeit schön gewesen. Er lag im Zwinger, von den Hirschhunden zerrissen, einer lag neben ihm. Im Schein von Grimsdales Taschenlampe sah Melrose den anderen schwanken und umfallen, sein helles geflecktes Fell war blutverschmiert.

Dann hörte er Schritte über den Hof rennen. Wiggins. Polly.

Grimsdale, der wie erstarrt dagestanden und auf den blutigen Boden des Zwingers geschaut hatte, rief plötzlich: «*Holt Fleming!*»

Und das, dachte Melrose, als er sich umdrehte, um Polly aufzuhalten, sprach Bände über diesen Mann. Den Tierarzt rufen, nicht den Arzt. Aber Farnsworth und Fleming hätten für Donaldson und die Hunde sowieso nichts mehr tun können.

Wiggins nahm Grimsdale die Taschenlampe aus der Hand, während Melrose mit Polly buchstäblich ringen mußte, um sie wegzuhalten. «Gibt nichts zu sehen für Sie, meine Liebe –»

«Ach, halten Sie die Klappe.» Sie entwand sich seinem Griff und spähte durch den Strahl der Taschenlampe in den Nebel. «Zum allererstenmal haben Sie recht.» Polly vergrub den Kopf an seiner Schulter.

Melrose schielte über ihren dunklen Schopf. Von der anderen Seite des Hofs tauchte eine Gestalt aus dem Nebel auf. Wie ein geisterhaft großer Fleck schwankte sie hin und her und verwandelte sich endlich in eine erkennbare Figur. Carrie Fleet.

Eine sehr schmutzige Carrie Fleet.

Als Grimsdale sie sah, starrte er sie ein paar Sekunden lang an und hob dann langsam das Gewehr.

Melrose machte sich von Polly los, aber Wiggins war

schneller. Mit einem judomäßigen Tritt beförderte er Grimsdales Arm mit dem Gewehr hoch, und der Schuß ging weit daneben. Irgendwo zerbrach Glas – ein Stallfenster.

Ruhig nahm Wiggins Grimsdale das Gewehr ab. «Ich glaube, es ist genug, Sir. Ich glaube wirklich, es ist genug.»

Carrie Fleet stand da und rührte sich nicht.

Grimsdale schrie. *«Du Teufel! Immer nur Ärger mit dir.»*

Melrose umklammerte Grimsdales Arm. Wenn jemand vom Teufel besessen war, dann Grimsdale.

«Was machst du hier, Carrie?» flüsterte Polly.

Carrie Fleet zeigte mit dem Daumen über die Schulter zum Rand des New Forest. «Hab Fuchsröhren aufgemacht. Ich hab die Hunde gehört.» Sie ging zum Zwinger und besah sich Donaldsons Leiche und die toten Hunde.

Sie schüttelte die ganze Zeit den Kopf. Dann schaute sie der Reihe nach in die Käfige, die die Beagles beherbergten.

Und dann drehte sie sich um und ging in den Nebel zurück, der sich wie eine zweite Haut um sie schloß.

Keiner versuchte sie aufzuhalten. Die Nacht war totenstill.

«Ich kann erst nach der Autopsie etwas Definitives sagen –»

Grimsdale hielt ein großes Ballonglas in Händen, die einen fürchterlichen Tatterich hatten, und sagte: «Sie hätten Donaldson nie angefallen. Niemals.»

«Wir scheinen den Beweis für das Gegenteil zu haben», sagte Melrose kalt.

In Abwesenheit Jurys übernahm Wiggins den geschäftlichen Teil. «Dr. Fleming?»

«Ich wollte gerade sagen, es kann ein beliebiges Medikament gewesen sein und jederzeit, Minuten oder Tage oder Wochen vorher, verabreicht worden sein. Wie zum Beispiel Fentanyl. Aber da kommt man nicht so einfach ran – es sei denn, man ist Arzt oder Tierarzt. Dann gibt es noch die Gruppe der Benzodiazepine. Valium kann bei Tieren zu solchen Reaktionen führen, und man kann es sich leicht beschaffen.» Fleming zuckte mit den Schultern. «Ich müßte eine Autopsie vornehmen.»

Wiggins notierte sich alles und sagte stirnrunzelnd: «Das bedeutet, daß *jeder*, der den Zwinger betreten hätte, zerrissen worden wäre.»

«Ja», sagte Fleming.

«Es gingen aber immer nur zwei Leute hinein», sagte Melrose. «Und Mr. Grimsdale hätte keinen Grund gehabt, vor morgen hineinzugehen.»

Polly Praed saß im Trophäenzimmer in ihrem alten braunen Morgenmantel und biß sich auf die Lippen. «Und damit sind wir bei Nummer drei. Der Mörder konnte sich Gott weiß wo aufhalten, als es passiert ist. Was für eine widerliche Art, einen Menschen umzubringen.»

Melroses Gedanken waren bei Polly Praed, die den Kopf an seine Schulter gelegt hatte. Jetzt richtete sie ihre Amethystaugen auf Wiggins und sagte: «Warum rufen Sie jetzt nicht auf der Stelle Superintendent Jury zurück?»

27

«Und wo wollen *Sie* jetzt hin, wenn die Frage gestattet ist?» fragte Polly Praed am nächsten Morgen. Sie kam in dem Moment ins Frühstückszimmer, als Melrose sein – für die Verhältnisse vom «Haus Diana» – üppiges Frühstück vertilgte. Die Scheibe Toast in dem Toastständer war tatsächlich warm. Und die Scheibe Bacon auf Melroses Teller ebenfalls. «Es ist gerade erst neun.»

Dann verlor sie jegliches Interesse an Melroses Plänen und sah sich im Zimmer um. «Allmählich könnte er ja mal erscheinen.»

Womit sie Jury meinte. Melrose seufzte. «Laut Wiggins hatte der Superintendent gestern einen ziemlich vollen Tag. Aber er könnte jede Minute hereinspaziert kommen, deshalb schlage ich vor, Sie ziehen sich an. Nicht, daß Sie der Morgenmantel nicht kleidet; Sherlock Holmes hätte seine helle Freude daran gehabt. Verzeihung, daß ich mein Frühstück schon zu mir genommen habe», fügte er hinzu, als sie seinen Teller ins Visier nahm. «Aber ich könnte mir vorstellen, daß Grimsdales Köchin, jetzt, wo Grimsdale ihr nicht in die Quere kommt, Ihnen auch eins servieren wird.»

«Wo ist der greuliche Mann?»

«Im Trophäenzimmer habe ich ihn zum letztenmal gesehen. Mit Pasco und Inspektor Russell. Grimsdale sieht gar nicht gut aus.»

«Sollte er auch nicht. Der Schreck sollte ihm noch in den Gliedern sitzen. Er hätte das Kind *erschossen*. Wenn Sergeant Wiggins nicht gewesen wäre... Wohin gehen Sie denn?»

«Nach La Notre.»
«Um diese Zeit? Schlafen Baroninnen nicht bis zwölf Uhr mittags?»
«Keine Ahnung. Aber vielleicht erhebt sie sich ja, um den Earl of Caverness zu empfangen.»
«Sie Hochstapler», sagte Polly und aß die letzte Scheibe Toast.

Um empfangen zu werden, mußte man allerdings alle Register ziehen.
Melroses Silver Ghost beschleunigte die Angelegenheit. Das kleine Hausmädchen mit der kecksitzenden Haube starrte abwechselnd auf den Wagen und seine Karte und wußte nicht, was sie mehr beeindruckte.
«Ich möchte die Baronin Regina zu dieser unchristlichen Stunde nur ungern belästigen», lächelte Melrose. «Aber vielleicht könnte ich –»
«Oh, ich bin sicher, es ist keine Belästigung, Euer Gnaden –»
Er lachte. «Diese Anrede steht mir leider nicht zu. Ich bin nur Earl, kein Herzog.»
«Hallo», sagte eine Stimme aus dem dunklen Korridor. «Gillian Kendall.» Gillian streckte ihm die Hand entgegen. «Reginas Sekretärin.» Sie war gerade dabeigewesen, die Post, die auf einer angelaufenen Silberschale lag, durchzusehen.
«Entschuldigen Sie, Miss Kendall, daß ich so früh hier hereinschneie.» So früh war es auch wieder nicht, immerhin schon nach zehn.
Sie legte die Post wieder hin und sagte: «Die Sache da gestern abend im ‹Haus Diana›. Wie entsetzlich...»
«Hat Carrie es Ihnen erzählt?»

Gillian Kendall war verwirrt. «Carrie? Nein. Was hatte sie denn damit zu tun?» Dann lächelte sie. «Sie hat allerdings die Tendenz, immer dann aufzukreuzen, wenn irgendein Tier ein Problem hat.»

Jetzt war Melrose verwirrt. «Ich würde eher sagen, Carrie hatte ein Problem. Hat sie Ihnen nicht erzählt –?»

Bevor er ausreden konnte, kam Regina wie eine Erscheinung im blauen Brokatmorgenmantel mit elfenbeinfarbenen Einsätzen und langer Schleppe die Treppe heruntergeschwebt. «Wie reizend von Ihnen vorbeizukommen, Lord Ardry. Kaffee im Salon, Gillian?»

«Ja, natürlich. Aber was ist mit Carrie?»

«Carrie? Carrie?» sagte die Baronin und bemühte sich, ihr Haar mit den Haarnadeln hochzustecken, die sie im Mund hatte, und den hatte sie sich wohl in aller Eile geschminkt, der Lippenstift verteilte sich in die winzigen Runzeln drum herum. Regina de la Notre hatte offenbar keinerlei Hemmungen, ihre Toilette in der Öffentlichkeit zu beenden. «Carrie steckt immer in irgendwelchen Problemen.» Sie seufzte und ließ Haare Haare sein. «Was hat sie denn *jetzt* schon wieder angestellt? Und noch dazu mit einem Peer des Königreichs, gütiger Gott.»

«Es geht eher darum, was mit Carrie angestellt *wurde*.»

«Ach, du meine Güte! Warum stehen wir alle hier rum?» Das sagte sie, als wolle sie Gillian vorwerfen, daß es ihr nicht gelungen war, Stühle herbeizuzaubern.

Gillian öffnete die Tür zum Salon, Regina rauschte hinein.

Nachdem sie sich auf der Chaiselongue in Positur gesetzt und sich Feuer hatte geben lassen, war sie bereit für die Katastrophen des Tages. Gillian blieb ruhig stehen. «Also, was soll das alles?»

«Grimsdale hat sie gestern abend fast umgebracht. Wenn Sergeant Wiggins nicht gewesen wäre, wäre sie wahrscheinlich tot – ich begreife nicht, warum sie Ihnen das nicht erzählt hat.»

Sie waren beide entsetzt. Regina wurde wie von unsichtbaren Drähten von ihrer Chaiselongue gezogen und lief nervös im Zimmer auf und ab. «Der Teufel soll den Mann holen!» Sie wirbelte mit einer ziemlich eleganten Handbewegung die Brokatschleppe herum. «Dann hat ihn doch wohl hoffentlich die Polizei gefaßt.»

«Ihn verhört, ja. Aber gefaßt –?» Melrose zuckte mit den Schultern.

«Ist doch ein eindeutiger Fall von versuchtem Totschlag. Gillian, verdammt noch mal, stehen Sie nicht da wie bestellt und nicht abgeholt. Kaffee!»

«Finden Sie nicht, daß Carrie jetzt wichtiger ist als Kaffee?» sagte Gillian eisig.

Zum Glück kam das kleine Hausmädchen, erhielt Anweisungen, und Gillian ging durch die Verandatür nach draußen. Obwohl Melrose heute morgen andere Sorgen hatte, war er von den Trompe-l'œil-Fresken einfach hingerissen.

Die Baronin begab sich zur Chaiselongue, zündete sich eine neue Zigarette an, und Melrose erzählte ihr, was vorgefallen war.

«*Donaldson?* Diese Bestien von Grimsdale haben ihn zerfleischt?» Sie schüttelte sich. «Ein Superintendent von Scotland Yard war hier. Warum, um alles in der Welt, interessieren Sie sich für das alles?» Sie nahm seine Karte vom Tisch neben der Chaiselongue. «Earl of Caverness.»

Melrose lächelte. «Mehr oder weniger.»

«Wie bitte?»

«Ich heiße eigentlich Melrose Plant.»

«Und ich Gigi Scroop. Aus Liverpool. Aber ich bin wahrhaftig eine *echte* Baronin, nicht, daß es mir mehr einbringt, als daß ich mich gegenüber den Dorfbewohnern aufspielen kann. Sind Sie nun ein Earl oder nicht?»

«Ich habe einfach meine Adelstitel abgelegt.»

Eine wohlgezupfte Augenbraue schoß in die Höhe. «Ich fasse es nicht. *Aufgegeben?* Na ja, das muß jeder selber wissen. Grimsdale ist jetzt hoffentlich erledigt, oder? Er müßte zwischen fünf und zehn Jahren kriegen, meinen Sie nicht?»

«Möglicherweise –»

Gillian kam zurück. «Sie ist in ihrer Menagerie. Sagt kein Wort. Wundert mich nicht. Bingo – ihr Hund – ist weg.»

«Dann macht sie sich bestimmt große Sorgen.»

Er stand auf. «Was dagegen, wenn ich mal mit ihr rede?»

«Aber ich bitte Sie! Hier entlang, bitte!» Regina wedelte mit dem Arm Richtung Verandatür. «Ihr ‹Tierasyl› ist so eine Art Schuppen für heimatloses Viehzeug. Mir ist es egal, wenn es sie glücklich macht. Ich wünschte nur, sie schaffte den verdammten Hahn ab, der mich in aller Herrgottsfrühe aus dem Schlaf reißt.»

«Kaffee, Mr. Plant?» fragte Gillian.

«Nein danke, später.»

Als er zur Tür ging, sagte sie: «Sie sind ein Freund des Superintendent?»

Melrose drehte sich um. «Ja?»

Sie errötete etwas. «Sie wissen nicht zufällig, wann –»

«Er zurückkommt?» Er lächelte matt. «Irgendwann im Laufe des Tages.» Schon wieder eine gutaussehende Frau. Und er hatte wieder nichts davon.

Sie nahm gerade einen schwarzen Kater aus einem provisorischen Käfig, als er das kleine Haus betrat. Beziehungsweise das «Tierasyl», wie das Holzschild über der Tür verkündete.

Sie schien ein Herz für alle Tiere zu haben und mit allem, was kreuchte und fleuchte, ob auf zwei oder vier Beinen, wunderbar umgehen zu können. Melrose sah einen Hahn mit bandagiertem Bein im Dreck scharren, einen Kater, einen alten Neufundländer, zwei Dachse, und er hätte schwören mögen, daß ihn durch die Bäume sogar ein Pony angelinst hatte.

Keins der Tiere schien in sonderlich guter Verfassung – der Neufundländer sah aus, als sei er von einem Auto angefahren worden. Still lag er in einer Lattenkiste, blinzelte nur und atmete flach.

«Oh, hallo», sagte Carrie, während sie eine reichlich ramponierte Stoffmaus weiter hinten in den Raum legte, der die Bezeichnung «Baracke» eher verdiente als die Bezeichnung «Tierasyl».

«Hallo.» Er wartete und lächelte warm, und da sie ihn zwar nicht übermäßig freundlich, aber keinesfalls spröde begrüßt hatte, nahm er an, daß dies das Vorgeplänkel zu einem längeren Gespräch über Tierpflege war.

Fehlanzeige. Sie hatte sich hingehockt, um dem Kater einen kleinen Schubser zu geben und ihn für die Maus zu interessieren. Mit einem Hinterbein stimmte was nicht, und er wollte sich offenbar nicht bewegen. «Na, komm schon», sagte sie und schubste ihn noch einmal an.

«Hm. Er braucht ein bißchen Bewegung, was?»
Sie nickte.

Sie verhielt sich, als sei am Abend vorher nichts gewesen. Sie schob sich ihr langes, hellglänzendes Haar hinters Ohr und beobachtete den Kater, der schließlich neugierig wurde und sich geschickt an die Maus heranschlich.

Da stand sie erleichtert auf.

«Du kannst bestimmt gut mit Tieren umgehen...»

«Wenn Sie damit meinen, daß ich sie nicht anfahre oder mit Stöcken schlage –»

Fast ein vollständiger Satz. Er überlegte, was man anstellen mußte, um ihr ein Lächeln zu entlocken.

«Ich kümmere mich natürlich auch nie um Schäfer und Schafherden. Ich brettere nur mit dem Auto mittendurch.» Melrose strahlte sie an. Keine Reaktion. Er räusperte sich. «Hör mal, könnte ich vielleicht einen Moment mit dir reden?»

«Sie sind doch schon dabei.» Fachmännisch strich sie dem Hund über den Rücken, wie ein Tierarzt.

Verdammt. Am Ende mußte er Jury noch berichten, daß er nichts aus dem Mädchen herausgequetscht hatte. «Ich bin ein Freund vom Superintendent –»

Darauf mußte sie doch reagieren. Und die übliche Frage stellen.

«Kommt er wieder?» Sie zögerte, als ob sie mit der Frage etwas preisgäbe.

«Natürlich. Bestimmt heute noch.»

«Hoffentlich findet er Bingo.»

«Bingo? Oh, dein Hund. Es tut mir wirklich leid, daß er verschwunden ist.»

«Wenigstens haben Sie nicht gesagt, ‹ach, der kommt schon wieder›.»

War Melroses alte Angewohnheit, sich billiger Beileidsbekundungen zu enthalten, ihm endlich doch einmal zugute gekommen? «Glaubst du das denn nicht?»

Carrie schwieg und suchte die Hügel am Horizont nach einem Zeichen von Bingo ab. Sie zog an einer goldenen Halskette.

Melrose setzte sich auf eine Bank. «Willst du dich nicht hinsetzen?»

Sie zuckte mit den Schultern.

«Sebastian Grimsdale steckt ganz schön in der Klemme wegen gestern abend. Unglaublich, daß ein Mann so besessen sein kann –»

«Er ist schrecklich. Wenn er nicht jagen kann, dreht er gleich durch.» Sie lehnte sich vornüber und stützte die Ellenbogen auf die Knie.

«Er hat mir einen endlosen Vortrag über die Hirschjagd gehalten.»

«Als ‹fiese Biester› bezeichnet er sie. Hat wahrscheinlich nichts davon erzählt, was Hirsche und Rehe in Todesangst alles tun. Zum Beispiel über Klippen springen. Ins Meer hinausschwimmen –»

Grimsdales Vortrag war, verglichen damit, was Melrose jetzt von Carrie zu hören bekam, eine kurze Rede gewesen. Wenn es um Tiere ging, wurde sie sofort gesprächig. Die unendliche Liste der Brutalitäten bei der Rotwildjagd endete mit der Geschichte eines Bocks, der unter einen Lieferwagen gekommen war und dem sie vor den Augen der Dorfbewohner die Kehle aufgeschlitzt hatten.

«Und er fängt Füchse ein», fuhr sie fort und starrte geradeaus.

Er war beeindruckt von ihrem wunderbaren Profil. Was für Vorfahren hatte dieses Mädchen?

«... sehen Sie den da?»

Melrose schüttelte den Kopf, um einen klaren Gedanken fassen zu können.

«Entschuldigung. Wen?»

«Den Fuchs. Er hält Füchse im Zwinger. Dann läßt er sie frei und hetzt die Hunde auf sie. Und das, obwohl es ausdrücklich verboten ist. Ich habe die Vorschriften gelesen.»

Sie fuhr fort:

«Wenn ein Fuchs sich in seinem Bau versteckt und seine Dachse oder Terrier ihn nicht erwischen, holt er ihn mit Gewalt heraus. Wenn ein Fuchs sich in einem Kaninchenloch oder so versteckt, ist er dort geschützt und unantastbar.» Plötzlich stand sie auf. «Ich muß Bingo suchen.»

«Carrie, eine Sekunde noch. Pasco wird natürlich vorbeikommen. Man wird dich auffordern, Anzeige zu erstatten.» Das schien sie nicht zu verstehen. «Du weißt schon. Gegen Grimsdale.»

«Warum? Weil er mich fast erschossen hätte?» Sie zuckte die Schultern, suchte immer noch den Horizont ab. «Er hätte sowieso danebengeschossen.»

Das sah Melrose anders. «Willst du damit sagen, du zeigst ihn *nicht* an? Er hat dich mit einer Schußwaffe bedroht!»

«Jemand hat seine Hunde umgebracht. Da wäre ich auch ganz schön wütend.»

Melrose konnte es nicht fassen. «Aber du *haßt* den Mann!»

Ihr Gesicht war wieder ausdruckslos. «Den kann man gar nicht haftbar machen. Er ist unzurechnungsfähig.»

Zur gleichen Zeit saß Jury in seiner Wohnung, rauchte und las die Berichte der verschiedenen Abteilungen von New Scotland Yard. Sie halfen ihm auch nicht weiter. Brindle war einmal in einer Erpressungssache erwischt worden, was aber kaum der Rede wert war. Vermutlich hatte er es etliche Male mit unterschiedlichem Erfolg probiert. Es schien seine Freizeitbeschäftigung zu sein, wenn er nicht fernsah oder sich betrank.

Über die Familie Lister: nichts. Was der alte Mann ihm erzählt hatte, wurde durch den einen oder anderen Zeitungsartikel bestätigt – über Carrie Fleet stand nichts drin, das heißt, über Carolyn, wenn man davon ausging, daß die beiden Mädchen ein und dieselbe Person waren. Es mußte so sein – die Kette der Ereignisse war schlüssig, bis zu der zufälligen Begegnung mit Regina...

Jury schüttelte noch eine Zigarette aus dem Päckchen auf der Sessellehne. Eine weitverzweigte Familie, die Listers. Der Sohn, die Töchter, etliche Cousins und Cousinen. Und eine Schwester. Ja, eine Schwester hatte er erwähnt.

Jury verbrannte sich den Finger an einem Streichholz. Mit den Gedanken war er bei Gigi Scroop aus Liverpool. Er nahm Brindles Brief noch einmal heraus. «... also, Flossie und ich haben gedacht, weil wir sie während all der Jahre umsorgt haben, sollte das doch eigentlich ein bißchen mehr wert sein, meinen Sie nicht, Baronin?» Den Titel hatte Flossie bestimmt vorgeschlagen, um dem ganzen den Hauch Stil zu verleihen, der ihr selbst fehlte.

Jury ließ den Brief auf die Papiere fallen und runzelte die Stirn. Wenn Una Quick das Foto an sich genommen hatte, hatte sie vielleicht auch Erpressung im Sinn gehabt. Aber wie hatte sie in diesem spezifischen Fall zwei und zwei zusammengezählt? Für Una bestand zwischen «Amy Lister» und Carrie Fleet kein Zusammenhang.

Aber für wen sonst?

Irgend jemand in Ashdown wußte, daß Carrie Fleet etwas damit zu tun hatte und daß Geld drinsteckte –

Ein Klopfen an der Tür schreckte ihn aus seinen tiefen Gedanken.

Carole-anne stand da, wie immer leicht bekleidet. Heute trug sie hautenge Lederhosen und ein papageiengrünes T-Shirt. Und hinter ihr, die schwarze Handtasche gegen den schwarzen Busen gepreßt, stand lächelnd Mrs. Wasserman.

Carole-anne drapierte sich in Jurys Türrahmen, auch sie strahlte. «Hab Ihre Klamotten zurückgebracht, Superintendent. Ich meine, können Sie sich das vorstellen, ich im Zobel?» Lange, bläulichgrüne Glastropfen hingen an ihren Ohren wie Tränen. «Mrs. W. und ich», sie nickte Mrs. Wasserman zu, «wir gehen in die Kneipe. Na, kommen Sie schon!»

Jury starrte sie ungläubig an. «Mrs. Wasserman?»

«Sie brauchen mehr Abwechslung, wirklich, Superintendent.»

Carole-anne setzte ihr zuckersüßes kleines Lächeln auf und zwinkerte ihm zu. «Jetzt seien Sie kein Spielverderber, Superintendent. Ein Stündchen im ‹Engel›, und Sie fühlen sich wie neugeboren.»

«Ein Stündchen im ‹Engel›, und Sie müssen mich zurücktragen. Ich muß –»

Carole-anne verzog das Gesicht. «O Gott, immer *müssen* Sie.» Sie zog ihn am Ärmel. «Wir brauchen männlichen Begleitschutz, stimmt's, Mrs. W.?»

«Genau, Mr. Jury. Sie lassen doch Damen nicht ohne

Begleitung in die Kneipe gehen.» Mit einem Seitenblick auf Carole-anne zwinkerte auch sie Jury zu.

«Also gut, überstimmt.» Carole-anne stand lässig da und kaute ihren Kaugummi.

Jury lachte. «Gut, eine halbe Stunde.»

«Das ist ja toll! *Vous serez toujours dans mon souvenir.*»

Mrs. Wasserman knipste nervös ihre Handtasche auf und zu. «Die hier, die hat ein Ohr, *wirklich* ein Ohr für Sprachen. Ich sage ihr immer, wenn sie es richtig lernte, würde die EG sie als Dolmetscherin nehmen.»

Carole-anne zupfte an ihren Tränenohrringen. «Das fehlte mir noch!»

28

DER BRIEF WURDE ZUSAMMEN mit der restlichen Post auf dem silbernen Tablett serviert.

Carrie saß am Eßtisch, starrte in ihren Salat und dachte an Bingo. Seit sie gestern abend Fuchsbaue geöffnet hatte, hatte sie ihn nicht mehr gesehen.

«Er kommt schon wieder, Carrie», sagte Gillian, allerdings klang es nicht gerade überzeugt.

Gillian händigte der Baronin die Post aus und sagte: «Tiere *laufen* schon mal weg, Carrie –»

«Woher wollen Sie das denn wissen?» Sie fragte nicht bitter, einfach nur vorsichtig.

Es stimmte; weder Gillian noch Regina hatten sich jemals um das «Tierasyl» gekümmert; sie kamen nur höchst selten in einem plötzlichen Anfall von Neugierde dort vorbei.

Die Baronin war wenigstens so vernünftig, keinen billigen Trost auszusprechen. Vielleicht war sie aber auch nur an ihrer Post interessiert. Regina rauchte und trank ihren Kaffee, und Gillian las ihr zwei Briefe vor. Dann zog sie die Stirn in Falten und gab Carrie einen kleinen Umschlag. «Der ist für dich.»

Carrie bekam nie Briefe und war genauso überrascht wie Gillian und Regina. Er war in Selby aufgegeben worden. Wer schrieb ihr denn aus Selby – vielleicht Neahle? Womöglich hatte Maxine endlich nachgegeben und sie mit zum Markt genommen. Das Gekrakel war kindlich, die Buchstaben groß und rund. Aber warum sollte Neahle –?

«Meine Güte, willst du ihn nicht aufmachen? Vielleicht stehen Neuigkeiten drin.»

Regina klang besorgt.

Bingo. Keine Buchstaben, sondern kleine Bilder von einer Bingo-Karte. Der ganze Brief bestand aus Bildern. Aus einem Buch oder einer Illustrierten ausgeschnitten, eher noch aus einem Kinderbuch, ein Labyrinth. Dann – und da brach Carries eiserne Selbstbeherrschung beinahe zusammen – ein Foto vom Labor in Rumford. Bei Nacht aufgenommen. Auf dem leeren Feld unter Flutlicht sah es aus wie ein Gefängnis.

Das war alles. Carrie starrte an Gillian vorbei, und Regina sagte: «Na, und was *ist* es?»

Carrie wollte etwas sagen, besann sich aber anders. Denn sie wußte, sie wußte es so sicher wie alles, was ihre Tiere betraf, das hier war kein albernes Spielchen von

Neahle. Der Absender hatte sorgfältig darauf geachtet, seine Identität nicht zu verraten. Nur der Empfänger war mit der Hand geschrieben. Es war eine Warnung. Oder ein Hinweis?

Regina rüttelte sie ungeduldig am Arm. «Carrie?»

Carrie wehrte sie ab und sagte ruhig: «Ach, es sind nur ein paar alberne Bildchen, die Neahle mir geschickt hat.»

«Neahle? Meine Güte, ich wußte nicht mal, daß sie schreiben kann.»

Carrie hatte Umschlag und Zettel in die Tasche gesteckt. «Vielleicht hat sie Maxine dazu gekriegt, es zu schreiben. Vielleicht nur, um mich aufzuheitern. Darf ich jetzt bitte gehen?»

«Ich weiß nicht, warum du dir die Mühe machst zu fragen. Ich müßte dich anketten, um dich davon abzuhalten, das zu tun, was du willst.»

«Wohl wahr», sagte Carrie und schob ihren Stuhl zurück.

Erst im Tierasyl zog sie das Papier wieder hervor. Geistesabwesend fütterte sie die Tiere. Sie gab dem Neufundländer versehentlich Hühnerfutter. *Verlier jetzt nicht den Kopf*, sagte sie sich. *Verlier nicht den Kopf, oder Bingo stirbt.* Sie ließ Kater Blackstone heraus und gab ihm sein Fressen und die Maus. Dann setzte sie sich hin und sah sich den Drohbrief genauer an.

Durch die Tür des «Tierasyls» schaute sie auf den Irrgarten. Warum? Warum wollte jemand, daß sie in den Irrgarten ging? Sie kannte jeden Zentimeter dort. Carrie schaute das Bild noch einmal an. Und nun merkte sie, daß es sich gar nicht um den Irrgarten von «La Notre» handelte – es war ein rechteckiges Labyrinth, eines, durch das

Wissenschaftler Ratten und Mäuse jagen, und am Ende liegt die Belohnung.

Also war es lediglich ein weiterer Hinweis auf das Labor. Damals, vor ein paar Wochen, hatten Demonstranten im Taschenlampenlicht Fotos gemacht.

Alles klar. Carrie saß ganz ruhig auf ihrem Stuhl. Bingo war entweder schon ins Labor gebracht worden, oder jemand hatte vor, ihn dorthin zu schaffen.

Sie wußte nur von einem Menschen, der Zugang zum Labor hatte, und das war Paul Fleming. Sie runzelte die Stirn. Sie mochte ihn zwar nicht, weil er dort arbeitete, aber daß er Bingo etwas antat, traute sie ihm nun doch nicht zu. Warum sollte überhaupt jemand Bingo etwas antun wollen?

Sebastian Grimsdale. Aus Rache vielleicht. Aber hätte er die Katze der Potter-Schwestern vergiftet und die beiden Hunde getötet? Carrie runzelte wieder die Stirn. Una Quick und Sally MacBride waren tot. Aber den Potters und Gerald Jenks war nichts passiert. Sie sah keinen Zusammenhang. Es paßte alles nicht zusammen. Sie hatte das komische Gefühl, daß sie nicht mehr als diesen Brief bekommen würde. Die Person würde keine weitere Nachricht riskieren, sondern sich darauf verlassen, daß sie, Carrie, klug genug war, den Brief zu enträtseln.

Sie sollte also nachts zum Labor gehen. Aber in welcher Nacht? Sie mußte wohl jede Nacht gehen – bis sie herausfand, was los war.

Sebastian Grimsdale litt zwar noch unter den Nachwirkungen des Abends, fand aber allmählich zu seiner alten Form zurück. Er behauptete, es sei alles nur deshalb geschehen, weil immer noch keine Jagd stattgefunden habe.

Als Jury nach Ashdown zurückkam, entschuldigte sich Wiggins weitschweifig dafür, daß er ihn nicht früher benachrichtigt hatte, und Plant erzählte ihm, daß Wiggins Carrie das Leben gerettet hatte.

«Was sollen dann die ganzen Entschuldigungen?» sagte Jury. «Wenn hier jemand schuld hat, dann ich. Sie hätten mich nämlich gar nicht erreichen können. Wo ist Grimsdale?» Die drei standen unter diversen Hirschgeweihen im großen Eingangsflur vom «Haus Diana».

Grimsdale und Amanda Crowley sahen beide eher tot als lebendig aus. Amanda hatte wie immer ihre Reiterhose an, das Halstuch war perfekt gebunden, aber sie hatte trockene Augen und trockene Lippen. Ihr Tweedjackett hatte sie über eine Sessellehne geworfen. Grimsdale hatte jede Menge Kognak intus und wollte sie gerade überreden, doch zum Dinner zu bleiben, als Jury und die anderen hereinspazierten.

«Ich glaube nicht, daß Mrs. Crowley Zeit zum Dinner haben wird», sagte Jury. «Sergeant Wiggins möchte ein Wort mit ihr wechseln.»

Sergeant Wiggins wußte zwar nicht, was für Worte er mit ihr wechseln sollte, aber schon riß Jury eine Seite aus seinem Notizbuch und gab sie ihm.

Grimsdales empörte Einwände würgte er grob ab. «Ich möchte Ihre Geschichte hören, Mr. Grimsdale.»

Amanda blieb sitzen. «Ich habe keine Ahnung, um was es hier geht.»

«Warten Sie's ab», sagte Jury scharf. Dann marschierte sie in Begleitung von Wiggins hinaus, der ihr, ein wahrer Gentleman, eine Hustenpastille anbot.

«Ich hab es satt, mir von der Polizei Löcher in den Bauch fragen zu lassen.» Grimsdale errötete. Von Löchern im Bauch zu reden war vielleicht weniger angebracht.

«Pech für Sie. Ich würde trotzdem gern Ihre Geschichte hören», wiederholte Jury, setzte sich und nahm eine Zigarette aus der Packung auf dem Tisch.

«Ich habe sie oft genug erzählt –»

«Ich möchte sie auch hören, Mr. Grimsdale.»

Widerwillig erzählte ihm Grimsdale, was sich am Abend zuvor ereignet hatte. Natürlich habe er das Kind nicht mit dem Gewehr bedroht. Obwohl er ziemlich überzeugt davon sei, daß sie ihre Hände im Spiel gehabt habe –

«Carrie Fleet? Das ist vermutlich die einzige, die nichts damit zu tun hat.»

«Sie haßt mich, sie verachtet das Jagen.»

«Denken Sie bitte logisch. Genau *deswegen* würde sie den Hirschhunden nie etwas tun. Aber Sie können ja wohl nicht leugnen, daß *Sie* ihr was getan *hätten*.»

Grimsdale wollte Jury auf eine falsche Fährte locken und sagte: «Und es ist *verboten*, rumzulaufen und Fuchsröhren aufzumachen!»

Er nahm einen kräftigen Schluck Kognak.

«Was für eine Beziehung hatte Mrs. MacBride zu Ihrem Meutenführer Donaldson?»

«Wie bitte?»

Unwirsch schüttelte Jury den Kopf. «Sie wissen, was ich meine.»

«Ich weiß, was Sie *meinen*, und es widert mich an.»

«Das ist mir leider ziemlich egal.» Er lächelte.

«Sie hatten keine ... *Beziehung*. Meine Güte, alle wußten von Donaldson und –» Er hielt inne.

«Reden Sie weiter.» Innerlich lächelte Jury. Plant hatte denselben Trick angewandt.

Jury wollte nur das Gerücht bestätigt haben.

«Ich sage nichts dazu, ich bin ein Gentleman.»

«Wie schade. Vergessen Sie das doch mal. Donaldson und Sally MacBride hatten eine Affäre, stimmt's?»

«Ja, es wurde geredet. Ich gebe nichts auf Gerüchte.»

«Wessen Zeit wollen Sie vergeuden, Mr. Grimsdale. Meine oder die der Kripo von Hampshire?»

Grimsdale winkte ihn zurück auf seinen Sessel. «Schon gut, schon gut. Donaldson hatte ein Kämmerchen im Stall. Da haben sie sich immer getroffen.»

«Gemütlich. Wo trafen sie sich sonst noch?»

«Woher soll ich das wissen? Hören Sie, Sie haben kein Recht, mich unter Druck zu setzen –»

«Ich setze Sie nicht unter Druck. Aber ich könnte es. Sie haben versucht, ein Mädchen zu töten.»

Grimsdale schoß hoch. *«Waren Sie etwa dabei, Superintendent?»*

«Nein. Bei drei Zeugen war meine Anwesenheit ja wohl auch kaum erforderlich. Und jetzt möchte ich wissen, ob Ihnen der Name Lister bekannt ist.»

Jury ließ beinahe das Streichholz fallen, mit dem er sich eine Zigarette anzünden wollte, als Grimsdale sagte: «Natürlich.»

«Wie bitte?»

Grimsdale rutschte ungeduldig im Sessel hin und her und sagte: «Ich begreife nicht, warum Sie das nun wieder interessiert. Sie wissen, wie wir den Hunden Namen geben. Wir benutzen für einen Wurf denselben Buchstaben. Ein Hund heißt dann zum Beispiel Lister. Ein anderer Laura, ein dritter Lawrence, Luster –»

«Ich hatte eher an einen *Menschen* gedacht. Einen Lord Lister.»

«Einen Menschen? Ach so. Nein, ich kenne niemanden mit diesem Namen.»

«Dann erzählen Sie mir etwas über Amanda Crowley.»

«Sie lebt seit zehn, vielleicht zwölf Jahren in Ashdown.»

«Sie lebt von ihrem eigenen Geld?»

«Weiß ich nicht.»

«Sie scheint keiner Arbeit nachzugehen, Mr. Grimsdale. Da liegt doch die Vermutung nicht fern, daß sie von irgendwoher Geld bekommt. Unterhaltszahlungen? Hat sie Vermögen?»

Grimsdale beugte sich vor, die Hände umklammerten das Kognakglas. «Wollen Sie behaupten, ich sei ein Mitgiftjäger?»

Jury lächelte. «Warum nicht? Sie jagen doch sonst auch alles.»

«Nichts, Sir.» Wiggins blätterte seine Notizen durch. «Weil die Jagdgesellschaft sich nicht im ‹Hirschsprung› versammelt hat, ist sie heute morgen hergeritten, um zu sehen, was passiert ist. Seitdem ist sie hier.»

«Da haben wir beim Frühstück, Lunch und Abendessen gestört.»

«Ja, Sir. Allerdings bei *dem* Essen hier...» Wiggins schüttelte sich. «So steifes Porridge habe ich noch nie gegessen und dann –»

«Zu dumm, Wiggins. Der Name Lister –»

Der Sergeant schüttelte den Kopf. «Behauptete, der sage ihr gar nichts. Sie habe ihn nie zuvor gehört.» Wiggins faltete das Stückchen Papier und steckte sich einen Hustenbonbon in den Mund. «Glauben Sie mir, ich habe aufgepaßt wie ein Luchs, um genau zu beobachten, wie sie reagiert.»

«Unglücklicherweise haben andere Leute auch Argusaugen. Macht aber nichts. Ich hatte nicht viel erwartet.» Er schwieg. «Sie können sich darauf verlassen, daß ich in meinem nächsten Bericht das, was Sie gestern abend getan haben, detailliert wiedergebe.»

Wiggins, der sonst eher zurückhaltend war, lachte laut auf. «Ihr nächster Bericht, Sir? Schreiben Sie diese Berichte überhaupt?»

«Und ob. Wo sind Polly und Plant?»

«Im ‹Hirschsprung›, um etwas zu essen. Wahrscheinlich gelingen sogar Maxine bessere Gerichte als die, die einem hier geboten werden. Solange sie nicht kochen muß», fügte er verdrießlich hinzu und seufzte dann. «Die arme Miss Praed.» Als er sah, daß Jury die Jacke anzog, schlang er sich den Schal um.

«Warum arm?»

«Sie ist total zerkratzt. Sie hat versucht, diesen Trumm von Kater davon abzuhalten, die Vorhänge im ‹Haus Diana› zu zerreißen.»

«Hoffentlich hat der Kater seine Sache ordentlich gemacht. Bei den Vorhängen natürlich, nicht bei Polly. Sie sollte sich von Carrie Fleet Nachhilfestunden geben lassen.»

Als sie in die kalte Dämmerung gingen, sagte Wiggins: «A propos. Mr. Plant hat mich gebeten, es Ihnen zu erzählen. Carries Hund. Er ist weg.»

«Bingo?»

«Ja, Sir. Mr. Plant meint, sie möchte Sie gern sprechen. Obwohl sie es nicht direkt gesagt hat.»

«Das würde auch nicht zu ihr passen.»

29

«Dieser verfluchte Grimsdale! Das wird er büßen! Dafür werde ich sorgen!» Regina de la Notre spielte nicht länger die Laszive, sondern führte sich auf wie eine Furie. Seit zehn Minuten lief sie mit großen Schritten im Salon auf und ab, ihr zinnoberroter Umhang aus chinesischer Seide flatterte hinter ihr her, in der Hand hielt sie die obligatorische Flasche Gin. Sie stürmte von Fresko zu Fresko, und Jury überlegte, ob sie wegen des dramatischen Effekts immer an der Wand kehrtmachte und vor dem riesigen Spiegel vorbeiging oder weil sie wirklich außer sich vor Zorn und Empörung war.

Sie tobte, daß die Fetzen flogen. Wiggins, Notizbuch und Taschentuch gezückt, saß an dem kleinen Sheratontisch und sah dankbar auf seine Tasse Tee und unglücklich auf den Gin. Jetzt waren sie fast eine Stunde hier, und die Flasche wurde rapide leerer. *Cocktailstunde*, hatte sie bei ihrer Ankunft gesagt und sie allesamt herzlich eingeladen. Wo war Lord Ardry? Ein charmanter Mann. Er und Miss Praed waren zum Essen in den «Hirschsprung» gegangen? Wie absolut ekelerregend, und wer war Miss Praed?

Jury hatte sie nach Woburn Place gefragt, und vehement hatte sie verneint, den Namen Lister jemals gehört zu haben; nein, sie wußte nichts über einen Schäferhund; nein, sie hatte Carrie nie gesehen, bevor sie sie vor dem Silbermarkt kennengelernt hatte; und was zum Teufel sollten überhaupt all diese Fragen? Sie sah nicht Jury vorwurfsvoll an, sondern Wiggins, der die Antworten aufschrieb.

«Grimsdale – diese elende Kreatur – er hat ihrem Terrier was angetan, wie nennt sie den noch immer?» Sie schnipste mit den Fingern, als ob sie urplötzlich das Gedächtnis verloren hätte.

«Bingo», sagte Gillian und warf ihrer Chefin einen verächtlichen Blick zu. Zu Recht, dachte Jury, denn nach all den Jahren sollte sie sich an den Namen von Carries Hund eigentlich erinnern. Tat sie wohl auch. Sie wollte sich einfach nur in Szene setzen.

Und nun preßte sie die Fäuste (eine umfaßte immer noch den Flaschenhals) an den hübschen Seidenumhang und schrie: «Er glaubt wirklich, daß Carrie – *Carrie* – seine Scheißköter vergiftet hat? Der Mensch ist komplett übergeschnappt, einsperren sollte man ihn.» Als habe auch sie über all diesen Ereignissen den Verstand verloren, fragte sie hysterisch: «Wo ist Carrie? Wo ist sie?»

«Sie sucht natürlich Bingo. Oder sie sitzt in ihrer Baracke und grübelt», sagte Gillian, die vor dem Spiegel stand und Regina die Sicht auf sich selbst versperrte. Zwischen den Zwillingstüren, den Zwillings-Trompe-l'œil-Fresken und den zwei Spiegeln hatte Jury wieder das Gefühl, alles doppelt zu sehen, er kam sich vor wie Alice im Wunderland.

Regina, mittlerweile ziemlich betrunken, wollte ihre Show aber bis zur letzten Szene spielen und wischte sich in einer tragischen Geste über die Stirn. «Sie muß zum Abendessen zurück sein. Sie weiß, wir speisen um halb neun.»

Gillian verdrehte die Augen und schüttelte den Kopf. Falls man sie gebeten hatte, ihr eigenes Aussehen bescheidener zu gestalten, damit Regina um so prächtiger wirkte, hätte sie es nicht besser machen können. Sie trug wieder ein unauffälliges schlichtes Kleid, das über Brust und Hüften aber so drapiert war, daß es ihre Figur höchst vorteilhaft zur Geltung brachte.

«Kennengelernt haben Sie Carrie Fleet also rein zufällig», sagte Jury freundlich. Der Silbermarkt war berühmt und vielbesucht. Kein Grund zu besonderem Mißtrauen, aber trotzdem... Dank ihres Akzents und ihrer aristokratischen Wangenknochen merkte man Regina de la Notre Liverpool ja auch nicht mehr an.

Die Baronin blieb abrupt stehen und musterte ihn von oben herab, als ob auch er, wie Grimsdale, nicht mehr ganz bei Trost sei. «*Wie* bitte? Zufällig?» Sie beugte sich zu Jury hinüber, der schon allein mit ihrem Atem ein Schnapsglas hätte füllen können. «Wo denken Sie hin, Superintendent? Ich bin von Woburn Place nach Eastcheap, nach Shoreditch, zur Blackheath, zur Threadneedle Street, zum Old Curiosity Shop, zum Silbermarkt gedüst und habe die *ganze* Zeit, mein Bester, eine dreizehnjährige Tierpflegerin gesucht! *Herr* im Himmel!»

Gillian bemühte sich, Jury nicht anzusehen. «Ihr Freund –» Sie tat so, als käme sie nicht auf den Namen.

«Lord Ardry», warf Jury ein.

«Lord Ardry, ja. Er hat heute morgen mit Carrie gesprochen.» Sie betrachtete ihre gefalteten Hände. «Ich wüßte gern, ob sie ihm das von dem Brief erzählt hat.»

«Was für ein Brief?» Jury rutschte unruhig in seinem Stuhl hin und her und trank seinen Whisky.

«Er ist mit der Morgenpost gekommen. Sie hat gesagt, es sei nur so eine Spinnerei von Neahle Meara. Ich habe mich gewundert; Carrie kriegt nie Briefe.»

«Nie? Bisher hat nie jemand –» Er wandte sich an Regina. «Haben Sie sich nie gefragt, Baronin –»

«Regina», korrigierte sie ihn heiser und studierte das Fresko vor sich.

«– was Carrie Fleet für eine Vergangenheit hat?»

«Um Gottes willen, Wertester, sie hat keine.»

Jury sah sie traurig an. Sie hatte recht.

Gillian rannte durch die Verandatür und rief über die Schulter zurück, sie werde Carrie suchen.

Als Jury aufstand, um ihr zu folgen, kündigte das kleine Hausmädchen das Dinner an.

«So, mein lieber Sergeant, sollen wir –?»

Wie die Frage weiterging, hörte Jury nicht mehr.

Gillian stand an der Tür des «Tierasyls» und starrte in die Dunkelheit. Jury stellte sich hinter sie.

«*Hier* ist sie nicht», jammerte Gillian. Ihr Gesicht war naß – aber es war schwer zu sagen, ob vom Regen oder weil sie geweint hatte. «Hier ist sie nicht!»

Jury nahm sie fest in die Arme und legte die Hand auf ihr seidiges Haar. «Dann sucht sie Bingo.»

«Du verstehst das nicht, du verstehst das nicht, du –» Sie weinte immer heftiger. Jury zog sie enger an sich.

«Gillian? Was war mit dem Brief? Warum bist du so aufgeregt?»

Sie schüttelte den Kopf. «Ich *weiß* es nicht. Aber etwas stimmt da nicht. Da *stimmt* was nicht! Carrie ist immer so diszipliniert –» Sie nahm den Kopf von Jurys Schulter und sah zu ihm auf. «Du kennst sie nicht. In Wirklichkeit *mag* sie diese alte Hexe –»

Regina war gemeint.

«Verzeihung. Ich hab's nicht so gemeint. Aber wenn wir um acht zu Abend essen, ist Carrie grundsätzlich *da*!» Sie schluchzte. «Ich weiß... du kennst sie nicht... glaub mir. Eifersucht... irgendwas... wo *ist* sie bloß?»

Jury zog sie wieder an sich, sie legte den Kopf an seine Schulter. «Ich werde sie schon finden. Aber jetzt will ich, daß du einen Schnaps trinkst und dich hinlegst. Ich bringe dich ins Bett –»

Sie schien ihn nicht zu hören. Er schüttelte sie. «Gillian. Laß uns einen Spaziergang durch den Irrgarten machen. Dann bringe ich dich ins Bett und mummele dich ein. In Ordnung?»

Sie lächelte ein wenig. «In Ordnung. Aber kein Spaziergang. Ich kann einfach nicht mehr.»

Auf dem Weg von der Laube zum Haus zurück blieb sie immer wieder stehen und sah sich um. Er mußte sie regelrecht ins Haus drängen.

Als Gillian, benommen von Schnaps und Beruhigungspillen, im Bett war, ging Jury den Korridor entlang, auf der Suche nach Carries Zimmer. Es war nicht schwer zu erkennen: Fotos von Bingo und anderen Tieren – wahrscheinlich die Tiere der Brindles, auf einem der Fotos war die Tochter zu sehen. Waren sie doch befreundet gewesen? War ihnen trotz aller scheinbaren Gleichgültigkeit der Abschied voneinander schwergefallen?

Jury saß in dem kleinen, weiß gestrichenen Zimmer auf dem schmalen Bett mit der weißen Tagesdecke. Keine Rüschen, keine Bänder, keine Sperenzchen. Das Zimmer war nicht deshalb so schmucklos und klein, weil Regina jeden Pfennig umdrehte. Es gefiel Carrie so.

Er fand weder einen Brief noch einen Zettel, aber damit hatte er auch nicht gerechnet; sie war zu klug, um etwas Wichtiges herumliegen zu lassen oder in einer Schublade zu verstecken. Er machte den Schrank auf. Ein paar Kleidungsstücke hingen darin – noch ein Pullover, noch ein Kleid wie das, das er schon kannte, eine Jacke. Er ging die Taschen durch. Aus einer zog er ein Foto. Ein Gebäude, bei Nacht aufgenommen, ohne besondere Merkmale, er kannte es nicht.

Aber kein Brief. Dabei war er sicher, daß die Nachricht wichtig gewesen war, sonst hätte sie Regina und Gillian beim Lunch erzählt, was darin stand. Jury glaubte nicht, daß sie aus Heimlichtuerei nichts gesagt hatte, sondern daß sie aus purer Verzweiflung geschwiegen hatte. Verzweiflung. Ein Gefühl, das Erwachsene bei Kindern nicht wahrhaben wollen und gerne als «vorübergehende Phase» abtun. Aber Jury erinnerte sich, daß er, als er nur wenig jünger als Carrie gewesen war, auf einem sehr ähnlichen Bett in einer langen Reihe von weiteren Betten gesessen hatte. Nachdem seine Mutter und sein Vater im Zweiten Weltkrieg umgekommen waren, war er im Waisenhaus gewesen, bis ihn ein Onkel gerettet hatte. Carrie war von den Brindles gerettet worden.

Wenn man denn von Rettung sprechen wollte.

Die Szene im Eßzimmer war einfach köstlich. Die Baronin am einen Ende des langen Rosenholztisches, Wiggins am anderen: ein Herz und eine Seele. Sie unterhielten sich äußerst angeregt, wohl nicht so sehr, weil Wiggins ein besonders geistvoller Gesprächspartner war, sondern weil sie schon ein paar Gläschen Wein getrunken hatten.

Er hätte Regina nach dem Foto fragen können, aber er unterließ es.

«Sergeant», unterbrach Jury die beiden und kehrte, was selten passierte, den Vorgesetzten heraus.

«Sir!» Wiggins erhob sich, die Serviette fiel zu Boden.

«Mein *lieber* Superintendent! Bitte gesellen Sie sich zu uns. Meine Köchin ist unübertroffen –»

«Danke, ich habe keinen Hunger. Es ist nach neun, Regina. Machen Sie sich keine Sorgen um Carrie?»

«Sie sucht immer noch Bingo.» Regina stellte seufzend ihr Weinglas ab. «Ich hatte eigentlich nicht erwartet, daß sie Punkt halb neun zum Dinner antritt.»

«Wenn Sie fertig sind, Sergeant –»

Jury und Wiggins verließen Regina, die jammerte, weil sie nun keinen mehr zum Reden hatte, nicht einmal Gillian. Sie zogen ihre Jacken an und stiegen ins Auto.

«Wo fahren wir hin, Sir?»

«Zum ‹Hirschsprung›. Um Plant zu suchen. Und Neahle Meara.»

«Das kleine Mädchen, Sir?»

«Das kleine Mädchen, genau.»

Sie saßen in der Bar, an dem Tisch, der hin und wieder auch zum Essen benutzt wurde.

«Ich weiß nichts», sagte Neahle. «*Ich* habe nichts geschrieben.»

Jury lächelte. «Das habe ich auch nicht vermutet. Aber was meinst du dazu, Neahle?»

Sie zuckte mit den Schultern. «*Ich* weiß nichts.» Ihre Stimme zitterte.

«Schon gut, Neahle. Ist nicht schlimm. Geh jetzt ins Bett.»

Aber sie blieb stur sitzen, die Fäuste unter dem kleinen Kinn. «Wo ist Carrie?»

«Wie kommst du darauf, daß Carrie etwas passiert sein könnte?» fragte Melrose Plant.

Sie sah zum Feuer, das zu glimmender Asche heruntergebrannt war. «Weil Sie alle hier sind und komische Fragen stellen.» Dann glitt sie vom Stuhl. «*Ich* geh ins Bett.» Sie lief aus dem Raum.

Immer und immer wieder machte das Foto die Runde. «Pasco? Vielleicht weiß der was.»

«Warum glauben Sie, daß es irgendwo hier in der Nähe ist?» fragte Polly. «Es könnte genausogut in der Nähe der Ostindiendocks sein.»

«Sie haben eine lebhafte Phantasie, Polly. Dieses große Feld – sieht wirklich aus wie an der Themse», konterte Jury ironisch. «Rufen Sie Pasco an, Wiggins.»

Wiggins verschwand.

Plant nahm das Bild und begab sich zögernd zum Tresen, hinter dem Maxine Torres in einer Zeitschrift blätterte. Mißmutig sah sie Plant an. *«Schon wieder?»* Sie spielte offenbar auf sein Pint Old Peculier an. Plant, der delirierende Alkoholiker.

«Nein, Maxine, nicht noch ein Glas. Ich bin bloß an Ihren wahnsinnigen schwarzen Augen interessiert.» Er hielt ihr das Bild nah vor die Augen. «Wissen Sie, was das ist?»

Sie schob es zurück. «Halten Sie mich für blind?»

«Was weiß ich. Kennen Sie dieses Gebäude?»

«Ja, klar doch. Das ist das Labor außerhalb der Stadt. Bei Selby. Zwei, drei Kilometer.» Weder das Foto noch die Frage interessierte sie sonderlich. Und Plant erst recht nicht. Sie widmete sich wieder ihrer Lektüre.

«Wie kommt man dahin, bitte?»

Sie blinzelte ihn verständnislos an. Wegbeschreibungen gehörten nicht zu ihren Gastwirtspflichten, aber als Plant eine Seite aus ihrer Zeitschrift riß, ihr seinen goldenen Kugelschreiber hinhielt und seine Bitte wiederholte, kooperierte sie auf einmal.

Sie zog ein paar Linien für die Straßen und malte ein X an die Stelle, wo das Labor war. Dann bedachte sie ihn mit einem bitterbösen Blick und schob ihm Blatt und Stift zu.

«Nichts für ungut. Ich schenke Ihnen ein Abo für die Zeitschrift.»

Wiggins kam zurück und sagte, Constable Pasco sei weder auf der Wache noch zu Hause.

«Weder – noch?»

«Weder – noch, Sir.»

«Rufen Sie die Kripo in Selby an», sagte Jury nach kurzem Überlegen. «Mal sehen, ob die wissen, wo er ist.»

Polly schob sich die Brille auf den Kopf, als ob sie auf diese Weise seinen Aufenthaltsort anpeilen könnte. «Aber *warum*? Warum glauben Sie, daß Carrie dorthin gegangen ist?»

«Weil sie annimmt, daß jemand ihren Terrier dorthin gebracht hat, und ich sitze hier nicht länger rum und halte Reden. Nein, Sie nicht», sagte Jury, als Polly nach ihrem Mantel griff.

«Was *meinen* Sie, ich nicht? Ich war als allererste hier!»

«Das tut nichts zur Sache», sagte Plant, knöpfte seinen Mantel zu und nahm seinen Spazierstock. «Wir stehen hier schließlich nicht für den Bus an.»

«Es ist eine polizeiliche Maßnahme, Polly», sagte Jury.

Daraufhin ließ sie die häßliche Brille sofort wieder vor die Augen fallen. «Und warum nehmen Sie *ihn* dann mit?»

Weil ich ihn brauche. Aber das sagte Jury nicht. Er beugte sich über den Tisch und schenkte Polly ein wunderbares Lächeln. «Weil, wenn ich ihn hier bei Ihnen lasse, Polly, rasen Sie mit ihm in seinem Silver Ghost mit hundertdreißig Sachen über die Landstraße zu diesem Labor.» Er küßte sie auf die Wange.

Ihre Brille beschlug.

Sechster Teil

Erinnerung aus Amethyst
ist alles, was ich hab –

30

Von hohen Farnbüschen verborgen, hatte sie das dunkle Labor wohl über eine Stunde lang beobachtet und wünschte nur, sie hätte ein Fernglas mitgebracht, aber sie hatte die Taschenlampe und das Gewehr dabei, mehr hätte sie nicht tragen können.

Niemand. Zumindest, soweit sie sehen konnte, war niemand in das Labor gegangen, deshalb war's wahrscheinlich nicht heute abend. Carrie erhob sich von dem naßkalten Boden und ging zu dem langen Gebäude, das bis auf ein gelbes Licht dunkel war. Das verstand sie nicht.

Das Tor war natürlich verschlossen, aber es war nicht schwer, über den Zaun zu klettern. Sie warf das Gewehr hinunter und sprang dann selbst hinterher. Die Munition hatte sie in der Tasche.

Nach den Demonstrationen war die Rede davon gewesen, Stacheldraht oder einen Elektrozaun um das Gebäude zu ziehen und einen Wachmann einzustellen. In das Labor würde sie durch ein Fenster hineinkommen, aber nach drei Türen mit Sicherheitsschlössern fand Carrie ganz hinten sogar eine schmale Tür, an der nur ein Zahlenschloß war.

Joe Brindle taugte sonst nicht viel, doch in seinen Einbrecherzeiten hatte er gelernt, wie man ein Vorhängeschloß knackt, und es ihr beigebracht. *Mädchen, du hast ein feines Gehör.* Sie drehte den Zapfen, das Ohr dicht am Schloß, und lauschte auf das kaum hörbare Klicken. Sie öffnete die Tür.

Trotz Dr. Flemings wiederholter Aufforderungen war sie noch nie in diesem Gebäude gewesen – wieder dachte sie an Dr. Fleming. Nur die Angestellten hatten Schlüssel, und wer auch immer sie hier treffen wollte, er mußte im Besitz eines Schlüssels sein oder eben ein Fenster einschlagen, wenn er keine Vorhängeschlösser knacken konnte. Die einsame Glühbirne am anderen Ende des Korridors warf ihr trübes Licht auf eine Reihe Türen zu beiden Seiten. An den ersten Türen waren Schilder: «Zutritt verboten.» Carrie richtete die Taschenlampe auf eine Tür und drückte die Klinke herunter. Die Tür öffnete sich, und Carrie trat ein.

Es war ein klinisch sauberer Raum mit Katzen in einzelnen Käfigen. Manche schliefen. Als das Licht über sie huschte, erwachten sie und setzten sich auf. Die Käfigtüren waren aus Maschendraht, und Carrie ging von einer zur anderen, sah hinein und steckte die Finger durch den Draht. Manche Katzen zogen sich in den Schutz einer dunklen Ecke zurück; andere verkrallten sich in dem Maschendraht. Wenigstens hatte man ihnen nicht die Krallen abgeschnitten. Der Raum war mit UV-Licht beleuchtet. Carries Hände schimmerten seltsam bläulich. Auf der anderen Seite des Raumes saßen Katzen in runden Plastikbehältern. Am Ende schleppte sie hier noch Bakterien hinein.

An der Wand war ein Lichtschalter, aber sie hatte Angst, Licht zu machen; es könnte Aufmerksamkeit erregen. Merkwürdig war: das ganze Gebäude hätte eigentlich in Flutlicht getaucht sein müssen.

Sie lud das Gewehr, schlich geräuschlos zur Tür, drückte sich platt gegen die Wand, starrte, so gut sie konnte, den Korridor entlang und lauschte. Totenstille.

Sie schaute zu den Katzen in den Käfigen. Sie hatte erwartet, daß die Tiere kläglich maunzten und miauten, weil sie sie gestört hatte. Aber sie gaben keinen Laut von sich. Bluttests, hatte Dr. Fleming gesagt. Fünfzig Prozent von ihnen würden sterben, nur damit man sah, wie groß die Dosis sein mußte, damit sie starben.

Sie öffnete einen Käfig nach dem anderen, ganz ruhig und leise. Sie hatte ein Gefühl, als ob die Katzen ihr helfen wollten, als wären sie so still, weil sie sie nicht verraten wollten. In Wirklichkeit hatten sie natürlich Angst, Todesangst. Das Fenster war vergittert, aber nur mit einem einfachen Riegel verschlossen. Sie schob einen hohen Tisch darunter. Dann spähte sie den immer noch leeren Korridor entlang, ging hinaus und schloß die Tür hinter sich.

Im nächsten Raum waren Kaninchen. Auf einem langen Tisch lagen Riemen. Hier wurden keine Bluttests gemacht. Carrie wußte, wozu die Riemen benutzt wurden, und das Blut stockte ihr in den Adern. Sie dachte, sie hätte im Korridor Schritte gehört, sah sich aber die Kaninchen trotzdem genauer an. Mit den Riemen wurden ihre Köpfe fixiert, kleine Klammern hielten ihnen die Augen offen. Damit man ihnen etwas hineinsprühen konnte. Heute morgen hatte sie Seife ins Auge gekriegt, und es hatte schrecklich gebissen. Aber sie konnte blinzeln. Sie konnte kaltes Wasser darüberschütten. Das konnten die Kaninchen nicht.

Und wo war Bingo, fragte sie sich mit wachsender Angst, als die Schritte näher kamen. Carrie hob langsam das Gewehr, starrte auf das Kaninchen, dessen Augen von den Experimenten wie geschmolzenes Wachs aussahen. Der Schmerz mußte unerträglich sein. Ihre Hände zitterten, aber sie schaffte es, das Gewehr an die Schulter zu nehmen, als die Schritte näher kamen. «*Ihre Majestät*» – sie tat so, als spreche sie zur Königin –, «*ich glaube, ich muß Ihnen den Gnadenstoß geben.*»

Carrie erschoß das Kaninchen.

Von der Tür her sagte eine Stimme: «Keine Bewegung, Carrie.»

Pasco. *Constable Pasco.*

Jury stellte den Motor so weit vor dem Tor ab, daß man das Auto unmöglich im Labor hören konnte.

«Ich glaube es nicht», sagte Melrose Plant. «Ich meine, ich glaube es *schon*, es ist nur so unfaßbar.»

«Und es war wirklich simpel. Unfehlbar. Der Mörder ist nicht einmal dabei, wenn die Opfer sterben. Jemand erschreckt Una Quick im wahrsten Sinne des Wortes zu Tode, findet aber dann heraus, daß sie Sally MacBride von dem Foto mit dem Namen Lister darauf erzählt hat und Sally es vermutlich Donaldson erzählt hat.» Jury lächelte düster. «Aber warum ein Risiko eingehen? Una *hat* sich an der Post vergriffen.» Jury schlug auf das Steuer. «Verdammt! Die Post, die Scheißpost! Es war doch so offensichtlich.»

«Im nachhinein ist immer alles offensichtlich. Und wie Sie gesagt haben, jeder hätte Carrie vor dem Silbermarkt finden und sie mit nach Hause nehmen können. Oder ihr nach Hause folgen können.» Er sah vom Labor zu Jury. «Die Trompe-l'œil-Fresken, was?»

«Genau. Und Sie waren beim ersten Besuch in La

Notre nicht dabei. Los, dann wollen wir mal rein.» Sie stiegen aus und liefen über den matschigen Boden. «Meine Güte, Fleming hätte wirklich das Flutlicht einschalten können.»

Jetzt konnten sie schon den Haupteingang sehen, und Jury sagte: «Am anderen Ende ist bestimmt auch noch eine Tür. Ich nehme die hier, vielleicht können Sie zu der anderen gehen.»

«Ich hab die Schlüssel vergessen», sagte Melrose.

«Sehr witzig. Wissen Sie etwa nicht, wie man Schlösser knackt?»

Sie hievten sich über den Zaun. «Es ist mir eigentlich ganz fremd, auf diese Weise in die Intimsphäre anderer Menschen einzudringen», sagte Melrose.

Trotz allem mußte Jury lachen.

31

CONSTABLE PASCO WUSSTE, wie man mit einem Gewehr umgeht. Er hielt es in beiden Händen und ging leicht in die Hocke. «Die Waffe weg!» schrie er.

«Wo ist Bingo?»

«Weiß ich nicht. Verdammt, Carrie, ich hab die Schnauze voll von dir. Ich bin von Selby aus hier vorbeigefahren. Die Bude hier sollte so hell erleuchtet sein wie Harrods zu Weihnachten –»

Ein Schuß. Und dann fiel er zu Boden, eine leblose Masse auf dem Korridor.

Carrie starrte ihn an. *Constable Pasco*. Sie sah, wie das Blut langsam hinten aus seinem Hemd sickerte, und dachte einen alptraumhaften Moment lang, sie hätte geschossen.

Wer war da?

Winzige Schritte entfernten sich, als ob jemand wegrannte. Schwitzend lud sie ihr Gewehr, knipste die Taschenlampe aus und machte es genauso wie die Polizisten in den Filmen, die sie immer mit der Baronin sah. Sie trat rasch in den Korridor und feuerte einfach auf eine ganz in Schwarz gekleidete Gestalt. Die Gestalt trug eine Skimütze, die das Gesicht verbarg. Sie sah aus wie ein Demonstrant.

Oder jemand, der so tat, als sei er einer. Er verschwand in einer Tür am Ende des Korridors. Carrie rannte in das nächste Zimmer, wo Hunde bellten.

Aber durch das Hundegebell hörte sie jemanden röcheln und ihren Namen flüstern.

Zeit zum Nachladen war nicht, und sie hoffte, die Taschenlampe würde die betreffende Person ein oder zwei Sekunden lang blenden. Das Licht fiel auf eine Gestalt in der Ecke. «Neahle!»

Neahle Meara hockte da und weinte, die Fäuste ans Gesicht gepreßt.

Carrie ging zu ihr. «Neahle, ich hätte dich umbringen können –» Neahle schüttelte unentwegt den Kopf und weinte leise, stumm wie die Katzen. Carrie kniete sich neben sie und flüsterte: «Wie bist du hierhergekommen? Wie bist du reingekommen?»

«Dahinten ist eine Tür.» Sie schüttelte immer weiter den Kopf. Carrie legte ihre Hände auf Neahles Arm, um sie zu beruhigen. «Hör zu, wir sind jetzt mucksmäuschenstill, okay? Ich setz mich neben dich.» Das tat sie, den Rücken an die Betonwand gedrückt. Sie flüsterte: «Ich hab ja das Gewehr, Neahle. Keiner kann uns was tun. Okay?»

Neahle hatte aufgehört zu weinen und rieb sich das Gesicht. Carrie kniff die Augen zusammen und dachte an das tote Kaninchen. Und dann erschrak sie über sich selbst, weil sie nicht zuerst an Constable Pasco gedacht hatte. Er war ihr Freund gewesen, selbst wenn sie es vor sich selber nie zugegeben hatte. *Lieber Gott, bitte* – sie verscheuchte den Gedanken; sie glaubte nicht an Gott.

Neahle faßte sie an der Hand. «Ich wußte, daß was Schlimmes passieren würde. Ich wußte, daß du in Schwierigkeiten warst, als –»

Sie erstarrten. Sie hörten Schritte. Aber die Schritte hielten inne. Und Carrie wußte, die Person mußte in jeden Raum schauen, der von dem langen Flur abging. Das Gewehrfeuer hatte sie nicht verraten, sondern die Person, die den Flur entlangkam, nur verwirrt.

Carrie nahm Munition heraus, lud neu durch und faßte Neahle fester an der Hand. «Was war dann, Neahle?»

«Der Mann von Scotland Yard. Er hatte ein Foto von hier, aber ich hatte Angst, sie suchten dich. Deshalb hab ich es ihnen nicht gesagt. Ich hab die Abkürzung durch das Wäldchen genommen und bin den ganzen Weg gerannt. Ich hab's nicht gesagt.» Neahle schüttelte Carries Arm. «War das blöd von mir?»

Sieben Jahre lang hatte Carrie sich gegen Tränen gewappnet. Jetzt überwältigte sie die Enttäuschung. Wenn Neahle es ihnen doch nur erzählt *hätte*! «Nein, nein.»

Neahle legte den Kopf an Carries Schulter. Die

Schritte kamen näher. Neahle flüsterte. «Jetzt werden wir umgebracht, stimmt's, Carrie? Und Bingo?»

«Jeder, der durch diese Tür kommt, kriegt eine Kugel in den Bauch. Nimm du die Taschenlampe. Wenn – ich meine, falls die Tür aufgeht, mach sie an. Sie ist sehr stark. Jäger benutzen solche Lampen.»

Neahle nickte. «Was, wenn der Falsche kommt?»

Das hatte Carrie gerade noch gefehlt. Sie fing an zu kichern und schlug sich die Hand fest auf den Mund. Neahle mußte auch kichern. *Wahrscheinlich werden wir beide sterben*, dachte Carrie, *und wir lachen dabei noch.*

«Neahle, glaubst du an Gott?»

«Ich glaube, schon. Ich bin ja schließlich aus Irland.»

Sie hielten sich wieder den Mund zu und bemühten sich angestrengt, kein Geräusch zu machen. Sie mußten sich verkneifen, albern zu werden. *Der Tod*, dachte Carrie, *ist albern. Und man hat garantiert gar nichts davon –* und obwohl die Schritte näher kamen, mußte sie den Kopf senken, um nicht zu lachen, und diesmal mußte Neahle Carrie schütteln und ihr sagen: *Hör doch!*

Es waren nämlich weitere Schritte zu hören. Andere Schritte.

Als Carrie aufstand, zitterte Neahle wieder vor Angst. Carrie hörte, wie ihr Name geflüstert wurde.

Es war eine Stimme, die sie unter Tausenden erkannt hätte – die Stimme von Superintendent Jury.

Der nicht wußte, wo er da hineingeriet.

«Bleib hier», sagte Carrie. «Leise.»

«Carrie?» sagte Neahle ängstlich.

«Dir passiert nichts, Neahle. *Uns* passiert nichts.»

«Carrie?» sagte Neahle noch einmal.

Neahle glaubte ihr nicht. Carrie nahm ihre Kette und

den Amethystring ab und ließ beides in Neahles Hände fallen. «Du weißt ja, wie sehr ich an diesen Schmuckstücken hänge. Also heb sie für mich auf. Okay?» Für Neahle waren es Reliquien, etwas, das ihr die Angst nahm.

Die Schritte waren nun gedämpfter, kamen aber näher. Carrie nahm ihr Gewehr, machte gegenüber Neahle, die den Atem anhielt, nur eine beschwichtigende Handbewegung und ging zur Tür.

Die öffnete sie einen millimeterbreiten Spalt. Superintendent Jury? Nein.

Jetzt kam aus der entgegengesetzten Richtung ein Geräusch.

Das war er aber auch nicht.

Carrie machte die Tür ganz auf, legte das Gewehr an die Schulter und zielte auf die Gestalt in der Mitte des Korridors.

«Carrie!» schrie Jury.

Carrie senkte das Gewehr. Sie war vollkommen verwirrt. Denn vor ihr stand, nur nicht mehr vermummt, Gillian Kendall.

Und Gillian Kendalls Pistole war nicht auf sie gerichtet, sondern auf Superintendent Jury.

Nein, dachte Carrie und sprang vor ihn.

Der Schuß erwischte sie, wie er Pasco erwischt hatte. Sie sah Jury an. «Neahle ist dahinten», sagte sie.

Gillian hob die Waffe wieder.

Jury sagte zu Carrie: «Neahle passiert nichts. Bingo auch nicht.» Dann sah er in den Korridor. Ruth Lister.

«Ich bin dir... bin Ihnen ganz schön auf den Leim gegangen, Ruth, was?»

Carrie hatte die Augen geschlossen, aber jetzt flatterten ihre Lider. «Ruthie? Der Zoo...» Sie schloß die Augen wieder.

Der Zoo, dachte Jury. «*Sie* haben Carrie mitgenommen. Mit Ihnen ist sie natürlich mitgegangen.»

Ruth Lister nickte, hatte aber nur Augen für das Mädchen. Carrie atmete noch.

Ruth Lister senkte die Pistole und sagte zu Carrie: «Wenn du mir die Kette gibst, Liebes, verspreche ich dir, ist alles ausgestanden.»

Sie ist wahnsinnig, dachte Jury. Wie konnte es ausgestanden sein? Wie, um alles in der Welt, glaubte sie, würde sie hier ungeschoren davonkommen?

Das Labor abfackeln. Noch ein durchgedrehter Demonstrant. Nichts als Knochen. Und sie hätte den kleinen Ring, der bewies, daß Carrie Fleet, daß Carolyn Lister, tot war. Ganz egal, was für eine Geschichte sie erzählte. Sie würde sich schon eine ausdenken. Sie war sehr intelligent. Jury sah, daß Carrie die Augen wieder öffnete. Sie lächelte. Bisher kam nur wenig Blut... *Großer Gott, Plant...*

«Wie haben Sie Carrie gefunden, Ruth? Ich meine, nachdem Sie sie bei den Brindles verpaßt hatten? Sie wären doch gewiß nicht das Risiko eingegangen, sich vor den alten Joe zu stellen und zu fragen, wo sie ist?»

«Ich habe mich natürlich nicht zu erkennen gegeben. Aber die Fürsorge *muß* ja schließlich wissen, wo ihre Mündel sind.»

Jury versuchte Gillian in ein Gespräch zu verwickeln. «Da sind Sie also nicht aus bloßem Zufall in Ashdown gelandet, oder?»

Sie lachte. «Nein. Und in die Dienste der Baronin hätte

ich mich auch nicht gedrängt. Ich bin Carrie gefolgt. Woher wissen Sie denn, wer ich bin? Wie haben Sie es herausgefunden?»

«Erst heute abend. Erst als mir einfiel, daß die Person, die am meisten mit der Post zu tun hatte, natürlich die Sekretärin ist. Sie haben einfach nur das Foto aus dem Brief der Brindles genommen.»

«Aber Una hatte es zuerst gesehen. Und es Sally MacBride erzählt. Die es *vielleicht* Donaldson erzählt hatte. Man darf kein Risiko eingehen.»

Jury fühlte Blut über seine Finger laufen. «Woher wußten Sie, daß Una Quick es Sally MacBride erzählt hatte?»

Sie lächelte ein wenig und schüttelte den Kopf. «Richard. Sie halten die Dinge immer für so kompliziert. Ich habe sie einfach gefragt. Ich habe sie an dem Montag abend angerufen und sie bedroht. Eigentlich hatte ich gehofft, damit hätte die arme Seele Ruh. Aber um auf Nummer Sicher zu gehen, habe ich ihr gesagt, sie solle am Dienstag an dem Telefonhäuschen sein. Richard, das ist ja alles ganz faszinierend hier, aber ich kann kaum glauben, daß Sie allein hier sind.»

«Wiggins versucht, Paul Fleming zu erwischen.»

«Hm, meine kleine Affäre mit Paul brachte mir wenigstens den Schlüssel zum Labor ein und die Medikamente für Grimsdales Hunde. Sehen Sie, es bedurfte schon einiger Planung. Ich wußte, wenn ich Carries Hund hierherbekam, würde ich *sie* ebenfalls herlotsen können.»

Am anderen Ende des Korridors sah Jury endlich Melrose Plant auftauchen. *Hast ja wirklich lange genug gebraucht.* Carrie Fleets Atem wurde immer schwächer.

«Und die anderen Tiere, wie haben Sie die umgebracht?»

Die Pistole wurde entsichert. «Ich schulde Ihnen wahrscheinlich etwas. Gut, noch eine Minute.»

Carrie Fleet stöhnte und hob die Hand. Wer weiß, was für Dämonen sie zu vertreiben versuchte. «Nein.»

Gillian sagte: «Ablenkungsmanöver, Richard. Kinderleicht, der Katze eine Dosis ‹Aspirin› zu verpassen – das habe ich rein zufällig auch heute abend genommen. Kein Beruhigungsmittel.»

«Das war eine überzeugende Vorstellung. Ein hysterischer Anfall mit allem Drum und Dran.» Er sah, wie Plant lautlos näher kam. «Wissen Sie, wie sehr Sie Carrie ähnlich sehen? Die perfekten Profile. Ich hätte es schon am ersten Tag in La Notre sehen müssen. Es ist, als sähe man doppelt.»

«Bingo», sagte Carrie.

«Dem Scheißköter geht's gut. Er ist im letzten Raum auf dem Flur.» Sie hob die Waffe und legte an. «Um Sie, Richard, tut es mir wirklich leid.» Sie lächelte.

Melrose stand unmittelbar hinter ihr. «Würden Sie das wohl fallen lassen?»

Ruth Lister lachte. «Lord Ardry. *Nicht* Sergeant Wiggins.» Sie wurde blaß, hielt die Pistole aber immer noch fest in der Hand. «Wie ich Sie kenne, bezweifle ich sehr, daß das ein Gewehr in meinem Rücken ist.»

«Ist es auch nicht.»

Jury sah, wie das gespenstische Lächeln auf ihrem Gesicht völliger Orientierungslosigkeit wich. Lange Zeit schien sie reglos stehen zu bleiben. Und dann sackte sie zu Boden.

Melrose zog den Stockdegen weg und ließ ihn auf die

Erde fallen. Dann ging er in einen Raum zu seiner Rechten und kam mit dem Terrier Bingo wieder, den er neben Carrie auf den Boden setzte.

Jury rief Neahle, die aus ihrem Versteck gerannt kam. Er wollte ihr sagen, daß alles in Ordnung war.

War es aber nicht.

Jury nahm Carrie in die Arme, sein Kopf an ihrem glänzenden Haar, seine Hände blutverklebt.

Überall auf dem Boden war Blut.

Neahle hatte entsetzt die Augen aufgerissen. Sie beugte sich langsam hinab und legte sich über Carrie, die sagte: «Hast du den Ring?»

Der dunkelbraune Schopf Neahles lag nun dicht neben Carries goldblondem Haar. «Ich hab den Ring, Carrie.»

Carrie streckte die Hand, die jetzt seltsam bleich war, nach der Kette aus. Der Widerschein des gelben Lichts schien auch ihr Blut in Gold zu verwandeln.

Melrose mußte an die Gestalt denken, die aus dem Nebel kam und von Zwinger zu Zwinger ging.

Sie sagte zu Neahle: «Der ist vielleicht was wert, der Ring. Vielleicht hilft dir die Baronin...»

Carries Kopf sank an Jurys Schulter. «Das ‹Tierasyl›...»

Vergangenheit ist solch ein seltsam Wesen
Ihr ins Gesicht zu sehn
Entzücken mag zuteil uns werden
Oder Schmach –

Wer ungerüstet ihr entgegentritt
Ich rate ihm zu fliehn
Noch mag sie ihre rostigen Waffen
Ziehn

Emily Dickinson

Martha Grimes

Inspektor Jury lichtet den Nebel
Roman
Deutsch von Dorothee Asendorf
224 Seiten. Gebunden.

Im ländlichen Dorset in Südengland sind ein zwölfjähriger Metzgerssohn und ein Chorknabe brutal ermordet worden.
    Inspektor Jury von Scotland Yard ermittelt. Der ortsansässige Kommissar berichtet ihm, daß ein gewisser Sam Waterhouse vor wenigen Tagen aus dem Gefängnis entlassen wurde. Neunzehn Jahre zuvor war Waterhouse des grausamen Mordes an einer jungen Frau für schuldig befunden worden. Hat er auch die beiden Jungen auf dem Gewissen?

Martha Grimes gilt zu Recht als die legitime Thronerbin Agatha Christies. Sie belebt eine fast ausgestorbene Gattung neu: die typisch britische Mystery Novel, das brillante Rätselspiel um die Frage «Wer war's?».

Wunderlich

Martha Grimes

Inspektor Jury geht übers Moor
Roman
Deutsch von Dorothee Asendorf
448 Seiten. Gebunden.

Als Richard Jury die schöne, schweigsame Frau zum ersten Mal sieht, erscheint sie ihm wie die tragische Gestalt einer Königin aus einem Shakespeare-Drama. Am selben Abend erschießt die Unbekannte in der Lounge eines vornehmen Country-Hotels vor Jurys Augen ihren Mann.

Der Fall scheint völlig klar, jedenfalls für die örtliche Polizei. Doch Superintendent Jury findet heraus, daß der Ermordete keineswegs der Ehrenmann war, den alle Welt in ihm sah...

Inspektor Jury besucht alte Damen
Roman
Deutsch von Dorothee Asendorf
304 Seiten. Gebunden und als rororo 12601

In einem verschlafenen englischen Dorf voller blühender Rosen fällt aus einem antiken Schreibsekretär plötzlich ein Toter.

Im nebligen London, eine Autostunde entfernt, treibt in einem Ruderboot auf der Themse die Leiche einer jungen Frau.

Es bedarf eines Superintendent Jury, eine Verbindung zwischen diesen beiden Morden herzustellen. Seufzend opfert er seinen wohlverdienten Urlaub und macht sich an die Arbeit...

Wunderlich

Martha Grimes

Inspektor Jury küsst die Muse
Roman
(rororo 12176)

Für Richard Jury endet der Urlaub jäh in dem Shakespeare-Städtchen Stratford-on-Avon. Eine reiche Amerikanerin wurde ermordet.

Inspektor Jury schläft ausser Haus
Roman
(rororo 5947)

Der Inspektor darf wieder einmal reisen – in das idyllische Örtchen Log Piddleton. Aber er weiß, daß einer der liebenswerten Dorfbewohner ein Mörder ist.

Rowohlt Taschenbuch Verlag

Martha Grimes

Inspektor Jury spielt Domino
Roman
(rororo 5948)

Die Karnevalsstimmung im Fischerdörfchen Rackmoor ist feuchtfröhlich, bis eine auffällig kostümierte, schöne Unbekannte ermordet aufgefunden wird.

Inspektor Jury sucht den Kennington-Smaragd
Roman
(rororo 12161)

Ein kostbares Halsband wird der ahnungslosen Katie zum Verhängnis – und nicht nur ihr ...

Rowohlt Taschenbuch Verlag

Martha Grimes
Inspektor Jury bricht das Eis
Roman
(rororo 12257)

Zwei Frauen werden ermordet – ausgerechnet auf Spinney Abbey, wo Jurys vornehmer Freund im illustren Kreis von Adligen, Künstlern und Kritikern geruhsam Weihnachten feiern will.

«Es ist das reinste Vergnügen, diese Kriminalgeschichten vom klassischen Anfang bis zu ihrem ebenso klassischen Ende zu lesen.»
The New Yorker

Rowohlt Taschenbuch Verlag